新时代文学批评丛书

吴义勤 主编

以批评的方式叙述

张新颖 著

山东文艺出版社

图书在版编目（CIP）数据

以批评的方式叙述/张新颖著.--济南：山东文艺出版社，2024.3

（新时代文学批评丛书/吴义勤主编）

ISBN 978-7-5329-7042-1

Ⅰ.①以… Ⅱ.①张… Ⅲ.①中国文学—当代文学—文学评论—文集 Ⅳ.①I206.7-53

中国国家版本馆CIP数据核字（2023）第230327号

以批评的方式叙述
YI PIPING DE FANGSHI XUSHU

张新颖 著

主管单位	山东出版传媒股份有限公司
出版发行	山东文艺出版社
社　　址	山东省济南市英雄山路189号
邮　　编	250002
网　　址	www.sdwypress.com
读者服务	0531-82098776（总编室）
	0531-82098775（市场营销部）
电子邮箱	sdwy@sdpress.com.cn
印　　刷	山东华立印务有限公司
开　　本	710毫米×1000毫米 1/16
印　　张	18
字　　数	212千
版　　次	2024年3月第1版
印　　次	2024年3月第1次印刷
书　　号	ISBN 978-7-5329-7042-1
定　　价	72.00元

版权专有，侵权必究。如有图书质量问题，请与出版社联系调换。

开辟文学批评的新时代
——"新时代文学批评丛书"总序

吴义勤

党的十八大以来，中国特色社会主义进入新时代，中国文学也翻开了崭新的一页。置身新时代新征程，面对丰富的史诗性伟大实践，广大作家胸怀"国之大者"，牢记初心使命，深入生活，扎根人民，与时代共振，与人民共情，用心用情用功书写新时代的中国故事，展现中国人民昂扬的精神风貌，谱写了新时代文学的辉煌篇章。

文学批评与文学创作是文学发展的车之两轮、鸟之两翼，一个时代的文学发展既需要广大作家的笔耕不辍、创新创造，也需要批评家的积极呼应、理论引领。在新时代文学不断攀登高峰的历史进程中，新时代文学批评也发挥了至关重要的作用，取得了丰硕的发展成果，形成了独特的新时代文学批评景观。习近平总书记高度重视文学批评工作，近年来就繁荣新时代文学批评发表了一系列重要讲话，做出了一系列重要指示批示。我们策划这套"新时代文学批评丛书"，就是要全面学习贯彻落实总书记关于文学批评的讲话与指示批示精神，一方面旨在呈现新时代文学批评的基本样貌、发展成果，另一方面也希望从中获得推动文学批评发展的经验和启示，为推动新时代文学理论批评建设和新时代文学繁荣提供有益的镜鉴。

本丛书遴选的作者都是长期持续坚守在新时代文学批评现场并卓有成就的优秀批评家。从年龄结构上，他们涵盖了"60后""70后""80后"，这也是当下文学批评的主力军；从批评对象的文学门类上，覆盖了小说、诗歌、散文等多个当下最具影响力的艺术门类，可以说是对新时代文学的全面阐释和研究。通过这套批评丛书，读者一方面可以深入了解新时代文学批评的丰富实践，同时可以通过文学批评了解新时代文学发展的基本风貌和历史特征。

在内容上，本丛书侧重于遴选研究新时代文学的评论文章，以对新时代十年来具有代表性的作家作品、有广泛影响的新文学现象、引人关注的文学热点事件以及文学发展中存在的症候性问题为主要研究对象，是对围绕新时代文学展开的文学批评成果的一次全面梳理和集中展示。我们希望以出版批评丛书的方式，深入总结文学批评发展的历史经验，同时吸引更多研究力量来增强对新时代文学研究的力度和深度。

本丛书的出版要感谢山东出版传媒股份有限公司副总经理李运才、山东文艺出版社社长徐迪南，他们提供了非常多的支持和帮助，也提出了许多富有建设性的意见和建议。新世纪之初，我曾和山东文艺出版社共同策划出版了一套"e批评丛书"，在学术界产生了良好的反响。今年，又再次在山东文艺出版社出版这套"新时代文学批评丛书"，可谓是一种极为特殊也极为难得的缘分，也体现了山东文艺出版社多年来一直积极参与、支持中国当代文学批评事业发展的出版精神。在此，我代表丛书编委会向山东文艺出版社表示衷心的感谢并致以崇高的敬意。

两套丛书虽然出版时间不同，但在内容上又有着一种延续性和整体性。"e批评丛书"着力呈现的是二十世纪九十年代文学批评的发展成果，也是当时年轻的"60后"批评家的一次集体亮相。"新时代文学批评丛书"更侧重于展现新世纪尤其是新时代以来的文学批评成果，参与作者既包括了"e批评丛书"中的部分作者，又吸纳了"70后""80后"等新生批评力量。两套丛书虽然侧重点不同，但形成了一种巧妙的呼应，构成了一种互补关系，具有了批评史意义上的"整体性"，某种意义上，它们就是一种特殊形态的近三十年来中国文学批评的发展史。

当然，对于新时代文学批评成果的总结展示并不意味着我们回避当下文学批评存在的问题。新时代以来，随着时代语境和文学生态的不断变化，文学批评面临着更为复杂严峻的形势和挑战，文学批评如何更好地发挥作用，真正成为助推文学发展的"磨刀石"和"利器"？这是所有文学批评者面临的共同课题和任务。出版这套丛书，我们一方面意在梳理总结这一时段文学批评发展的成果和经验，同时也希望能够从中析出当下文学批评发展存在的一些问题，以史为镜，为未来更好地推动中国文学批评发展，更好地发挥文学批评引导创作、推出精品、提高审美、引领风尚的作用提供启示和帮助。

新征程是充满光荣与梦想的远征，新时代文学正在我们面前浩浩荡荡地展开，作为文学发展的重要一翼，中国文学批评也正在砥砺前行，积极开辟一个文学批评的新时代。

是为序。

以批评的方式叙述

目 录

- 001　重返 20 世纪 80 年代：先锋小说和文学的青春
- 018　困难的写作
　　——论 20 世纪 90 年代的诗人散文
- 030　中国当代文学中沈从文传统的回响
　　——《活着》《秦腔》《天香》和这个传统不同部分的对话
- 047　要是沈从文看到黄永玉的文章
- 051　赞美自己编歌唱的生命
- 054　与谁说这么多话
　　——黄永玉《无愁河的浪荡汉子·朱雀城》
- 061　这些话里的意思
　　——再谈黄永玉《无愁河的浪荡汉子·朱雀城》
- 068　少年多谢相遇的世界
　　——黄永玉《无愁河的浪荡汉子·八年》
- 077　汪曾祺和黄永玉：上海的事情
　　——《无愁河的浪荡汉子》里的叙述及其他文字

086 "我们"的叙事

  ——王安忆在20世纪90年代后半期的写作

092 坚硬的河岸流动的水

  ——《纪实与虚构》和王安忆写作的理想

101 一物之通,生机处处

  ——王安忆《天香》的几个层次

110 《天香》里的"莲"

  ——王安忆小说的起与收,时间和历史

115 文明的缝隙,"考古层"的愁绪

  ——王安忆《匿名》的"大故事"

129 王安忆《一把刀,千个字》

130 平常心与非常心

  ——史铁生论

139 以心为底

  ——史铁生的文学和他的读者

144 从短篇看莫言

  ——"自由"叙述的精神、传统和生活世界

153	人人都在什么力量的支配下
	——读莫言《生死疲劳》札记
158	惩罚和被惩罚,被伤害和伤害别人
161	"内在于"时代的实感经验及其"冒犯"性
	——谈《兄弟》,并谈《兄弟》触及的一些基本问题
184	时代,亡灵,"无力"的叙述
	——读余华《第七天》的感受
191	《马桥词典》随笔
194	行将失传的方言和它的世界
	——从这个角度看张炜《丑行或浪漫》
212	如果文学不是"上升"的艺术,而是"下降"的艺术
	——谈林白《妇女闲聊录》
216	这样的文学对生活世界有一种谦逊的态度
	——从迟子建的小说《草原》谈起
220	贩夫走卒的精神生活
222	孙甘露和《千里江山图》

228 知道我是谁
　　——漫谈魏微的小说

238 周嘉宁《密林中》序

241 文珍的《柒》

245 王占黑《空响炮》序

247 原来是篇序,现在不是了

250 陈思和老师的少年回忆
　　——《1966—1970:暗淡岁月》读记

261 李敬泽的文章

269 这一部作品和这一个读者
　　——谈周毅《沿着无愁河到凤凰》

277 后记

重返20世纪80年代：
先锋小说和文学的青春

一

一九八五年，上海外语教育出版社出版了一本书，叫《伊甸园之门》（*Gates of Eden*），作者是迪克斯坦（Morris Dickstein）。这本书原本是一九七七年在美国出版的，副标题是"六十年代美国文化"。该书在20世纪80年代中后期非常风行，好像大学中文系的很多学生都在读。

书的前面有一些黑白照片，大致上可以看出这本书的内容。第一张是马尔库塞的照片，我们知道，马尔库塞是西方马克思主义的一个代表人物，他对马克思和弗洛伊德理论的综合成为西方20世纪60年代反文化的一个理论基础。第二页的照片是三个作家，一个是小库尔特·冯尼格，另外一个是诺曼·梅勒，最下面的大胡子是"垮掉的一代"的代表诗人艾伦·金斯堡。第三页是摇滚乐时代最有名的歌手，一个是滚石乐队的米克·贾格尔，另外一个是鲍勃·迪伦，接下来的一张是甲壳虫乐队刚刚在利物浦开始他们演唱生涯时的照片，那个时候他们都还是穷光蛋。还有一张是一九六八年八月纽约四十万人集会的伍德托克摇摆舞节，一个反文化节，乱糟糟的场面。接下来两张是反战游行的照片。最后一张是在20世纪60年代美国的大学里面经常看到的场面，伯克利大学学生和警察的对峙。从马尔库塞的理论到诺曼·梅勒、艾伦·金斯堡的文学创作，到摇滚乐，到学生的反文化运动，到整个社会的反战，大致上就是这本书的内容，概括了一个非常混乱的，但是又充满生机的而且在社会的各个方面都有一些新的东西在不断生长出来的时代。好像一个社会从20世纪50年代突然发生了变化，一个社会典型的感情、人们典型的意识都发生了变化，有一些新的东西在生长出来。

当时，有一个学生就说，读了这本书，就想写一本书，仿照这本书来写一本中国文学，写一本展现中国社会发生变化的书，这本书的名字就叫"一九八五年"。很多人有这样一个愿望：要把一九八五年这一年表述出来。其实对这一年的描述，可以像迪克斯坦描述美国20世纪60年代的文化一样，从社会的各个方面，从普通人的感情，从大众文化，从文学创作，甚至包括新闻等方面来着手。这是一九八五年刚刚过去不久时说的话。说明这一年，一九八五年，在中国人，特别是中国的知识分子包括文学学生的心里，留下的冲击非常大，而且它是来自多方面的。这种冲击里面肯定还包括一些很混乱的，当时摸不清，后来可能也说不清的东西。

先讲《伊甸园之门》这本书，不是说要把美国20世纪60年代的文化和一九八五年发生在中国的事情做一个类比。没有这样简单的事情。但是两者确实有一些相像。比如，很多的事情就是那样从社会的各个角落冒出来，就那样发生了。也不是说，是这本书影响了中国一九八五年的变化。当然不是。我想说的是，如果要讲先锋小说，讲先锋文学，其实有一个很重要的途径，就是进入一九八五年的现场。如果能够对那一年，对那一年的前后发生的一些事情有些感受的话，那么大致上就可以理解先锋文学。今天，我们在讲先锋小说的时候，通常拿出几个作家或者几个文本来分析，其实，这几个作家或文本看起来都是干巴巴的，如果不能还原当时的历史情境，就很难读出什么意思来。说老实话，重新读这些先锋小说，会发现当年很多曾经激动人心的东西没有了。不是说它们不好，而是说当年先锋小说非常奋力地去争取来的很多东西，在今天已经变成了常识。当年让人惊奇的东西，现在变成了日常写作当中常常能够见到的东西。所以，它们不会再让你激动，引起你的陌生感，也不至于对你的阅读构成什么样的挑战。但这是先锋小说最大的成功，它把当时一些还没有的东西拿进来，使当时一些非常陌生的东西今天变成了常识。"常识化"，它要做的就是这样一件事情，就在于让你今天再回头读那些文本的时候，不再那么激动了。比如说，我们现在看棉棉——20世纪70年代出生的代表性女作家——的小说《糖》，里面写到了吸毒，她引用了艾伦·金斯堡在他的《祈祷》里面引用的他母亲写给他的一封信。母亲临死的时候写给他一封信，这封信是金斯堡在母亲去世后第二天收到的："钥匙在窗台上，钥匙在窗前的阳光下——我带着钥匙——结婚吧，艾伦，不要吸毒——钥匙在窗栅里，在窗前的阳光下。"这其实是20世纪80年代常被引用的东西，《伊甸园之门》里也引了；到了20世纪90年代末，到了21世纪，在棉棉的小说里面出现，自然也很感人，不过，在被反复引用过之后，它带来的冲击力当然不会有当年那么强烈。

二

先锋小说在当时的叫法很混乱，有叫"新潮小说""探索小说""实验小说""现代派"的，就连"先锋小说"也是一个很不严格的叫法。到现在也不知道该怎么叫才确切。回过头去看一九八五年发生的事情，单单从文学上来讲，好像在那一年前后一下子出现了很多注定要在文学史上留下来的作品。文学史的发展是非常奇怪的，很可能一百年就是一个空白，什么都没有留下来，但是，很可能突然在一个时间、一个地方，会有很多作品一下子都能留在文学史上。

在一九八五年，出现了很多寻根文学作品，如韩少功的《爸爸爸》《文学的"根"》等。之前的一九八四年，有张承志的《北方的河》、阿城的《棋王》；之后，有贾平凹的"商州系列"。

在一九八五年，出现了刘索拉、徐星的小说。这些小说可以看成是与塞林格的《麦田里的守望者》和艾伦·金斯堡的作品一类品格的东西，是一些年轻人以非常叛逆的姿态对社会发言。

在20世纪80年代后期有一个"伪现代派"的讨论，刘索拉、徐星写的这些人，在一些中国的老百姓看来是吃饱了撑的，闲着没事干。刘索拉写的是她在中央音乐学院的同学，这些人整天觉得生活没有什么意义，干些毫无意义的事情。从最表面上看，这对当时僵化的教育体制有一种反抗。其实不一定要看得那么狭隘，因为他们正好在学校里，所以就只好反抗教育体制；换作别的任何一个地方，他们也会反抗那个地方的体制。这样一些内容，有点类似于西方的嬉皮士（不能把这种类似夸大）。用今天的话来说，那些艺术青年，他们那些另类的生活和思想，当初会让人觉得中国人怎么已经到了这个地步了。所以当时有一个很普遍的说法，认为这个所谓的现代派其实是假的，中国并没有这样的社会土壤、社会基础。其实是真的。要反驳"伪现代派"这样的指责，不需要那么多的理论，只要讲读者的感受就可以了。按照"伪现代派"的说法，像刘索拉写的这种情感、生活方式不可能引起中国人的真正共鸣。如果有人说自己这样感受，是在模仿一种时尚。其实，这种对于社会的反抗，有时候是莫名其妙的，要说理由，当然可以说体制非常僵化，压制、约束人个性的生长。但有的时候原因可能就是青春期的骚动、不安，一种偏要跟什么作对的感受和情绪。当时刘索拉的《你别无选择》唤起了一大批青年人的认同，这应该不是假的。一九八五年我高中毕业，从山东半岛到上海读大学，随身带着两本杂志，一本上面有张承志的《北方的河》，另一本就是发表《你别无选择》的那期《人民文学》。而且刘索拉写的差不多是实事，她写班级里的同学，这些同学当然后来一个一个都是大名鼎鼎的人物。但那个时候他们就是那样吊儿郎当地在学校里，不去上课，整天做一些无意义的事情，和老师闹别扭。徐星的《无主题变奏》，写的是社会青年，没有刘索拉笔下学校里的艺术青年那么高雅，是一个整天在社会上闲荡的人。刘索拉和徐星的小说，基本上可以看作后来出现的王朔小说的前奏。特别是徐星的《无主题变奏》，他和王朔都是北京的，只不过后来王朔的写作发展得比他们更痞了。王朔把立场换得更加平民化，更痞一点，来写一个人对于社会的不满、牢骚、叛逆。这样的情绪一路延续发展下来，到20世纪90年代出现了朱文的小说，像《我爱美元》《什么是垃圾什么是爱》等。

一九八五年的文坛还应特别注意一个东北人，他写的多是西藏的事情，喜欢说"我就是那个写小说的汉人马原"。这一年马原发表了很多作品，以前他一直发不出来。从一九八四年发表《拉萨河女神》，马原一下子走运了，在一九八五年发表了《冈底斯的诱惑》等一大批作品。按照一个简单的说法，韩少功和寻根文学，以及刘索拉这样的青年人的反抗文学，所带来的变化基本上还是文学内容上的变化；马原带来的变化，更重要的不是内容，而是形式上的，或者我们把这个"形式"换成当时更流行、更严格的说法,叫"叙事"。这个说法当然过于简单了,比如韩少功的《爸爸爸》,在叙事上的变化也非常大,"怎么写"的问题不会比马原的少。当时人们喜欢的一个说法是,小说发展到了这个时候,"写什么"的问题变成了"怎么写"——那当然也是一个非常简单的说法——所以就有叙事结构、小说语言等一系列的问题出现。对这些问题的探讨,不再和我们通常所要探讨的小说的意义、小说的认识功能联系在一起,它本身变成了一个独立的东西,可以被叫成"文学的自觉",或当时的概念"纯文学"。

还有残雪,《山上的小屋》也是在一九八五年发表的。

还有莫言。莫言在一九八五年发表了一个中篇,叫《透明的红萝卜》。这篇小说和王安忆的《小鲍庄》发表在同一本杂志上——《中国作家》。莫言的出现,代表了小说写作者主观观念非常大的解放。这里的主观一开始主要还是指感官方面的,或者说得更朴素一点,是感觉,作用于人的耳目口鼻舌的感觉。钱锺书先生讲"通感",认为通感是偶尔才会用到的,在一首诗或一篇作品里,不能从头到尾都是通感。小说比诗要长多了,可是,莫言的小说,在非常长的篇幅内,很可能从头到尾都是各种各样感觉混杂在一块儿的,呈现出一种异常丰盛的状态。

大致上在一九八五年前后,先锋小说可以以这样一些人和对这样一些方面的探索作为代表。那个时候,文学好像发展得很快,过了一两年,一九八七年前后,一批比他们更年轻的人出场了,像余华、苏童、格非、孙甘露等等。这些人都是在一九八七年前后开始在文坛上受到关注。今天写小说,可能写了十篇还没有人注意到,但那个时候很可能写了一篇大家都会注意到。当时社会的注意力比较集中,而且文学是当时社会思想的各个方面中最有活力的一个部分,所以,整个社会的注意力集中到文学上也是很正常的。文学在今天不是社会上最有生命力的东西;而且今天可以注意的东西也比较多,大家的注意力比较分散。

残雪、莫言、刘索拉、马原,可以各自代表一九八五年在小说创作上的一个方向。后面接着出现的人,可以根据他们归类,比如说,格非可以归到马原的系统里面,孙甘露在语言上的实验也可以看作以马原为代表的小说叙事革命方向上一个小的方向,余华可以放在残雪的系统里面。我们知道残雪写人丑陋、不堪、肮脏的生存状态,以及在这样一种生存状态里面人心灵的扭曲，扭曲到难以想象的地步，可人还是若无其事地在这样一个内部心灵扭曲、外部肮脏不堪的环境里苟活。但是在这样一种苟活里面，人有一种恐惧。写出人的这样一种生活，而且写出这样一种生活的没有价值，残雪对人的生存状态或者对人性做了深度挖掘。从表面上看，余华不像残雪写日常琐事里面到处可见的肮脏、日常世界里每时每刻都要经历的东西，他写的是一些特殊时刻的暴力血腥；但是，他同样向人性的深处挖掘。孙甘露用语言能指的滑动来结构一篇小说，让人非常惊讶，读者读起来，是一句话接一句话的流动，却不怎么指向语言背后的世界。后面我们再详细讨论这一点。

三

《伊甸园之门》中有专门一章介绍实验文学，介绍的实验文学作家，有唐纳德·巴塞尔姆、托马斯·品钦、阿根廷的小说家博尔赫斯、从苏联移居美国的纳博科夫等。马原在小说叙事、小说观念上的探索和变革多少可以对应博尔赫斯的创作。这样一个小说叙事实验的兴起，其实是可以找到所模仿、所学习、所借鉴的对象的。当时马原最吸引人的就是马原怎么讲故事，吴亮有一个说法，叫"马原的叙事圈套"。《伊甸园之门》里引到德国文学批评家瓦尔特·本雅明的一段话，这段话他说得很早：

> 每天早晨都给我们带来了世界各地的消息，但是我们却很少见到值得一读的故事。这是因为每一个事件在传到我们的耳朵里时，已经被解释得一清二楚……实际上，讲故事的艺术有一半在于：一个人在复制一篇故事时对它不加任何解释……作者对最异乎寻常和最不可思议的事物进行最精确的描述，却不把事件的心理的联系强加给读者。（《讲故事的人》）

这段话特别适用于马原的小说。文学批评里面有一种所谓的"母题分析"，其所得出的结果其实是很令人沮丧的，所有的文学创作大致上都可以用几个母题来概括。如果是这样的话，文学确实就变得没意思，大家都在讲相同的事情。马原当时就能够把同样的事情讲得值得一听、值得一读，他的方法有点类似于本雅明所说的。通常，讲故事的人会把所有的东西告诉你，告诉得很清楚。但是，在马原那里，这样一些东西是没有的，一些事物之间的联系和这种联系的意义是没有的，他呈现的只是事物本身。传统的讲故事，其实是有一个作者暗示给读者的心理过程。在这样一个心理过程里面，读者把事件联系起来了，通过作者暗示的意义，或者通过作者暗示读者自己想象出来的意义把事件联系起来了。但是，在马原那里没有这样强加的联系。举一个简单的例子，有一次马原和格非一块儿到复旦大学演讲，两人之一讲了一个故事：一个人要过河，他就先把鞋脱下来，把两只鞋一只一只地扔到河的对岸去。等他过了河之后，发现两只鞋非常整齐地摆在一块儿，就像一个人把两只鞋脱下来，有意识很整齐地放在一块儿。他觉得这里面有一种很神奇的力量，为什么我这样很用力地随便扔出的两只鞋，会整整齐齐地摆在河边呢？马原的小说是怎么写的呢？他如果写这样的小说，不会按照我们通常的思想意识探究到底是一种什么样的力量把鞋摆整齐，而是会精确地描述这两只鞋是怎么摆的，却不会对造成这一现象的原因做出解释。我们传统的小说理论讲"含蓄"，小说家海明威有一个很著名的"冰山理论"，是说作家写出来的东西只是冰山浮在海面上的很小的一部分，更大的一部分是在水下面的。"冰山理论"就类似于中国人所说的"含蓄"，我有话没有说完，我说了一句话，另外一句没说，但是你能够知道我没说的另外一句话是什么样的意思。也就是说，虽然我没说，等于是我说了，这就是中国人说的"此时无声胜有声"。但是，马原的叙述不是含蓄，也不是海明威的"冰山理论"，他就是把话省略掉了。因为含蓄是我不说，但是你能够从我已经说出的话里面知道、感受到。而马原没写就是直接省略掉，你根本无从推测他省略掉的是什么，事情和事情之间的链条缺了一块，他不给你暗示，你自己是没办法补上的。比如说，因果律是我们认识事情、认识世界、认识意义的一种基本思维方式，虽然我们不经常用"因为""所以"这样的词汇来连缀我们的思想，但是，因果律是作用于人思维的核心的部分，我们会不自觉地用这样的思维来看待世界、看待我们自身的一些行为及其意义。可是在马原小说里面，他把很多东西都省去了，这种因果关系就建立不起来。一个人在小说里突然死了，他怎么死的，他的死会有什么后果，我们会不自觉地问出这一类的问题。但在马原的小说里，死了就死了，他不作交代。就是这样突然出现的事件，事件和事件之间缺乏联系，因果关系被打乱了。

他的小说经常把很多看起来不相干的事情放到一块儿。这个是写小说的大忌。我们写小说总要讲情节、人物、情绪要集中，要统一。所谓的集中、统一，就是要有一个使各种元素互相联系起来的东西。大家讲马原的先锋性的时候，老是把他和西方的作家联系在一起，其实马原是一个很典型的中国人，他的小说完全是很典型的中国人的写法。现在很难说什么样的人是中国人，现在的中国人大多很西方化，只不过很多时候并不自觉。我们从"五四"以来，接受的很多西方的观念已经使我们变得很难说自己是传统的中国人。就说小说，我们今天关于小说的观念，不是中国人的小说观念，都是"五四"以后引进来的西方小说的观念。其实我们想一想，当小说这个词反映到我们脑子里的时候，想到的小说往往都是西方的小说，或者"五四"以来中国的小说。但是，"五四"以来中国小说的观念是典型的西方小说观念。马原对传统小说观念的突破，不是要突破中国小说的传统，而是突破了"五四"以来我们所接受的西方小说的传统。比如说，我们讲究小说有统一集中的人物、情节、故事，这是一个典型的西方小说的观念。而传统的中国小说是很随意的，它可以是志怪的、记人的、说事的，很多东西都可以当成小说。

马原看起来很先锋的小说，其实是有点要回到西化以前中国传统的思维里面去。比如说，中国画可以把不同时间、不同地点看到的东西画在同一幅画里面。我们刚刚接触西方绘画的时候，觉得中国人很落后，不知道焦点、透视法等。其实，马原的小说里就是这样。怎么乱七八糟的事物都放在一篇小说里了？比如，小说里出现一个人物，这个人物会讲一个故事，小说里还有另外一个人物，他会讲另外一个故事，跟前面讲的故事互不相干，这就这样组成一篇小说。那么比较起来，从一个真实的角度或者从一个还原的角度来看，哪一个方式更接近于世界本来的样子呢？至少在马原看来，中国传统的方式塑造出的更接近于世界本来的样子。可能这个世界里的很多事情本来就没有联系，就是不相干的。人为地把它们组织起来，人为地给它们一种联系，这样已经离世界的本来面目远了。从一个单一的或者说统一的视角来看事物，看到的只是事物的一面，虽然可能看得更深刻，但是，这样一种深刻，牺牲掉的是对事物的总体把握和综合的观感。马原就是强调，这样一个单一的视角对观察世界、对还原世界来说是不够的。所以，他小说里的视角不断地变化。

我们讲小说的艺术是时间的艺术，一件事情有开头、有结尾。从更本质上说，小说是用语言写出来的，他在创作小说或者你在读小说的时候，只能是一句话一句话地说、一句话一句话地看，这样一个过程本身就是时间流动的过程。其实时间比空间在小说里的作用更大，这个观念本身也是一个西方化的观念。在中国传统小说里面，时间很可能变得不重要，或者有意使时间变得不重要。比如说《红楼梦》，它一个场景写完了换到另外一个场景，然后再换一个，场景不断地变化，而同时，你觉得时间仿佛是静止的，重要的是它给你的空间感。在《红楼梦》这样一部长篇小说里，重要的其实是空间展示的问题。马原的小说也是这样，一个视角讲一个故事，那肯定是在一个时空里，而突然又换另外一个视角，肯定会带来另外一个时空。视角的变化必然切断时间，空间的因素变得更加重要。可能在日常世界里面，我们自己也会感觉到空间的不断变换，尽管时间在同时不断地流逝。时间的流逝是一个人对生命的感觉，但是，你在经历事情本身的时候，其实是不怎么有感觉的。你知道我今天干了什么事，明天又要干什么事，主要的感受是来自空间场景的不断变化。也就是说，在我们认识世界的时候，空间因素可能更重要。

马原小说表面上非常突出的一种叙事方式，现在已经被滥用了，叫作"元叙事"或者叫"元小说"（Metafiction）。物理学加上"meta-"这样一个前缀，就是形而上学，小说加上这样一个前缀，就是"关于小说的小说"，就是说在小说中讨论小说创作的小说。也有一种翻译的方法，叫"后设叙事"。马原在写小说的时候，会突然跳出来说：我怎么写到这里了，我写不下去了，我下面应该怎么写呢？本来在我们看到的创作里面，创作过程是被排除在作品外面的，你看到的只是一个作品，但不知道作家怎么来创作这个作品。但是，马原是把他的创作本身和他的作品混到了一块儿。他把他的写作过程写到了作品里面，他会跟读者讨论下面怎么写更好。这样会带来两个结果。第一，传统上我们读一个作品，作者要把你带入他创造的这个世界，让你以为这个世界是真的，让你陷入作品里面越深越好。而马原不时地告诉你这是假的，这是我虚构出来的，还可以有另外一个虚构。他把作品给人的真实的幻觉打破了。第二，作家跟作品之间的关系发生变化，在马原那里，作家不再是一个很神秘的创造者。很多作家愿意强调作家就是用语言来创造一个世界，我们读作品的时候，很想知道作家是什么样的。这个感觉其实是作家有意造成的，作家有意不让你知道创作是怎么一回事，反倒勾起了你对创作的好奇心。马原这样做，作家的神秘感、创作过程的神秘感被打破了，而且作家不再是高于作品的了，作家本身就和他创作的东西一样。马原叙事的内容包括他自己，使自己的创作过程、自己的状态也被叙述。这样一来，自己和作品中的人物、事件，是处在同等层次上的。他不再是上帝。我就是那个写小说的马原，我就是那个汉人马原——这是典型的马原小说。因为这个方式太显眼了，后来模仿者很多，一直到今天也还很多，有时候显得很不必要，不知道他为什么这么说。而在马原那里，这是有意思的。马原的写作方式影响了一批人，带来了对小说的重新的认识。

四

另外应该讲一讲的，是苏童。我们的文学史会讲到《妻妾成群》。大部分人知道苏童是因为《妻妾成群》以及由《妻妾成群》改编成的电影《大红灯笼高高挂》，一般文学圈子里的人知道苏童，是因为他之前写的以"枫杨树"这个名字为系列的乡村历史传奇，他把他写的那个乡村叫作"枫杨树"。比这部分人更少的人知道苏童，是因为苏童在写"枫杨树"系列之前，写了一组少年的故事。这组少年的故事发生的地方都是一个南方的小城，其实就是苏州。在这个南方小城，有一条街，后来，他把它叫作"香椿树街"。苏童的成名作应该是这样一系列南方少年的故事。

这是他刚刚写作的时候写的东西，而且，他一直对这一类东西比较迷恋。后来，他写乡村传奇，完全靠文学的想象力，写《妻妾成群》更是这样。而"香椿树街"南方少年的故事，其实是有他自己的生活经验在里面的。少年经验对于二十岁的人和五十岁的人是完全不一样的。对于一个二十几岁开始创作的人来说，少年经验是他生命当中唯一的经验，几乎可以这样说：唯一的经过一点点时间沉淀的经验。所以，少年经验有时候对跟它没有关系的人来说是毫无意思的。但是，在自己有过那段经历的人看来，少年经验是刻骨铭心的记忆，是他永远也摆脱不掉的，有的时候像阴影、有的时候像阳光一样的东西，是他生命当中最真切的疼痛、苦恼或者欢乐。苏童把这样一些东西写出来，非常好。苏童是一个典型的南方人，苏州人，不会非常张扬自己的个性，他就写那种很阴郁的、带着个人伤痛的东西。

苏童出文集的时候，特意编了一本《少年血》，这可能是苏童的小说里面在艺术上写得最讲究的一部分。他少年经验的系列里面较早的一篇《桑园留念》，是大学刚刚毕业的时候写的。苏童的写作开始得很早，但他初期的写作一直不成功，在大学里面老是投稿，老是被退稿。不好意思了，他就用他朋友家里的地址投，是很羞涩的一个人。大学毕业以后分到南京工作，就写了《桑园留念》。南京这个地方很出作家，有一帮人在写诗、写小说，苏童也在这个圈子里面混。写了《桑园留念》以后，自己感觉写得还不错，要拿给朋友们看，又不好意思，他就趁人家不在，塞到人家家里。其实，大家都是一些没发表过作品的人。他们看了之后，觉得苏童很会写。但《桑园留念》也是不断地投稿，不断地遭到退稿，这个稿子在全国的各个编辑部流转了三年多，后来在《北京文学》发出来，是一九八七年的时候。《少年血·自序》里面有这样一段话：

> 我之所以经常谈及《桑园留念》，并非因为它令人满意，只是由于它在我的创作生活中有很重要的意义，重读这篇旧作似有美好的怀旧之感，想起在单身宿舍里挑灯夜战，激情澎湃、蚊虫叮咬、饥肠辘辘。更重要的是我后来的短篇创作的脉络从中初见端倪。……从《桑园留念》开始，我记录了他们的故事以及他们摇晃不定的生存状态，如此创作使我津津有味并且心满意足。
>
> 我从小生活在类似"香椿树街"的一条街道上，我知道少年血是黏稠而富有文学意味的，我知道少年血在混乱无序的年月里如何流淌，凡是流淌的事物必有它的轨迹。

其实，苏童的这一组小说用不着什么评论。他自己说得就很好，"一条狭窄的南方老街"，"一群处于青春发育期的南方少年，不安定的情感因素，突然降临于黑暗街头的血腥气味"。在这种少年故事里面，苏童经常会写到一些血腥，但他的血腥写得不像余华那样血淋淋的，而总是带着忧伤，写"一些在潮湿的空气中发芽溃烂的年轻生命"。按照我们通常的说法，这应该是一群最富有活力的生命，他却写出了这群最富有活力的生命当中那种阴暗的、非常容易溃烂的性质。刚刚发芽的年轻生命会长大，但是，也非常可能在这个芽未发出时候就死掉了，就被折断了。他写出了后面这种令人不能释然的发芽溃烂的年轻生命，"一些徘徊在青石板路上的扭曲的灵魂"。这样的生命在这样一个阶段本身就可能是非常混乱无序的。

苏童在写这个系列的时候，通常用第一人称，"我"常常是小说里面的一个人物。这个"我"是一个少年，他在看世界的时候，就是用一个少年的眼光、少年的视角，来写少年经历的事情。就是说，苏童在写这些事情的时候，不是以一个已经长大的人的视角，回过头去重新看待这些事情。因为在经历过以后，人已经长大了，至少对这些事情有了一个看法，对过去的经验可能还不十分明晰但已经有了一个判断、一个总结。但是，苏童写的这一个"我"，正在经历着这些事情，他对这些事情根本就没有判断。他以这样的眼光来写，使情节发展充满了不确定的因素。对生命不明白，但是生命在要求你明白，生命在冲撞着你，不管是从生理上，还是从与社会的接触上。苏童把这样一种状态写了出来，他以他当时那个年龄的视角来写。所以这样一批小说，说它们是少年小说，不仅是因为它们的题材、内容是写少年的，更重要的是它们的眼光、它们对事物的感受是少年的。

五

还要讲的是孙甘露小说的语言实验。我们通常以为的语言，是用来表达一种意思的工具，不管它是载道的，还是言志的。在一个范畴里，载道和言志是对立的，可是，从另外一个更大的范畴来看，它们是一回事——都认为语言是表达某个意思的工具。可是，在孙甘露的小说里面，在他的语言实验里，语言不表达什么明确的意思，既不载道也不言志，也不传达我们日常语言里所有确定的意义。这样一来，语言解放了，也就是说语言不再是语言之外任何东西，语言的组合，词汇和词汇组合在一块儿，句子和句子组合在一块儿，也不一定是为了一个特定的目的。他把语言从语言的意义中解放出来，语言最大限度地获得了它本身的自由。我们文学史里说孙甘露的小说语言就像超现实主义的诗，把他的小说分行排，就像诗一样。什么是超现实主义？这里不是用一个严格的超现实主义流派的概念来界定，而是说语言在这里的运用，不再是我们在日常生活常规下对语言的运用，语言变得不指涉语言之外的现实。那么，它变成了什么？在这样的语言运用当中，所指的功能越来越弱，而能指的功能越来越强，一句话可能指涉任何意义。如果所指的功能很强大，那么这句话、这个词所指的意义是非常确定的，而把这样的功能减弱之后，一方面语言可能没有任何意义，另外一方面语言也可能指向任何意义。所以，我们读孙甘露的小说，多少会有这样的感觉：你不知道他在说什么，你好像知道他在说什么，但是不能确切地说出他在说什么。他的语言像梦境里的语言一样，词汇本身获得了很大的自由，但是，词汇连缀在一块儿的意义就不知道了。

这样的语言体验有点类似于人在迷幻状态当中的体验。意大利电影导演费里尼的一段话可以用来解释。费里尼讲他喝了一点迷幻剂后的体验：

> 前几天，当我有濒死的感觉时，物体便不再拟人化了。原来一直像一只奇怪的大蜘蛛或拳击手套的电话，如今只是电话而已。也不是，连电话也不是，它什么都不是，很难形容。我不知道那是什么，因为体积、颜色和透视的概念，是了解事物的一种方法，是界定事物的一组符号，是一张地图，一本可供大众使用的公认的初级教科书，而对我来说，这种与物体的理性关系突然中断了。

你判断一个东西，比如他举的例子——电话，凭什么你看到那个东西，意识里马上反应出那是电话？这里有很多综合的信息，比如它的形状、颜色、放的位置，等等。因为构成电话的每一个因素都是有意义的，它的颜色、形状、体积，这些联系起来指向某个意义，综合起来，使你判断它是电话。

可是，如果把这些因素都割裂开来，颜色是颜色，形状是形状，你就没办法判断这是电话。你和那个东西形成的关系是你和电话之间形成的关系，而不是你和颜色、形状之间单独的关系。

> 有一次，为了满足正在研究迷幻药效应的医生朋友们，我答应做他们的实验品，喝下了掺有微量仅一毫克迷幻药的水。那一次，客观的物体、颜色、光线，也都不再有任何可辨识的意义。那些物体是它们自己本身，浸浴在明亮而骇人的辽阔寂静中。那一刻，你对物体不再关心，无需像阿米巴变形虫那样用你的身体笼罩一切。物体变得纯洁无邪，因为你把自己从中抽离了；一次崭新的经验，就像人第一次看到大峡谷、草原、海洋。一个充满了随着你呼吸的韵律而跳动的光线和鲜活色彩的洁净无瑕的世界，你变成一切物体，与它们不再有所区别，你就是那朵令人晕眩地高挂在空中的白云，蓝天也是你，还有那窗台上天竺葵的红、叶子和窗帘布纤细的双股纬线。那个在你前方的小板凳是什么？你再也无法给那些在空气中如波浪般起伏振动的线条、实体和图样一个名字，但没有关系，你这样也很快乐。赫胥黎在《知觉之门》（*The Doors of Perception*）书中，耸人听闻地描写了这种由迷幻药引发的意识状态：符旨的符号体系失去了意义，物体因为没有根据，没有存不存在的问题而令人放心。这是至福极乐。

在迷幻药的作用下，你和世界日常的理性联系都没有了，这个世界里你所看到的东西都变成了它们本身，你想到一个东西时，脑海里不再是它的功能、它的用处、它和你之间的关系、它的意义，因为失去了这些，物体本身获得了极大的解放。就像费里尼描述的，物体变成了物体本身，不再附加日常人为加给它的东西，所以这个时候你会感觉非常放松，甚至到了"至福极乐"的状态。

这就有点儿类似于极端的语言实验，语言的所指被减少到极点，只剩下能指，只是一堆漂亮的词语，念出来是一堆漂亮的声音的组合。当时类似于孙甘露这样的小说引起了年轻人的兴趣，产生的就是这样一种效果。

虽然以前看到过草原、山谷或者河流，但是，你从来没有这样看到过草原、山谷或者河流。好像你是第一次看到，语言原来是这样的，语言原来可以不指涉任何东西，它本身就可以构成一个很美的流动的语言过程。

但是，这只是迷幻药作用下的第一个阶段，接下来，费里尼说：

> 但是突然被排除在概念的记忆之外，让你掉入无法承受的焦虑之深渊里；那前一刻的狂喜转瞬变成地狱。怪异的形体既无意义也没有目的。那讨人厌的云，那教人难以忍受的蓝天，那活生生的令人作呕的双股纬线，那你不知道是什么东西的小板凳，把你掐死在无尽的恐惧中。（《我是说谎者：费里尼的笔记》）

你突然看到空气中的云彩、线条不再是日常清醒状态下看到的样子，那些东西特别好、特别纯洁，它们没有意义，没有作用，就是那么自在地待在那儿。可是时间一长，就觉得它们没有意义、没有目的，它们之间没有任何联系，和你也没有联系，这其实是很让人焦虑的，你没法适应这样一个世界。你不知道这些东西是什么，除了只是一些纯粹的线条、声响。费里尼描述说，这样一种"至福极乐"的状态会在某一个瞬间转变成一种你难以忍受的状态，唤起你无尽的焦虑，天堂会一下子变成地狱。

如果语言没有了所指，它只变成了能指，看起来语言是变成了语言本身，它不再一定要表达什么东西，好像获得了自由、解放、幸福。但是，这样时间一长，你会产生怀疑，什么是语言本身？语言本身难道就是它没有所指？以往，我们把语言完全工具化，不承认它本身的特性；那么，现在把它所有所指的成分去掉，这就变成语言本身了？正常的语言是既有能指的部分，也同时具有所指的功能。否则的话就是梦话，就是一串没有任何现实意义的东西。严格说起来，这就不是语言。语言本来就是由能指和所指两部分构成的。任何人人为地去掉一部分，或者减弱语言的一部分功能，加大另一部分功能，所能带来的幸福、自由的感觉也是短暂的。过了最初的兴奋期之后，你会觉得这种语言无法认识。

六

先锋小说在时间的概念上，大致上是从一九八五年或再稍前一点到一九八九年。现在，很多人谈 20 世纪 90 年代的先锋小说，其实不对的。90 年代没什么先锋小说；如果说还用先锋小说的概念的话，一定跟 80 年代所指的是不一样的内容。虽然，在 80 年代中后期写先锋小说的这些人到 90 年代还在写，但是写作的性质已经发生了非常大的变化。比如说像余华、苏童等在 90 年代非常重要的作家，他们的写作此时已经很难被称为先锋写作。先锋这个词是借用的，这是一个军事术语。先锋的命运是不知道它下一步是什么，它要为后面的大部队开辟道路或者探明情况、获得信息。我们把它用在写作当中或者用在文化上，其实是说这一部分人的写作、文学实验是和社会主导潮流不一样的。他们是要去探索一种不仅还没有成为社会的主流，而且这个社会、现有的写作规范可能还没有意识到的东西，或者说是去探索一种可能会对现在的主导潮流、写作规范、写作体制形成某种反叛力量、某种挑战的写作行为。这样一种写作行为我们叫作先锋行为。那么从另外一方面来讲，这样的写作行为因为是向未知领域探索的，所以会对已经形成的社会主导规范形成挑战和反叛。所以反过来讲，它必然也会遇到比它更大的社会主导力量的阻碍。把词语的色彩降到最低点用"阻碍"，还可以用色彩更强的"压抑""压迫""排斥""反对"等等。这个阻碍包括很多方面，不仅仅是来自正统的政治、意识形态的阻碍，还来自已经习惯化了的我们的审美习惯、我们日常感知世界的方式、我们的文学教育对这一类东西的本能的反抗。先锋产生和发展的过程，一定伴随着挑战和对挑战的克服，处在这样一种对立的关系中，然后在这种关系中获得它自身的意义。先锋的意义就是使原来你不习惯的东西慢慢被一部分人接受，到有更多的人接受，最后被整个社会的大众所接受。这个时候它已经没什么先锋的意义了。它从原来向主导的文化潮流、审美习惯挑战的写作行为变成构成社会主导潮流、构成文学审美习惯的一部分力量，或者很重要的一部分。比如说，像苏童、余华这样的作家，在 20 世纪 80 年代人们是根据那个时代主导的社会潮流所形成的文化标准、文学标准来判断他们的，而今天人在判断文学的时候，则是根据他们，根据莫言、张炜、张承志、史铁生、韩少功、王安忆，这样一部分人形成的文学标准、习惯、审美经验来判断其他人。这个时候，再讲他们是先锋的话，就没有先锋本来应该有的含义了。如果说20世纪90年代还有先锋的话，那一定是说另外一批人，另外一种写作。

  青春常常和先锋联系在一起，那是因为，青春本来就是为即将充分展开的生命进行探险的先锋。

困难的写作

——论 20 世纪 90 年代的诗人散文

一

20世纪90年代诗人散文的"出场",是在散文已经相当繁盛的情形下发生的。而散文的繁盛,也只是在如下的意义上才可以如此描述:随着90年代整个社会的转型和社会轴心的变化,文化的消费性功能日益强化和突出,"文化产品"进入公众视野——"文化市场"——转瞬即成为"文化消费品",被大量地、即时性地消费掉;散文的繁盛,整体上说,也正是被大量、即时消费和大量、即时生产的结果,而且我们从中可以观察到相当直接、简明的生产与消费之间的互动关系。在这样的"运作"过程中,我们还可以感觉到一种明显的变化:伴随着数量的膨胀和读、写的即时性,以往被有意识地避免和排斥的日常性不断出现和加强,而且愈演愈烈,发展至以此作为招徕和标识的地步。日常性包裹了完整的"运作"程序:写作行为的日常性、写作内容和精神的日常性、阅读行为的日常性。这样的情境使以往不成为问题的问题成为问题,仅从写作这一"运作"过程的一端来说,"谁是今天的作家"已经不是一个很容易对付的提问,"谁是今天的散文作家"就更让人头疼了。不过,站在当今变化的社会文化环境提供的立场上来看,此类提问几近庸人自扰,"作家"的传统含义可能已经被击碎,其内部可能已经四分五裂了。

和散文繁盛的情形正好相反,诗的冷落依然如故。从某种意义上说,这正是诗的幸运:它还没有被统摄进"文化市场"的"运作"过程中去。

公众拒绝消费它,诗人拒绝他的作品被大量、即时地消费。诗本来就不是日常性的东西,它今天也还不是,它的意义或者也正在于此。

那么20世纪90年代诗人散文的"出场"又该被如何看待呢?它是犹抱琵琶半遮面的妥协吗?它是诗的自然延续或者是与诗对等的另一种言说方式吗?它在铺天盖地的散文中有多少独特的品性?它的独特品性能够突显出来而不被同化、淹没掉吗?这对于散文、对于文学、对于时代和社会又有多大的意义和价值呢?

我将要谈到的几位诗人,大都读过布罗茨基论述茨维塔耶娃的《诗人与散文》一文,因而我想他们不会没注意到布罗茨基的这种说法:"如果这里谈的不是茨维塔耶娃,那么,一个诗人的转向散文,就可以被视为一种文学上的 nostalgie de la boue(对卑俗的眷念),一种与(写作的)群体融为一体、最终'与众人相同'的愿望。但是,我们这里谈论的是一位从一开始起就明白该往何处走或者将被语言引领向何处的诗人。我们谈论的是'诗人从远方带来语言/诗人又被语言带向远方……'这两句诗的作者,这里谈的是《捕鼠者》的作者。散文决不是茨维塔耶娃的避难所,不是一种解脱——心理上的或风格上的解脱——方式。对于她来说,散文是对孤立的环境、亦即语言的可能性的明显拓展。"① 我并非要把即将谈论的几位当代中国诗人和他们的散文作品与茨维塔耶娃及其散文相提并论,但布罗茨基无疑为我们树立了一个参照的标尺。靠着这杆标尺,我们选择将要讨论的诗人的散文作品,而同时可以对另外一些诗人的散文作品不予讨论。

二

陈东东谈到"诗人受到散文的诱惑",在随笔集《词的变奏》②的自序中,他似乎有些激动和极端地说道:"说具体点,散文对诗人的诱惑来

---

① 〔美〕约瑟夫·布罗茨基:《诗人与散文》,刘文飞译,见《复活的圣火》,广州出版社1996年版。

② 陈东东:《词的变奏》,东方出版中心1997年版。

自散文有待被诗人重新发明,以更为严格的写法去剔除散文文体中的散文渣滓。——诗人真的企图是把散文也处理成一件作品。"尽管陈东东认为,如果把诗人散文仅仅当作其诗歌的延展或弥补,"散文对诗人的诱惑就没有散文写作和诗学的意义",但可以看出他的出发点和落脚点仍然是诗而不是散文。所以他才会说,只有诗人才有能力赋予散文作品那些属于诗歌的特质,"只有诗人才会通过其散文写作重新发明散文,并把这种被重新发明的散文赋予诗歌"。显然,这样的思想是有感于散文本身的性质和实际现状而发的,然而这种思想似乎是转了一个圈子又回到了起点,从诗出发又回到了诗,那么这个封闭的圆圈对于散文又有什么意义呢?被诗人重造的散文如果就此变成了诗人的专利(因为只有诗人才能重造它,甚至只有诗人才能懂得它),那么这种散文被赋予的强烈隔绝性究竟于散文本身和散文的现状有什么益处呢?我们是不是可以说,在陈东东的设想中,这其实是发明了另一种诗的写作和形式,而不是重新发明了散文。

这样的质疑对于陈东东来说或许是不够公正的,因为这多少有点像站在散文的立场上对诗或诗的想象进行质疑;如果撇开这个问题不谈,就我个人而言,我非常喜欢陈东东那些独具一格的随笔,这些随笔集成了一册《词的变奏》。要公正地谈论陈东东的想法,也许只能在诗学的范畴内展开。而诗人散文,毕竟是散文。散文不是一种孤绝的文体,它似乎先天地就愿意向读者敞开,我们不能因为追求散文写作的精神高度就傲然地把它关闭和孤立起来。在这里我们又一次遇上了布罗茨基,他骄傲却又不失温和地向我们说道:"在诗人转向散文、向这一先验地被视为是与读者交流的'正常'方式的转向中,总有某种减速、换挡的动机,试图阐释事物、阐释自我的动机。因为没有创作中的共谋就没有理解:这理解不是共谋又是什么?惠特曼说过:'只有凭借伟大的读者,才可能有伟大的诗歌。'在转向散文时,茨维塔耶娃几乎把散文中的每个词都拆卸成配件,以便向读者表明,词——思想——句子是由什么构成的;她尝试着(常常是违背自己的意志)让读者接近自己:让读者变得同样伟大。"[①]

[①]〔美〕约瑟夫·布罗茨基:《诗人与散文》,刘文飞译,见《复活的圣火》,广州出版社1996年版。

三

如果不能把读者变得伟大——因为作者并不能肯定自身就是伟大的——那也应该把读者带进有意义的精神氛围中,把读者提升到力所能及的精神高度上。也就是说,我们在这里所注重的散文,既不是孤高地向读者封闭的散文,也不是趋向朝下、将就、讨好读者的散文,而是能够超出生活的日常性,具有提升力量的散文。超出生活的日常性,并非与日常的生活脱离,反倒恰恰是置身其中,从中产生出脱俗的勇气和写作的力量,最终又能出乎其外。

王家新的散文和他关于写作的一些思想,把许多问题和其中包含的意义推到了我们面前。像一切不回避严正问题的文学从业者一样,王家新也深深为时代与个人、时代与写作这个根本的难题所困扰。但王家新不是一个愤世者,他没有采取一种简单的犬儒式态度:"当别人从道德的角度把今天看作一个混乱、败落的时代时,我却宁愿从文学角度把它视为一个蜕变、重构的时代;一个痛苦的,但却富于激发性的时代。我想我已经听到了某种召唤。"[①] 写作要对时代发言,就必须自觉地置身于时代之中,却又必须不混同于时代本身。王家新由此强调写作是做一种双向运动:把个人、写作与时代联系起来的同时,又从根本上区别开来。这样就形成了写作和时代之间的张力,而这种张力,在只认同双向运动的任何一端的写作那里,是不可能存在的。

保持这种张力毫无疑问意味着巨大的困难。一方面,它拒绝了精神的蹈空,思想的轮子与其在高高的空中漂亮地空转,毋宁降落下来,与粗糙、坚硬的地面吃力地摩擦;另一方面,在对时代的关注中反思自身,即使今天文学面对世界似乎什么也不能做,它也应该有能做的:"在世俗的欢乐中继续它自身的痛苦,在时代的喧嚣中进入它自身的宁静——其软弱与力量、不屈与高贵,都在于此。"由此而诞生了一种"生活与写作的艺术":

[①] 王家新:《夜莺在它自己的时代》,东方出版中心1997年版。本文所论、所引王家新散文,皆根据这本书。

它"就体现在这种对自身的限制与敞开,对时代的投入与游离之中"(《夜莺在它自己的时代·对隐秘的热情》)。

说到底,在时代中坚持精神的想象力和可能性,追求文学写作的张力与高度,最终只能是个人的事情。在这个意义上,"个人写作"意味着从众人中抽身而出,与普遍性话语规范偏离、背驰,以个人的方式、个人的历险来承担人类的命运和文学自身的要求。(《夜莺在它自己的时代·对隐秘的热情》)这里突出的个人,并非抽象的个人,也并非限于个人的个人;而是包含着个人的存在勇气和个人的承担意愿与能力。个人的存在勇气,也就是"独自去成为"的勇气;而对于个人的承担,王家新有着相当透彻的认识,他说道:"在我们的这种历史境遇中,承担本身即是自由。我们不可能再有别的自由。这是我们的命运,同时这也提示着中国现代诗多少年来最为缺乏的能力和品格。这种'承担'当然属一种难以简单界定的诗学行为,但我想它首先意味着的是把我们自己置于历史与时代生活的全部压力下来从事写作;同样,这种承担也不限于某种道德姿态,它在今天还会要求我们从一个更为开阔的视野来反观我们自身的文化构成……正是通过这种承担,我们的写作才有可能积极介入到目前中国的话语实践中并成为其中富于变革、批判精神和诗性想象力的一部分。"(《夜莺在它自己的时代·阐释之外》)

正是通过承担,写作才获得了超出个人、见证时代的阔大意义。而且,写作的见证本身就构成了它自身的现实,"或者说见证到什么程度,时代便呈现出什么样子。我相信时代就是这样来期望于一个诗人的"。基于话语创造意识和写作与历史关系的重新确认,"一个时代不是从别处而是从自己的写作中开始"(《夜莺在它自己的时代·重读奥登》)。

个人承担的展开与实施依靠的是具体的劳作,王家新强调写作的"工作"和"劳动"性质,是因为他清楚个人自主选择的精神空间"并非乌托邦,它首先是地狱"。写作,就是"把终生的孤独化为劳动","深入黑暗、再深入,直到你能够在那里忍受无名"(《夜莺在它自己的时代·谁在我们中间》)。从那些文学先辈,特别是从卡夫卡身上,王家新产生出在黑暗中、在文学的核心地带、在文学的"秘密心脏"中工作的自觉意识。因为只有在文学的中心工作的人,才能对文学说话;同时,从"饥饿艺术家"的坚持中，他看到，"依然有人拒绝把文学降为一种改变命运或曰'改善生活'的手段。而把写作保持在一种难度里，也就是把文学保持在它自身的高度里，把人类运转不息的精神保持在一种不灭的光辉里"（《夜莺在它自己的时代·饥饿艺术家》）。

在《卡夫卡的工作》一文里，王家新由文学分类对卡夫卡的失效，提出一种混合的写作，"是一种能够将自己置身于一个更大的文化语境中，不断地吸收、转化，将各种话语引向自身、转化为自身的写作；是一种将对人类各种知识的洞察与对文学自身的意识相互作用，最终在文本中达到一种奇妙的混合的写作"。这是一个非常富有挑战性的问题。对此，我曾经有过这样的思考：文学分类的失效是必然的，即使不遇到卡夫卡，这种必然性也会日益突出地显现出来。追溯写作的历史，回到写作发生的最初源头，一定是先有了表达的冲动和写作行为，之后才出现分类，后来才又慢慢形成各个体裁类型的规范；而后来的写作与源头的写作，其最大的不同在于，它发生之前就面对着已成陈规的分类范式，一经产生就会被划归到所属的类型规范里。但是，已有的分类并不能够涵盖文学写作的全部，比如，在两种类型的缝隙之间，是不是就不存在写作呢？如果我们承认文学写作的多种可能性的话，分类的局限就会显得更加突出。而且，即使是与最初的写作遥遥相隔的今天，表达的原初冲动仍然没有泯灭。并不是所有人在用文字表达自己的时候，都像循规蹈矩的作家那样，首先考虑他所表达出来的是小说，是诗，还是散文。

四

文学分类的问题不仅仅在于对自由表达和写作的束缚，而且它还内含着世俗的等级观念；对于这种文学的等级观念，从杰出的大诗人布罗茨基到平庸的文学写作者，基本上都是接受的。我们不能说这种等级观念完全没有道理，况且当下的写作现状似乎更强化了这种积久的观念。然而，我们必须要问，这种等级观念给散文带来了什么？在我看来，散文正是这种观念的受害者。我曾经在一篇文章里说过："我们平常想到散文时好像想到的不是文学，而是文学的次品，散文家好像也只是个勉强的文学家。

我们的文学意识对待散文,彬彬有礼却又冷淡之至。……在这种意识下,散文好像是在做小说、诗、戏剧、批评、学问等等不想做的事,做它们不屑于做的事,它们剩下的边角料,有时就做成了散文。"现在散文热闹,气势可观,"但文章作者们的理直气壮是以低调打底的:散文又不是什么了不得的东西,怎么写不得!热闹归热闹,还是脱不了那意识,而且又增添了这个时代流行的习气"。我的想法是,要根本改变散文的现状,首先要改变这种观念和意识,散文要去做其他文类做不了的事情。①

从诗人于坚那里,我看到了基本一致的想法。他在随笔集《棕皮手记》的后记中写道:"这本书记录的是我近十年间写作的片言只语。但不是什么写作之余的副产品。我以为作品就是作品,不存在主副之分。如果有意识地这么做,那么对一个作家来说,是非常糟糕的事。读者为什么要读一位作家的副产品呢?"②

前面我们曾经提出过散文写作的一种理想状态:置身于日常生活之中却又能够超出生活的日常性。这个问题在于坚的写作中呈现为一种复杂的样态,但于坚是以一种简单、纯朴的方式去对付这种复杂性的。日常生活和事物,并非就是我们置身其中的生活和事物,相反,常常是我们置身其中的生活和事物遮蔽了本来应该自然敞开的日常生活和事物。举一个浅显的例子,比如说人与词——我们就挑"道路"这个词吧——的关系,本来"道路"指的就是通行之地,具体有形,有用途。可是当这个词走过一条逐渐脱离形而下的具体样态的道路,越来越是"道"却越来越不是"路",再次与我们相遇的时候,我们真的认得它吗?"一个词总是来自历史的形而上中,而我们永远只能在生活的现场,在形而下中与它遭遇。"通常的情形是,每个人都守着他自己的一份"道理",而对就在眼前脚下的"道路"视而不见,因而不能与真正的道路和这个词建立真正的关系,如同于坚记叙的那件真实发生过的事情一样。(《棕皮手记·三个词》)于坚的立场就是站在生活现场的立场,用生活现场来反抗和戳穿由诸如历史、文

---

① 张新颖:《对散文的偏见》,见《歧路荒草》,上海人民出版社1996年版。

② 于坚:《棕皮手记》,北京邮电大学出版社2014年版。本文所论、所引于坚散文,皆根据这本书。

化所形成的所谓形而上的意义、价值等等，从而建立起个人的真正鲜活的意义与价值。

问题的复杂性在于，历史、文化经过漫长的道路所形成的意义、价值已经融入了日常生活和日常事物之中，成为日常生活和事物不可离析和分割的部分。如果说写作"是从既成的意义、隐喻系统的自觉地后退"（《棕皮手记·从隐喻后退》），那么，能够后退到哪里呢？显然我们不可能退回到原初，不可能退回到自己创造词语、生成意义的时代。这也就意味着，这样一种焦虑不可能被一劳永逸地解决，而只能是永远怀着这种焦虑，同时也永远怀着克服这种焦虑的冲动、希望和绝望。因为语言、意义系统总是先你而在的，对日常生活的遮蔽和破坏也必然是先你而在的，如果把写作作为一个去蔽和疗救的过程，这个过程就不能不是永远的，不能不是应该时刻警惕的。正是从这个意义上说，"写作是对词的伤害和治疗。你不可能消灭一个词，但是你可以治疗它，伤害它。伤害读者对它的知道"。在此之前，首先要"伤害"写作者自己对它的"知道"。至此也就可以明白，"写作之所以是一件困难的事，就是因为它必须从一个被想象力所歪曲的世界出发"（《棕皮手记·1996》）。

我们来看一下《回忆》这篇短文，也许有助于理解于坚所力图揭示的问题的严重性。他说，《追忆逝水年华》不如《寻找失去的时间》译得好，因为年华暗指追忆的是某种有意义的、闪光的生活，然而，"正是隐匿在年华后面的灰暗的无意义的生活组成了我们几乎一辈子的生活"。不明白这一点，也就不会读懂普鲁斯特。"我发现，很少有人能像曹雪芹或普鲁斯特那样，保持着对日常的无意义生活的记忆能力。二十世纪的中国人，离开历史的特殊时刻，或生活的不寻常事件，可能就无法回忆起自己的任何过去的日子。"这个世纪的文学写作也充分地依赖这个世纪集体的、时代的记忆。正是对生活意义的集体焦虑式寻求，排斥了个人生活——特别是被视为无意义的个人生活——进入记忆。这也就是说，失忆并不是后来才发生，而是伴随着个人生活的整个过程，发生在每一个当下的时刻。问题由记忆转到现在——这也就是为什么我们要寻找失去的现在。这里用得上维特根斯坦的洞察和感慨：要看见正在眼前的事物是多么难啊！而失去了个人生活的现在，失去了充满私人细节的记忆，我们就只能是"一群丧失了存在的、飘荡在时代荒原上的孤魂野鬼"。

当于坚说"我们没有理解无意义生活之意义的能力"的时候，他的意思并不是说人应该彻底沉浸或淹没于无意义的琐碎、芜杂、晦暗之中，而是强调对现成的、先在的意义系统的反抗和拒绝，反抗和拒绝之后的个体退回到无意义的现场，依靠自身的参与和创造，生成和呈现出与自我紧密联系的意义来。也就是说，意义并不在个体的存在过程之外，而正是在存在过程的展开之中。篇幅较长的散文《戏剧作为动词，与艾滋有关》记录的正是生成和呈现"无意义生活之意义"的过程。"与艾滋有关"是北京独立戏剧导演牟森提出的一个意念，于坚应邀参加演出，这给他提供了一个类似于退回到原初、从自我开始创造意义的机会和强烈体验。牟森的戏剧不是现成的，没有剧本，"戏剧"是个动词，是开始时只有一个方向（"与艾滋有关"）的滚动过程。不是演"戏剧"，而是通过"演"呈现剧本，"将要滚动出来的，一切都不能事先预见，充满着可能性"。上台的人不是职业演员，所有的人都作为他们本人出现，他们之间的关系也就是他们之间能够建立的关系。实际演出的时候，他们自由交流，甚至极少谈到艾滋。三场演出，每一场都不同。在这种充分现场化的活动中，导演、演员、剧场、台词被创造出来，剧本最后出现，成为戏剧的历史记录，而且没有定本。"它像古代的戏剧那样，首先是人的活动，然后才是文字的记录。"我们不难发现，这部戏剧其实是一部现代人的"创世记"，"在对'无意义'的呈现中，意义无所不在地呈现了"。

作为记录《与艾滋有关》演出过程的散文《戏剧作为动词，与艾滋有关》，它本身也是在对"无意义"的呈现中呈现出意义来，也就是说，它和它叙述的对象是同构的。甚至我们可以极端一点，认为它们是一体的：戏剧生成的过程也就是散文生成的过程，对于没有以其他方式（演出、观看等）参与戏剧过程的散文读者而言，这篇散文提供的过程就是这个戏剧的唯一过程。套用作者本人的话说，散文在这里也是作为动词的。

尽管于坚在这个戏剧的演出过程和这篇散文的写作过程中，面对先在意义系统的焦虑有所缓解或克服，从而体验到了生成或创造新意义的生命愉悦，我们却很难把这种经验推广和普泛化。因为无论这个戏剧的反传统性是如何彻底，它毕竟提供了一个假定的空间、一段特定的时间，毕竟还需依赖戏剧的基本情境和构成，还需要剧场、演员和演出。可是"无边"的现实生活却不能提供回到原初的假定，历史、文化已经产生出来的东西不管你如何对待它，它也已经产生了。写作，无论如何面对的不是一张白纸，好写最新最美的词句；写作面对的是与文化的历史一样悠久的羊皮卷。那上面不仅已经写得满满当当，而且已经重叠、复写了许多遍，过去的痕迹没有办法擦得干干净净，后写的文字也不可能把先写的文字完全覆盖住，先前写下的仍然能够或清晰或模糊地透显出来。说一句丧气然而却无比真实的话：你如果不想在羊皮卷上写，那就没有别的地方可写了。

由此我们多少可以理解于坚那几乎无望的努力："但到今天，我的舌头仍然没有获救，我仍然尚未说出我想说出的那些。"（《棕皮手记·关于我自己的一些事情》）

五

历史、文化及其所形成的意义系统，还有积淀着以往全部生活的今天的生活，除了于坚所感受到的一面，当然还有别的方面。处在不同的角度，就会目睹和体会到不同的东西。我们应该遵守一个基本原则：尊重复杂性。

翟永明少有像于坚那样强烈的历史负重感，因而她的表述通常也就相当平静，平静的表述中常常透出对于历史、文化亲近的感怀，对于平常生活质朴的慧心，如果我们还不能赞叹说是"铅华洗尽"，至少也可以看到作者已然趋向于此了。在散文集《纸上建筑》卷首的《作者自白》中，翟永明这样说道："真正划时代的声音，并不一定在浪尖上。在寂静中磨洗内心的激情，磨洗写作的基本精神和本质，也才可能磨洗出光可鉴人的文章和诗歌。"[①]

从这几句话里不仅可见作者的见地，也可见一种难能可贵的写作心态和理想。不在浪尖上，用作者另外一句谈自己创作的话来解说，就是，"我写作，并不与时下的倾向有关，也不与当前迫切的哲学思潮有关，它们只

[①] 翟永明：《纸上建筑》，东方出版中心1997年版。本文所论、所引翟永明散文，皆根据这本书。

是个人在词语和纸背中向外注视着一个变化的时代,实在无足轻重,不被人所体味与认同,其妙处只被自己和少数喜欢和理解'毫无意义'的事物的人所领略"(《纸上建筑·献给无限的少数人》)。而自认所写的内容"无足轻重"和"毫无意义",有点类似于作者所欣赏的弗吉尼亚·沃尔夫:"她能够平静而客观地思考、探索、观察和创造,孜孜不倦地写出'像蜘蛛网一样轻的附着在人生上的生活'。"(《纸上建筑·生活的诀窍》)

在迄今唯一的散文集《纸上建筑》里,翟永明真没有写什么举足轻重的东西,这不仅是指所写内容的性质,更主要是指写作者的自我意识。我们习惯于从生活中生发出高于生活和大于生活的东西,翟永明却不,她的方向是相反的。她要沉入生活之中,而且她似乎总觉得自己对于生活的认识和发现是少于生活本身的。她意识到,一方面,写作的"困难在于将人类生活的内部感受和一刹那的生命在想象的空间里融为一体,并从中传达出生活那秘而不宣的部分";另一方面,她又能处于生活的可感、可怀、可思、可叹、可亲、可近之中,却并不被"生活掉"。也许正用得上茨维塔耶娃的诗句描述这种写作和生活之间的触及过程:"诗人从远方带来语言/诗人又被语言带向远方……"能够如此,不但需要相应的精神资质,而且同时还需要"生活的诀窍"。翟永明发现的"生活的诀窍"就是,"把自己变成一个罐子,既可以占据黑暗中的一个角落,又可以接纳生活的一掬活水以映照内心的寂静和灵魂的本性"(《纸上建筑·生活的诀窍》)。

也许我们可以觉察到,当翟永明说"把自己变成一个罐子"或"在寂静中磨洗内心的激情"的时候,我们并不能分得清她是在谈论写作还是谈论人生的修炼。这根本上是因为,她把写作就当成人生修炼的一种形式,而且可能是相当重要的、无法替代和取消的形式。在此种情形中,写作与个人生命之间非常自然地建立起了一种亲密关系,对写作的个人化体认也就是非常自然地产生的。关于散文,翟永明说了这么一段颇堪玩味的话:"而散文的空间,是小说和诗歌连接的地点,是两者之间那一片空旷、寂静、永恒的空地,是时间和历史、想象和现实共同围合的幻想庭院。无意义而又绝对优雅,无目的而又接近真理,是带有自恋自弃风格的书写文法。"作者把自己的散文写作视为"纸上建筑",这段话和这个意象都指向一种梦幻般的美;不过要捕捉和达到这种状态,却要经历相当艰难的过程,"因为，我所谈到的文章，与我所写的纸上建筑是一样的，它有着同样的规律和形式。……是需要人们付出代价，付出艰辛的寻找和渴求才能成比例的到手的东西"（《纸上建筑·作者自白》）。

六

不管是王家新所说的把写作保持在一种难度里，还是坚选择的把写作当作一件去蔽的工作，还是翟永明艰辛的寻找和渴求，这些思想和写作实践在他们显现出的具有相当差异的散文观和散文写作风格的背后，却表达出一个共通的意识：写作——当然包括散文写作——是一件困难的事。在20世纪90年代散文写作日益"容易"，因而也日益"繁荣"的文化景观中，诗人散文"出场"的意义，最简单、最质朴地说，就是他们和他们的作品仍然坚持和维护写作的困难，坚持和维护散文写作的困难。我们甚至可以看到这样一个逐渐清晰起来、逐渐被意识到的事实：散文写作愈发困难了，这也是因为日常景观中的散文写作愈发容易了。

我并非有意在诗人散文和非诗人的散文之间制造隔阂和夸大区别，我也并非要抹杀诗人之外的人散文写作的成就，也就是说，我并非要画出一道简单明了的线；然而我也并不想背叛自己的感受。我所认为的20世纪90年代优秀的散文作品当然并非都出自诗人之手，但无疑都具有诗性的品格和光辉。比如说90年代最动人的散文作品——史铁生的《我与地坛》和张炜的《融入野地》，范围再扩大一点，有一个很好的选本，《王安忆选今人散文》[①]。除了其中的作品值得特别注意之外，我认为王安忆为这个选本作的长篇序言，也是90年代论述散文写作最好的文章，尽管我并不百分之百地赞同其中所有的观点。你也许会同意，诗性的品格和光辉，本身就是一种困难。

[①] 王安忆：《王安忆选今人散文》，上海文艺出版社1997年版。

中国当代文学中沈从文传统的回响
——《活着》《秦腔》《天香》和这个传统不同部分的对话

一、沈从文传统在当代

要说沈从文的文学对当代文学创作的影响,首先一定会想到汪曾祺,这对师生间的传承赓续,不仅是20世纪中国文学史上难得的佳话,而且其间脉络的显隐曲折、气象的同异通变,意蕴深厚且意味深长,尚待穿过泛泛之论,做深入扎实的探究。这里不谈。

还会想到的是,自20世纪80年代沈从文被重新"发现"以来,一些作家怀着惊奇和敬仰,有意识地临摹揣摩,这其中,还包括通过有意识地学汪曾祺而于无意中触到一点点沈从文的情况,说起来也可以举出一些例子。不过这里出现一个悖论,就是有意识地去学,未必学得好;毋庸讳言,得其形者多有,得其神者罕见。这里也不谈。

如果眼光略微偏离文学,偏到与文学关系密切的电影,可以确定地说,侯孝贤受沈从文影响不可谓小,这一点他本人也多次谈起过;台湾的侯孝贤影响到大陆的贾樟柯,贾樟柯不仅受侯孝贤电影的影响,而且由侯孝贤的电影追溯到沈从文的文学,从中获得的教益不是枝枝节节的,而是事关艺术创作的基本性原则。[①]这一条曲折的路径,描述出来山重水复,柳暗花明。这里也不谈。

---

① 参见贾樟柯:《侯导,孝贤》,见《大方 NO.01》,北京十月文艺出版社2011年版。

这么说来，就不能不承认有这么一个沈从文的传统在。说有，不仅是说曾经有，更是说，今天还有。沈从文的文学传统不能说多么强大，更谈不上显赫，但历经劫难而不死，还活在今天，活在当下的文学中，也就不能不感叹它生命力的顽强和持久。这种生命力，还不仅仅是说它自身的生命力，更是说它具有孕育、滋养的能力，能够施之于别的生命。

这篇文章要讨论的三部长篇小说，是20世纪90年代迄于今日的文学创作中极具代表性的作品，按照时间顺序，最早的《活着》（1992年）已经有三十年的历史，《秦腔》（2005年）出现在21世纪第一个十年当中，《天香》（2011年）则问世十年左右。这三位作家，余华、贾平凹、王安忆，在当代文学中的重要性和影响力自然无需多说；需要说的是，他们三位未必都愿意自己的作品和沈从文的传统扯上关系，事实上也是，他们确实未必有意识地向这个传统致敬，却意外地回应了这个传统、激活了这个传统。有意思的地方也恰恰在这里，不自觉的、不刻意的，甚至是无意识的关联、契合、参与，反倒更能说明问题。这里我不怎么关心"事实性"的联系，虽然这三位不同程度地谈起过沈从文，但我不想去做这方面的考辨，即使从未提起也没有多大关系；我更感兴趣的是思想和作品的互相认证。

在此顺便提及，阿来在二〇〇五年到二〇〇八年出版的三册六卷长篇小说《空山》，本来也应该放在这篇文章里一并讨论，《空山》因和沈从文文学之间对话关系的密切性，本不遑多让；但考虑到涉及的问题既多且深，在有限的篇幅内难以尽言，所以留待以后专文详述。

二、活着，命运，历史，以及如何叙述

《活着》写的是一个叫福贵的人一生的故事，一个普通的中国人在20世纪的几十年中的苦难。说到这里自然还远远不够，不论是在20世纪中国人的经验中，还是在这个世纪的中国文学书写里，苦难触目即是。这部作品有什么不同之处？

在一九九三年写的中文版自序里，余华说："写作过程让我明白，人是为活着本身而活着的，而不是为了活着之外的任何事物所活着。我感到

自己写下了高尚的作品。"① 他在一九九六年韩文版自序中重复了这句话，并且"解释"了作为一个词语的"活着"和作为一部作品的《活着》："作为一个词语，'活着'在我们中国的语言里充满了力量。它的力量不是来自喊叫，也不是来自于进攻，而是忍受。去忍受生命赋予我们的责任，去忍受现实给予我们的幸福和苦难、无聊和平庸。作为一部作品，《活着》讲述了一个人和他的命运之间的友情。这是最为感人的友情。因为他们互相感激，同时也互相仇恨；他们认为无法抛弃对方，同时谁也没有理由抱怨对方。他们活着时一起走在尘土飞扬的道路上，死去时又一起化作雨水和泥土。"②

这里至少有两点需要特别提出来讨论：一是人活着是为了活着本身，二是人和命运之间的关系。

现代中国文学发生之始，即以"人的文学"的理论倡导来反对旧文学，实践新文学。新文学对"人"的发现，又是与现代中国的文化启蒙紧密纠缠在一起的。对"人"的发现，一方面是肯定人自身所包含的欲望、要求、权利；另一方面，则是探求和确立人生存的"意义"。也就是说，人为什么活着，成了一个问题。为了解决这个问题，就要找到并且去实践活着的"意义"。这个问题在某些极端的情形下，甚至会引出这样严厉的判断：没有"意义"的生命是没有价值的，是不值得过的。

但是极少有人去追问，这个"意义"是生命自身从内而外产生出来的，还是由外而内强加给一个生命的？更简单一点说，这个"意义"是内在于生命本身的，还是生命之外的某种东西？

不用说，在启蒙的新文化和新文学的审视眼光下，那些蒙昧民众的生命"意义"，是值得怀疑的。他们好像不知道自己为什么活着、应该怎样活着。新文学作家自觉担任启蒙的角色，在他们的"人的文学"中，先觉者、已经完成启蒙或正在接受启蒙过程中的人、蒙昧的人，似乎处在不同的文化等级序列中。特别是蒙昧的人，他们占大多数，他们的状况构成了中国社会文化的基本状况。而这个基本状况是要被新文化改变甚至改造的，蒙

---

① 余华：《活着·中文版自序》，见《活着》，上海文艺出版社2004年版，第3页。
② 余华：《活着·中文版自序》，见《活着》，上海文艺出版社2004年版，第4页。

昧的民众也就成为文学的文化批判、启蒙、救治的对象，蒙昧的生命等待着被唤醒之后赋予"意义"。

按照这样一个大的文化思路和文学叙事模式来套，沈从文湘西题材作品里的人物，大多处在"意义"匮乏的、被启蒙的位置。奇异的是沈从文没有跟从这个模式。他似乎颠倒了启蒙和被启蒙的关系，他作品中的叙述者，和作品中的人物比较起来，并没有处在优越的位置上，相反这个叙述者却常常从那些愚夫愚妇身上受到"感动"和"教育"。而沈从文作品的叙述者，常常又是与作者统一的，或者就是同一个人。从这个对比来看沈从文的文学，或许我们可以理解沈从文私下里的自负。什么自负呢？一九三四年初他在回故乡的路上，给妻子写信说：

> 这种河街我见得太多了，它告我许多知识，我大部提到水上的文章，是从河街认识人物的。我爱这种地方、这些人物。他们生活的单纯，使我永远有点忧郁。我同他们那么"熟"——一个中国人对他们发生特别兴味，我以为我可以算第一位！……我多爱他们，五四以来用他们作对象我还是唯一的一人！①

"五四以来"以普通民众为对象来写作，沈从文当然不是"唯一的一人"，也不是"第一位"。但沈从文之所以要这样说，是因为那种"特别兴味"，是因为他们出现在文学中的"样子"：当这些人出现在沈从文笔下的时候，他们不是作为愚昧落后中国的代表和象征而无言地承受着"现代性"的批判，他们是以未经"现代"洗礼的面貌，呈现着他们自然自在的生活和人性。这种自然自在的生活和人性，不需要外在的"意义"加以评判。

特别有意思的是，即使是沈从文，有时也会产生疑惑。还以他那次返乡之行为例，一九三四年一月十八日，他看着自己所乘小船上的水手，想："这人为什么而活下去？他想不想过为什么活下去这件事？"继而又想，

---

① 沈从文：《湘行书简》，见《沈从文全集·第11卷》，北岳文艺出版社2002年版，第132—133页。

"我这十天来所见到的人，似乎皆并不想起这种事情的。城市中读书人也似乎不大想到过。可是，一个人不想到这一点，还能好好生存下去，很希奇的。三三，一切生存皆为了生存，必有所爱方可生存下去。多数人爱点钱，爱吃点好东西，皆可以从从容容活下去。这种多数人真是为生而生的。但少数人呢，却看得远一点。为民族为人类而生。这种少数人常常为一个民族的代表，生命放光，为的是他会凝聚精力使生命放光！我们皆应当莫自弃，也应当得把自己凝聚起来！"[1]多数人不追问生命的意义而活着，少数人因为自觉而成为民族的代表，使生命放光，这是典型的"五四"新文化的思维和眼光。

戏剧性的是，当天下午，沈从文就否定了自己中午时候的疑问。这个时候的沈从文，站在船上看水，也仿佛照见了本真的自己：

> 我们平时不是读历史吗？一本历史书除了告我们些另一时代最笨的人相斫相杀以外有些什么？但真的历史却是一条河。从那日夜长流千古不变的水里，石头和砂子，腐了的草木，破烂的船板，使我触着平时我们所疏忽了若干年代若干人类的哀乐！我看到小小渔船，载了它的黑色鸬鹚向下流缓缓划去，看到石滩上拉船人的姿势，我皆异常感动且异常爱他们。我先前一时不还提到过这些人可怜的生，无所为的生吗？不，三三，我错了。这些人不需要我们来可怜，我们应当来尊敬来爱。他们那么庄严忠实的生，却在自然上各担负自己那分命运，为自己，为儿女而活下去。不管怎么样活，却从不逃避为了活而应有的一切努力。他们在他们那习惯生活里、命运里，也依然是哭、笑、吃、喝，对于寒暑的来临，更感觉到这四时交递的严重。三三，我不知为什么，我感动得很！我希望活得长一点，同时把生活完全发展到我自己这分工作上来。我会用我自己的力量，为所谓人生，解释得比任

---

[1] 沈从文：《湘行书简》，见《沈从文全集·第11卷》，北岳文艺出版社2002年版，第184—185页。

何人皆庄严些与透入些！①

当余华说"我感到自己写下了高尚的作品"的时候，他触到了与沈从文把那些水手的生存和生命表述为"那么庄严忠实的生"时相通的朴素感情。福贵和湘西的水手其实是一样的人，不追问活着之外的"意义"而活着，忠实于活着本身而使生存和生命自显庄严。

余华敢用"高尚"这样的词，像沈从文敢用"庄严忠实"一样，都指向了这种普通人的生存和命运之间的关系。余华说的是"去忍受生命赋予我们的责任""和命运之间的友情"；沈从文说的是"在自然上各担负自己那分命运""从不逃避为了活而应有的一切努力"。对于活着来说，命运即是责任。而在坦然承受命运的生存中，福贵和湘西的愚夫愚妇一样显示出了力量和尊严，因为承担即是力量，承担即是尊严。正是这样的与命运之间的关系，才让我们感受到了温暖——那种动荡里的、苦难里的温暖，那种平凡里的、人伦里的温暖，最终都融合成为文学的温暖。

他们活得狭隘吗？余华说："我知道福贵的一生窄如手掌，可是我不知道是否也宽若大地？"②而沈从文则以"真的历史"的彻悟，来解释这些普通人的生死哀乐。在这个地方，他们再次相遇。

福贵的一生穿过了20世纪中国的几个重大历史时期，我们根据重大的历史事件为这些时期的命名早就变成了历史书写和文学叙述中的日常词语，这些命名的词语被反复、大量地使用，以至于这些词语本身似乎就可以代替它们所指称的历史。细心的读者也许会注意到，《活着》极少使用这样的专用历史名词，即使使用（如"人民公社""文化大革命"）也是把它当成叙述的元素，在叙述中和其他元素交织并用，并不认为它们比其他的元素更能指称历史的实际，更不要说能够代替对于历史的描述。简单地说，余华对通常所谓的历史、历史分期、历史书写并不感兴趣，他心思所系，是一个普通人怎么样活过了、熬过了几十年。而在沈从文看来，

---

① 沈从文：《湘行书简》，见《沈从文全集·第11卷》，北岳文艺出版社2002年版，第188—189页。

② 余华：《活着·日文版自序》，见《活着》，上海文艺出版社2004年版，第9页。

恰恰是普通人的生存和命运，才构成"真的历史"，在通常的历史书写之外的普通人的哭、笑、吃、喝，远比英雄将相之类的大人物、王朝更迭之类的大事件，更能代表久远恒常的传统和存在。如果说余华和沈从文都写了历史，他们写的都是通常的历史书写之外的人的历史。这也正是文学应该承担的责任。如果说文学比历史更真实，也正可以从这一点上来理解。

关于《活着》，还有一个重要的问题，即它的叙述。曾经有意大利的中学生问余华：为什么《活着》讲的是生活而不是幸存？生活和幸存之间微妙的分界在哪里？余华回答说："《活着》中的福贵虽然历经苦难，但是他是在讲述自己的故事。我用的是第一人称的叙述，福贵的叙述不需要别人的看法，只需要他自己的感受，所以他讲述的是生活。如果用第三人称来叙述，如果有了旁人的看法，那么福贵在读者的眼中就会是一个苦难中的幸存者。"① 也就是说，如果福贵的故事由一个福贵之外的叙述者来讲，那么就会有这个外在的叙述者的眼光、立场和评判。如前所述，五四以来的新文学里的普通民众，通常是由一个外在的叙述者来塑造的，这个叙述者又通常是"高于"、优越于他所叙述的人物的，他打量着甚至是审视着他笔下的芸芸众生。余华用第一人称的叙述避开了这种外在的眼光。看起来人称的选择不过是个技巧的问题，其实却决定了作品的核心品质，决定了作者对生存、命运的基本态度。作家在写作时不一定有如此清晰、明确的意识，但一个优秀作家在写作过程中表现出的极其细微的敏感，却可能强烈地暗示着某些重要甚至是核心的东西。所以，当我看到余华在《活着》问世十五年之后，还记忆犹新地谈起当初写作过程中的苦恼及其解决方式，我想，这还真不仅仅是个叙述人称转换的技术问题。这段话出现在《活着》麦田纪念版自序中："最初的时候我是用旁观者的角度来写作福贵的一生，可是困难重重，我的写作难以为继；有一天我突然从第一人称的角度出发，让福贵出来讲述自己的生活，于是奇迹出现了，同样的构思，用第三人称的方式写作时无法前进，用第一人称的方式写作后竟然没有任何阻挡，我十分顺利地写完了《活着》。"

---

① 余华：《活着·日文版自序》，见《活着》，上海文艺出版社2004年版，第6页。

对余华意义非同一般的人称问题，在沈从文那里不是问题。沈从文用第三人称，但他的第三人称叙述者基本上认同他笔下的人物，不取外在的审视角度。在这一点上，他们以不同的方式走到了相同的地方。

三、个人的实感经验，乡土衰败的趋势，没有写出来的部分

沈从文的创作在抗日战争爆发前后发生了明显的变化，从20世纪30年代中后期到40年代结束，这个阶段的沈从文苦恼重重，他的感受、思想、创作与混乱的现实粘连纠结得厉害，深陷迷茫痛苦而不能自拔。期间创作的长篇小说《长河》，写的还是湘西乡土，可那已经是一个变动扭曲的"边城"，一个风雨欲来、即将失落的"边城"。

如果我把20世纪90年代作为贾平凹创作的分界点的话，我的意思主要是，在此之前的贾平凹固然已经树立起非常独特的个人风格，独特的取径、观察、感受、表达使他在80年代卓然成家，但我还是要说，这种独特性仍然分享了那个时代共同的情绪、观念、思想和渴望。这不是批评，在那个"共名""共鸣"的时代，差不多每个人都在分享着时代强烈的节奏和恢宏的旋律。自90年代起，贾平凹大变，变的核心脉络是：他从一个时代潮流、理念分享者的位置上抽身而出，携一己微弱之躯，独往社会颓坏的大苦闷中去。于是有惊世骇俗的《废都》横空出世，在新世纪又有悲怀不已的《秦腔》和不堪回首却终必直面暴虐血腥的《古炉》。在这个时候再谈贾平凹的独特性和个人风格，与前期已经是不同的概念，一方面，放弃了共享的基础，个人更是个人；另一方面，这个更加个人化的个人却更深入、更细致、更尖锐也更痛切地探触到了时代和社会的内部区域。也就是说，更加个人化的个人反而更加时代化和社会化，与时代和社会的关系更加密不可分。时代和社会无从言说的苦闷和痛苦，要借着这个个人的表达，略微得以疏泄。

这里讨论的《秦腔》，背景是贾平凹的故乡，一个小说里叫清风街、实际原型是棣花街的村镇。写的是两个世纪之交大约一年时间里的家长里短、鸡毛蒜皮、悲欢生死，呈现出来的却是20世纪90年代以来当代乡土社会衰败、崩溃的大趋势。这个由盛而衰的乡土变化趋势，在贾平凹那里，

是有些始料未及的。他在后记里回忆起曾经有过的另一番景象和日子："一九七九年到一九八九年的十年里,故乡的消息总是让我振奋""那些年是乡亲们最快活的岁月,他们在重新分来的土地上精心务弄,冬天的月夜下,常常还有人在地里忙活,田堰上放着旱烟匣子和收音机,收音机里声嘶力竭地吼秦腔。"[①]这一时期贾平凹的作品,也回荡着这种清新的、明朗的、向上的气息。但是好景不长,棣花街很快就"度过了它短暂的欣欣向荣岁月。这里没有矿藏,没有工业,有限的土地在极度发挥了它的潜力后,粮食产量不再提高,而化肥、农药、种子以及各种各样的税费迅速上涨,农村又成了一切社会压力的泄洪池。体制对治理发生了松弛,旧的东西稀里哗啦地没了,像泼去的水,新的东西迟迟没再来,来了也抓不住,四面八方的风方向不定地吹,农民是一群鸡,羽毛翻皱,脚步趔趄,无所适从,他们无法再守住土地,他们一步一步从土地上出走,虽然他们是土命,把树和草拔起来又抖净了根须上的土栽在哪儿都是难活。"人老的老,死的死,外出的外出,竟至于"死了人都熬煎抬不到坟里去"。"我站在街巷的石碌子碾盘前,想,难道棣花街上我的亲人、熟人就这么很快地要消失吗?这条老街很快就要消失吗?土地也从此要消失吗?真的是在城市化,而农村能真正地消失吗?如果消失不了,那又该怎么办呢?"他能做的,不过是以一本书,"为故乡树起一块碑子"[②]。

这样复杂的心路和伤痛的情感,沈从文在20世纪30至40年代已经经历过。他在《边城》还未写完的时候返回家乡探望病重的母亲,这是他离乡十几年后第一次回乡,所闻所见已经不是他记忆、想象里的风貌,不是他正在写作的《边城》里的景象。所以他在《边城》题记的末尾,预告似的说:"将在另外一个作品里,来提到二十年来的内战,使一些首当其冲的农民,性格灵魂被大力所压,失去了原来的朴质,勤俭,和平,正直的型范以后,成了一个什么样子的新东西。他们受横征暴敛以及鸦片烟的毒害,变成了如何穷困与懒惰!我将把这个民族为历史所带走向一个不可知的命运中前进时,一些小人物在变动中的忧患,与由于营养不足所产生

[①] 贾平凹:《秦腔》,作家出版社2005年版,第560页。
[②] 贾平凹:《秦腔》,作家出版社2005年版,第561—563页。

的'活下去'以及'怎样活下去'的观念和欲望，来作朴素的叙述。"①抗日战争全面爆发后，南下途中，沈从文再次返乡，短暂的家乡生活，促成了《长河》的写作。

《长河》酝酿已久，写作起来却不顺利。一九三八年沈从文在昆明开始动笔时，只是一个中篇的构思，写作过程中发现这个篇幅容纳不了变动时代的历史含量，就打算写成多卷本的长篇，曾经预计三十万字。但直到一九四五年出版之时，只完成了第一卷。沈从文带着对变动中历史的悲哀来写现实的故乡，曾有身心几近崩溃的时候，如鲠在喉，不吐不快，却又欲言又止，不忍之心时时作痛。虽然沈从文最终不忍把故乡命运的结局写出来，但这种命运的趋势已经昭然在目，无边的威胁和危险正一步一步地围拢而来。尽管压抑着，沈从文也不能不产生后来贾平凹那样的疑问：故乡就要消失了吗？他借作品中少女夭夭和老水手的对话，含蓄却是肯定了这种趋势的不可逆转。夭夭说："好看的都应当长远存在。"老水手叹气道："依我看，好看的总不会长久。"②

《长河》是一首故乡的挽歌，沈从文不忍唱完；贾平凹比沈从文心硬，他走过沈从文走过的路，又继续往前走，直到为故乡树起一块碑，碑上刻画得密密麻麻，仔仔细细。

读《秦腔》而想到《长河》，并非我个人的任意联系，也不是出于某种偏爱的附会。陈思和在《试论〈秦腔〉的现实主义艺术》一文中已经有所提示，点明"贾平凹从某种意义上说是沈从文的重复和延续"③；王德威在论述《古炉》时也勾勒了贾平凹从早期到如今的一种变化：逸出汪曾祺、孙犁所示范的脉络，"从沈从文中期沉郁顿挫的转折点上找寻对话资源。这样的选择不仅是形式的再创造，也再一次重现当年沈从文面对以及

---

① 沈从文：《沈从文全集·第8卷》，北岳文艺出版社2002年版，第59页。
② 沈从文：《长河·社戏》，见《沈从文全集·第10卷》，北岳文艺出版社2002年版，第167页、第169页。
③ 陈思和：《试论〈秦腔〉的现实主义艺术》，见《当代小说阅读五种》，复旦大学出版社2010年版，第92页。

叙述历史的两难。"① 王德威说的是《古炉》，其实也适用于《秦腔》。要以我的感受来说，《秦腔》呼应了《长河》写出来的部分和虽然未写但已经呼之欲出的部分；《古炉》则干脆从《长河》停住的地方继续往下写，呼应的是《长河》没有写出来的部分。

虽然说《秦腔》的书写已经是事无巨细，千言万语，但对乡土的衰败仍然有没说出、说不出的东西。没说出、说不出的东西不是无，而是有，用批评家李敬泽的话来说是"巨大的沉默的层面"。这个沉默层面也可以对应沈从文在《长河》里没说出、说不出、不忍说的东西。《长河》这部没有完成的作品的沉重分量，是由它写出的部分和没有写出的部分共同构成的。

《秦腔》的写法是流水账式的，叙述结构是网状的，交错着、纠缠着推进，不是一目了然的线性情节发展结构。它模仿了日常生活发生的形式，拉杂，绵密，头绪多，似断还连。"这样的叙述，本身便抗拒着对之进行简单的情节抽绎与概括。"② 同时也抗拒着理念性的归纳、分析和升华。这样的叙述是压低的，压低在饱满的实感经验之中，匍匐着前行，绝不是昂首阔步，也绝不轻易地让它高出实感经验去构思情节的发展和冲突、塑造人物的性格和形象、获取理念的把握和总结。没有这些常见的小说所努力追求的东西，有的是实感经验。我重复使用实感经验这个词，是想强调《秦腔》的质地中最根本的因素；不仅如此，我还认为，中年以后的贾平凹的创作，其中重要的作品《废都》《秦腔》《古炉》，都是以实感经验为核心，并以实感经验排斥理论、观念、社会主流思潮而做的切身的个人叙述。③

黄永玉谈《长河》，说的是一个湘西人读懂了文字背后作家心思的话："我让《长河》深深地吸引住的是从文表叔文体中酝酿着新的变格。他排

---

① 王德威：《暴力叙事与抒情风格》，《南方文坛》2011年第4期。
② 刘志荣：《缓慢的流水与惶恐的挽歌——关于贾平凹的〈秦腔〉》，《文学评论》2006年第2期。
③ 关于实感经验与文学的关系，这里不做论述，参见张新颖、刘志荣编：《实感经验与文学形式》，复旦大学出版社2013年版。

除精挑细选的人物和情节。他写小说不再光是为了有教养的外省人和文字、文体行家甚至他聪明的学生了。他发现这是他与故乡父老子弟秉烛夜谈的第一本知心的书。"①《秦腔》亦可作如是观。倘若从那一堆鸡零狗碎的"泼烦日子"的长篇叙述里还不能深切体会作家的心思，那就再读读更加朴素的《秦腔》后记，看看蕴藏在实感经验中的感受是如何诉之于言，又如何不能诉之于言。

四、物的通观，文学和历史的通感，"抽象的抒情"

沈从文的文学创作因历史的巨大转折戛然而止，他的后半生以文物研究另辟安身立命的领域，成就了另一番事业。通常的述说把沈从文的一生断然分成了两半，有其道理，也有其不见不明之处。在这里我要说的一点是，沈从文的文物研究和他的文学创作其实相通。

沈从文强调他研究的是物质文化史，他强调他的物质文化史关注的是千百年来普通人民在日常生活中的劳动和创造，他钟情的是与百姓日用密切相关的工艺器物。不妨简单罗列一下他的一些专门性研究：玉工艺、陶瓷、漆器及螺钿工艺、狮子艺术、唐宋铜镜、扇子应用进展、中国丝绸图案、织绣染缬与服饰、《红楼梦》衣物、龙凤艺术、马的艺术和装备，等等；当然还有《中国古代服饰研究》这一代表性巨著。你看他感兴趣的东西，和他的文学书写兴发的对象，在性质上是统一的、通联的。这还只是一层意思。

另一层意思，沈从文长年累月在历史博物馆灰扑扑的库房中转悠，很多人以为是在和"无生命"的东西打交道，枯燥无味；其实每一件文物，都保存着丰富的信息，打开这些信息，就有可能会看到生动活泼的生命之态。汪曾祺曾说："他后来'改行'搞文物研究，乐此不疲，每日孜孜，一坐下去就是十几个小时，也跟这点诗人气质有关。他搞的那些东西，陶瓷、漆器、丝绸、服饰，都是'物'，但是他看到的是人，人的聪明，人

---

① 黄永玉：《这一些忧郁的碎屑》，见《沈从文印象》，学林出版社1997年版，第203页。

的创造，人的艺术爱美心和坚持不懈的劳动。他说起这些东西时那样兴奋激动，赞叹不已，样子真是非常天真。他搞的文物工作，我真想给它起一个名字，叫做'抒情考古学'。"① 也就是说，物通人，他从物看到了人，从林林总总的"杂文物"里看到了普通平凡的人，通向他的文学里的人。

还有一层意思，关于历史。文物和文物，不是一个个孤立的东西，它们各自保存的信息打开之后能够连接、交流、沟通、融会，最终汇入历史文化的长河，显现人类劳动、智慧和创造能量的生生不息。工艺器物所构成的物质文化史，正是由一代又一代普普通通的无名者相接相续而成。而在沈从文看来，这样的历史，才是"真的历史"。前面我引述了沈从文一九三四年在家乡河流上感悟历史的一段文字，那种文学化的表述，那样的眼光和思路，到后半生竟然落实到了对于物的实证研究中。

沈从文的文物研究与他此前的文学创作自有其贯通的脉络，实打实的学术研究背后，蕴蓄着强烈的"抽象的抒情"冲动：缘"物"抒情，文心犹在。

明白了这一点之后，我把王安忆的《天香》看成是与沈从文文物研究的基本精神进行对话的作品，应该就不会显得特别突兀了。

《天香》的中心是物，以上海的顾绣为原型的"天香园绣"。一物之微，何以支撑一部长篇小说的体量？这就得看对物的选择，对物表、物性、物理的认识，对物的创造者和创造行为的理解和想象，对物自身的发展历史和物的历史所关联的社会、时代气象的把握，尤有甚者，对一物之兴关乎天地造化的感知。

此前我曾写《一物之通，生机处处——王安忆〈天香〉的几个层次》② 专文讨论《天香》，提出与"天香园绣"的几个"通"所连接、结合的几个层次。

一是物自身的上下通。"天香园绣"本质上是工艺品，能上能下。向

---

① 汪曾祺：《沈从文的寂寞》，见《晚翠文谈新编》，生活·读书·新知三联书店2002年版，第191页。

② 张新颖：《一物之通，生机处处——王安忆〈天香〉的几个层次》，《当代作家评论》2011年第4期。

上是艺术，发展到极处是罕见天才的至高的艺术；向下是实用、日用，与百姓生活相连，与民间生计相关。这样的上下通，就连接起不同层面的世界。还不仅如此，"天香园绣"起自民间，经过闺阁向上提升精进，达到出神入化、天下绝品的境界，又从至高的精尖处回落，流出天香园，轰轰烈烈地流向世俗民间，完成了一个循环，更把自身的命运推入广阔的生机之中。

二是通性格人心。天工开物，假借人手，所以物中有人，有人的性格、遭遇、修养、技巧、慧心、神思。这些因素综合外化，变成有形的物。"天香园绣"的里外通，连接起与各种人事、各色人生的关系。"天香园绣"的历史，也即三代女性创造它的历史，同时也是三代女性的寂寞心史，一物的产生、发展和流变，积聚、融通了多少生命的丰富信息。

还有一通，是与时势通，与"气数"通，与历史的大逻辑通。"顾绣"产生于晚明，王安忆说，"一旦去了解，却发现那个时代里，样样件件都似乎是为这故事准备的。比如，《天工开物》就是在明代完成的，这可说是一个象征性的事件，象征人对生产技术的认识与掌握已进步到自觉的阶段，这又帮助我理解'顾绣'这一件出品里的含义。"[①] 这不过是"样样件件"里的一例，凡此种种，浑成大势与"气数"，"天香园绣"也是顺了、应了、通了这样的大势和"气数"。"天香园绣"能逆申家的衰势而兴，不只是凭借闺阁中几个女性的个人才艺和能力，也与这个"更大的气数"——"天香园"外头那种"从四面八方合拢而来"的时势与历史的伟力——息息相关。放长放宽视线，就能清楚地看到，这"气数"和伟力，把一个几近荒蛮之地打造成了一个繁华鼎沸的上海。

"天香园绣"的历史，也就是沈从文所投身其中的物质文化史的一支一脉。沈从文以这样的蕴藏着普通人生命信息的历史为他心目中"真的历史"，庄敬深切地叙述这种历史如长河般不止不息的悠久流淌；相通的感受和理解，同样支持着王安忆写出"天香园绣"自身的曲折、力量和生机。"天香园"颓败了又何妨，就是明朝灭亡了又如何。一家一族、一朝一姓，

[①] 王安忆、钟红明：《访问〈天香〉》，《上海文学》2011年第3期。

有时而尽；而"另外一些生死两寂寞的人"，以文字、以工艺、以器物保留下来的东西，却成了"连接历史沟通人我的工具。因之历史如相连续，为时空所阻隔的感情，千载之下百世之后还如相晤对。"①《天香》最后写到清康熙六年，蕙兰绣幔中出品一幅绣字，"字字如莲，莲开遍地。"②

"莲开遍地"，深蕴，阔大，生机盎然，以此收尾，既是收，也是放，收得住，又放得开，而境界全出。但其来路，也即历史，却是从无到有，一步一步走来，步步上出，见出有情生命的庄严。

王安忆也许无意，但读者不妨有心，来看看"莲"这个词，怎么从物象变成意象，又怎么从普通的意象变成托境界而出的中心意象。小说开篇写造园，园成之时，已过栽莲季节，年轻的柯海荒唐使性，从四方车载人拉，造出"一夜莲花"的奇闻；这样的莲花，不过就是莲花而已；柯海的父亲夜宴宾客，先自制蜡烛，烛内嵌入花蕊，放置在荷花芯子里，点亮莲池内一朵朵荷花，立时香云缭绕，是为"香云海"。"香云海"似乎比"一夜莲花"堪当上品，但其实还是柯海妻子小绸说得透彻，不过是靠银子堆砌。略去中间多处写莲的地方不述，小说末卷，蕙兰丧夫之后，绣素不绣艳，于是绣字，绣的是开"天香园绣"绣画新境的婶婶希昭所临董其昌行书《昼锦堂记》。《昼锦堂记》是欧阳修的名文，书法名家笔墨相就，代不乏人，董其昌行书是其中之一。蕙兰绣希昭临的字，"那数百个字，每一字有多少笔，每一笔又需多少针，每一针在其中只可说是沧海一粟。蕙兰却觉着一股喜悦，好像无尽的岁月都变成有形，可一日一日收进怀中，于是，满心踏实。"③后来蕙兰设帐授徒，渐成规矩，每学成后，便绣数字，代代相接，终绣成全文。四百八十八字"字字如莲"的"莲"就是意象，以意生象，以象达意。但我还要说，紧接着的"莲开遍地"的"莲"是更上一层的意象，"字字如莲"还有"字"和"莲"的对应，"莲开遍地"的"莲"却是有这个对应而又大大超出了这个对应，升华幻化，充盈弥散，

---

① 沈从文：《致张兆和》，见《沈从文全集·第19卷》，北岳文艺出版社2002年版，第311页。

② 王安忆：《天香》，人民文学出版社2011年版，第407页。

③ 王安忆：《天香》，人民文学出版社2011年版，第327页。

而又凝聚结晶一般的实实在在。三十多万字的行文连绵逶迤，至此而止，告成大功。

所以，如《董其昌行书昼锦堂记屏》这样的绣品，是时日所积、人文所化、有情所寄，综合多种因素逐渐形成，这当中包含了多少内容，需要历史研究，也同样需要文学想象去发现，去阐明，去体会于心、形之于文。

《中国古代服饰研究》以实物图像为依据，按照时间顺序叙述探讨服饰的历史。在引言中，沈从文有意无意以文学来说他的学术著作："总的看来虽具有一个长篇小说的规模，内容却近似风格不一、分章叙事的散文。"① 这还不仅仅泄露了沈从文对文学始终不能忘情，更表明，历史学者和文学家，学术研究和文学叙述，本来也并非壁垒森严，截然分明。

王安忆的作品不是关于"顾绣"的考古学著作，而是叙述"天香园绣"的虚构性小说，但虚构以实有打底，王安忆自然要做足实打实的历史功课。古典文学学者赵昌平撰文谈《天香》，说："因着古籍整理的训练，我粗粗留意了一下小说的资料来源，估计所涉旧籍不下三百之数。除作为一般修养的四部要籍外，尤可瞩目的是：由宋及明多种野史杂史，人怪科农各式笔记专著，文房针绣诸多专史谱录，府县山寺种种地乘方志，至于诗话词话，书史画史，花木虫鱼，清言清供，则触处可见；而于正史，常人不会留意的专志，如地理、河渠、选举、职官，乃至食货、五行，都有涉猎。"② 没有这种长时间（王安忆从留意"顾绣"到写出《天香》，其间三十年）的工夫，仅凭虚构的才情，要进入历史，难乎其难。

但我更要说，虚实相生，生生不已，才是《天香》。"天香园绣"有所本而不死于其所本，王安忆创造性地赋予了它鲜活的生命和一个生命必然要经历的时空过程，起承转合，终有大成。

写这部作品的王安忆和研究物质文化史的沈从文，在取径、感知、方法等诸多方面有大的相通。王安忆不喜欢"新文艺腔"的"抒情"方式和做派，但"天香园绣"的通性格人心、关时运气数、法天地造化，何尝不

---

① 沈从文：《中国古代服饰研究·引言》，见《中国古代服饰研究》，上海书店出版社2002年版，第10页。

② 赵昌平：《天香·史感·诗境》，《文汇报·笔会》2011年5月3日。

是沈从文心目中的"抽象的抒情";赵昌平推崇这部小说的"史感"和"诗境",这也正是沈从文心目中"抽象的抒情"的应有之义。

五、回响:小叩小鸣,大叩大鸣

当代创作和沈从文传统的呼应、对话,无论自觉还是不自觉,已经渐显气象。丝毫不用担心这个传统会妨碍今日作家创造才能的充分发挥,即以上面所论余华、贾平凹、王安忆而言,他们作品各自独特的品质朗然在目,当然不可能以沈从文的传统来解释其全部特征;但各自的创造性也并不妨碍这些作品与沈从文传统的通、续、连、接,甚至也并不妨碍它们就是这个传统绵延流传的一部分,为这个传统的继往开来增添新的活力。

沈从文无法读到这些他身后出现的作品,但他坚信他自己的文学的生命力会延续到将来。他曾经和年少的儿子谈起《湘行散记》,他说:"这书里有些文章很年青,到你成大人时,它还像很年青!"[1] 时间证明了他的自信并非虚妄。他用"年青"这个词来形容自己的作品,而且是过了很长时间还"很年青",已然知道它们会在未来继续存在,并且散发能量。岁月没有磨灭、摧毁它们,经过考验、淘洗,反而更能显示出其内蕴丰厚的品质,传统也就由此形成。倘若有人有意无意间触碰到这个传统,就会发出回响。这回响的大小,取决于现在和未来的触碰方式与力量:小叩则小鸣,大叩则大鸣。

---

[1] 沈从文:《致张兆和》,见《沈从文全集·第18卷》,北岳文艺出版社2002年版,第505页。

要是沈从文看到黄永玉的文章

> 要是沈从文看到黄永玉的文章,这虽然是一个假设,却有着极其现实的重要性,不是对于已逝的人,而是对于活着的人,对于活着还要写作的人。
>
> ——题记

一

在《沈从文与我》(湖南美术出版社二〇一五年版)的新书发布会上,黄永玉谈到,要是他的文章让表叔看了,会如何。"我不晓得他会怎么样说我,如果他说我好我会很开心。我的婶婶讲过我一句好,她说:你的文章撒开了,我不知道怎么把它收回来,结果你把它收回来了。这是婶婶说的话;他的就不知道怎么样了,一个字都没有看到,真是遗憾!"

其实沈从文说过黄永玉的文章,不过不是对黄永玉说的。在文学家沈从文像文物一般"出土"的时期,一九八〇年广州《花城》文艺丛刊出了一个"沈从文专辑",发表了三篇写沈从文的文章,传诵一时,作者是朱光潜、黄苗子和黄永玉,黄永玉的那篇,就是长文《太阳下的风景》。沈从文本人显然是满意这些文章的,他曾经在信里跟人谈起,老朋友朱光潜的文章"只千把字,可写得极有分量";接着又说,"黄永玉文章别具一格,宜和上月在香港出的《海洋文艺》上我的一篇介绍他木刻文章同看,会明白我们两代的关系多一些,也深刻一些。"

"别具一格",单就黄永玉而言;紧接着说要两人的文章"同看",他自己的文章指的是《一个传奇的本事》,也是长文。《沈从文与我》中汇集黄永玉写沈从文、沈从文写黄永玉及其家世的文字为一册,正是沈从文当年建议"同看"的意思。

二

《太阳下的风景》是一九七九年年底写的,比这篇长文长出一倍还多的《这些忧郁的碎屑》是一九八八年沈从文过世之后写的。一贯撒得开的风格。前一篇明朗,有趣,甚至那么漫长、充满挫折的两代人经历,也可以比喻为:"把我们这两代表亲拴在一根小小的文化绳子上,像两只可笑的蚂蚱,在崎岖的道路上做着一种逗人的跳跃。"后一篇沉郁至极,哀痛弥漫,却有刺破什么的锐利和力量。

"三十多年来,我时时刻刻想从文表叔会死。"谁能写出这么触目的一句话?忧伤、尖锐、真实到可怕的程度。这一句话里面有多少说得出和说不出的东西?要体会这句话的分量,得清楚和懂得沈从文的后半生。黄永玉是见证者,是沈从文身边的亲人,他的沉痛只此一句,就让人震撼得说不出话来。

黄永玉自己也是从那段历史中走过来的人,他懂得时代面前他表叔的格格不入,往简单里说,也就是一句大白话:"大家那么忙,谁有空去注意你细致的感情呢?"

也正因此,那些和"史诗时代"格格不入的"细致感情",才显得"壮怀激烈"。

"壮怀激烈"这个词大概很难用到沈从文身上,黄永玉文章里出现这个词,也不是说沈从文;可是,还真是觉得,用在沈从文身上也特别恰切。

黄永玉写老一辈的交谊,说杨振声、巴金、金岳霖、朱光潜、李健吾……他们难得到沈从文这里来,来了清茶一杯,端坐半天,淡雅,委婉,"但往往令我这个晚辈感觉到他们友谊的壮怀激烈。"那样的时代,他们各自的处境,这一些温暖的慰藉,可不就是"壮怀激烈"。

三

一九七一年六月,下放在河北磁县军垦农场的黄永玉,意外地收到下放在湖北咸宁双溪的沈从文寄来的小说《来的是谁？》，还有一封信。小说和信都没有收入《沈从文全集》。这八千多字的小说，写的是黄家前传，黄永玉家世中不为人知的神秘部分，作为一部大作品的引子。这部大作品没有写出来，从信里可以清楚地看到相关的信息和这位老人的构思：

> 照你前信建议，试来用部分时间写点"家史并地方志"看看……但这个引子，你那么大人看来，也就会吃一惊，"这可是真的？""主要点就是真的。"好在这以下不是重点，重点将是近百年地方的悲剧和近似喜剧的悲剧，因为十分现实，即有近万的家乡人，已在这个历史过程中死光了。你我家里都摊了一份。

前五章，第一章从"盘古开天地"说起，"从近年实物出土写下去"；第二章是二百年前因为什么，以及如何建立这个小小石头城；第三、四章叙述这么一个小地方，为什么会出那么多人，总督、道尹、翰林、总理、日本士官生、保定生，还有许多庙宇，许多祠堂；第五章叙述辛亥革命以前社会种种。假定可写十六章到二十章。近七十岁的人，在下放的环境中，沈从文自己也没有确定的信心能完成这么庞大的设想。

四

这些年，黄永玉几乎全身心投入写作自传体长篇小说《无愁河的浪荡汉子》，这部作品从一定意义上未尝不可以看作，既是对沈从文"文革"中开了个头的黄家家史和地方志作品的延续，也是对更早以前《一个传奇的本事》的延续。沈从文抗战后写《一个传奇的本事》，本为介绍黄永玉的木刻，写的却主要是黄永玉的父母和家乡的历史故事，关于黄永玉倒没有怎么叙述。那么，接下来——这中间隔了好几十年——黄永玉就自己来写自己。

这漫长的写作过程，同时也是与表叔漫长的对话过程。他一次又一次无限遗憾地感慨，要是表叔能看到，不知会出现什么样的情景。他想象表叔会加批注，会改，批注和改写会很长很长，长过他自己的文字。写作，也是唤回表叔与自己对话的方式。

布罗茨基曾经斩钉截铁地说：一个人写作时，"他最直接的对象并非他的同辈，更不是其后代，而是其先驱。是那些给了他语言的人，是那些给了他形式的人。"（《致贺拉斯书》）黄永玉与他表叔之间的关联，当然更超出了语言和形式。

要是沈从文看到黄永玉的文章，这是一个假设，却有着极其现实的重要性，不是对于已逝的人，而是对于活着的人，对于活着还要写作的人。

这个假设，不是要一个答案，来解决这个问题，从而结束这个假设。而是，活着的人把它展开，用写作把它展开，并使其持续地伴随着写作。它作为写作的启发、推动、支持、监督、对话，它变成了写作的动力机制中特殊的重要因素。

沈从文刚刚去世后的那些日子，黄永玉在香港写《这些忧郁的碎屑》，这不是一篇普通的悼亡之作。他一次又一次在文中说，"从文表叔死了"，"表叔真的死了"，可是从他心中呈现到他笔下的那些忧郁的碎屑，抵抗着死亡和消失。从此，他开始了对表叔不能停止的怀念。

黄永玉九十岁生日那天，李辉带我去顺义黄先生住处参加一个小型聚会，一见面，黄先生就对我说："你写的《沈从文的后半生》，事情我大都知道，但还是停不下来，停不下来，读到天亮，读完了。"

在"停不下来"的怀念里，他的写作就成为唤回沈从文的方式。不论是写沈从文，还是写自己、写其他，他想象中最直接的读者对象是他的前辈们。一个又一个人影在他眼前，心中，在他意识里明亮的地方或潜隐的深处，其中必定有他的表叔沈从文。

赞美自己编歌唱的生命

《太阳下的风景》，黄永玉的第一本散文集，最初是一九八三年香港三联书店出版的，第二年天津百花文艺出版社印行。此后有多个版本。我拿到二〇一九年上海人民出版社的新版，又重新读了一遍，生出一些年轻时候没有读出来的感受。

这之后黄永玉的写作持续不断，而且愈发丰沛不羁，回过头去看，这本书就有了开启的意义。它所蕴含的多种主题和各样因素，在此后不断地重现、强化、变奏、推进，从而连接、汇合成更为阔大同时也更加入微的"太阳下的风景"。

譬如其中的一种类型，写有交往的前辈，《往事和散宜生诗集》《太阳下的风景》等，不仅本身已经成为名篇，而且触发了黄永玉写作同类作品的机制，勾连牵引、循声呼唤出后来结集为《比我老的老头》的系列文章。

《太阳下的风景》这一篇，沈从文看过，说："黄永玉文章别具一格"，和他自己以前介绍黄永玉木刻的文章《一个传奇的本事》"同看"，"会明白我们两代的关系多一些，也深刻一些。"说到这两个人和他们的故乡，《太阳下的风景》结尾的一段文字，因常被引用而为人熟知、引人遐想和回味："我们那个小小山城不知由于什么原因，常常令孩子们产生奔赴他乡献身的幻想。从历史角度看，这既不协调且充满悲凉，以至表叔和我都是在十二三岁时背着个小小包袱，顺着小河，穿过洞庭去'翻阅另一本大书'的。"

写作这类文章的机制是什么呢？刘绍铭说黄永玉，借用了两句英语，一，"非笔之于纸公诸于世不可（this story must be told）"；二，"I am the person who must tell it. 要说此故事，普天之下，除了区区，还有谁可胜此重任？""他记绀弩、林风眠、李可染和张乐平等人的文字，都显露了 I am the person who must tell it 的承担。""黄永玉的师友篇，就是这种'舍我其谁'的信念和'当仁不让'的精神驱使出来的成果。文字粗犷，散发着一股'蒸不烂、煮不熟、捶不扁、炒不爆'的顽强生命力。"

我这次重读，感触深的，更增加了一些不那么被人常常提及的文章，或许是因为不起眼、不那么浓墨重彩吧，以前竟没有留下特别的印象。现在却受到难以言说的震动。

比如《江上》，还不到一千字。写某年坐船从汉口到重庆，半夜，船舱外过道上忽然唱起歌来，一个接一个唱。天亮后看到，八九个十六七岁的女孩子，带着挑子坐在过道里，有说有笑，小喜鹊一样叽叽喳喳。吃午饭的时候他发现，女孩子们吃的是没有菜的白饭，于是说："来一点豆瓣辣椒，怎么样？""要得嘛！"就这样，与这群"修理地球，上山下乡"的女孩子熟悉了——

> 她们原来是每人挑着一担柴和一小包衣服的。
> "一个人一担柴到重庆去？"我问。
> ……
> "是的，爸爸妈妈都在重庆。回家过年嘛！"
> "回家过年，就挑那么一担柴？"
> "你说嘛！又不去外国旅游买纪念品。不带柴带啥子嘛？"
> "嗯！"我的话看样子要问完了，"——这一回，你们都回家过年了！"
> "也有没有回去的。"
> "为什么没有回去呢？没有钱？你们不帮帮，大家凑几个？"
> "没有钱，也没有裤子……"
> "什么？"我当时没有听清，"没有什么？你们刚才说……"
> "没、有、裤、子！"
> 我好像忽然听到一声霹雳，几乎停止了呼吸，很久才发现汗水已经湿透全身。

这样简单的场景、质直的对话，聚集起那么多东西，让它们同时在场：一群涉世未深的女孩子，被荒谬的时代安排与束缚，在荒芜贫瘠中成长，既"懂事"又不觉，青春顽强地勃发；一个经历过风雨磨难的中年人，遭遇这个情景，遭遇这个情景中隐现的个人、时代、历史，猝然涌起尖锐的感受、疼痛、怜悯与爱……这些同时在场的东西纠缠在一起，都在发力。黄永玉同时听见了、看见了这一切，写下了这一切。这样的文字所呈现出来的现实、思想、感情，不是单一指向的；而在根本上，黄永玉站在生命这边，赞美自己编歌唱的生命：

> 她们在继续说笑着，那么好看而快乐的孩子们啊！
> 江面上闪着模糊的光点，船走得那么那么慢，我勉强抬起了头：
> "那些歌，昨天半夜那些歌——"我问她们，"哪里学来的？"
> "咋子？是我们自己编的。"
> "自己编的？……"
> "好听不好听嘛？你说！"
> 我衷心地，像父亲赞美自己的亲生女儿一样：
> "好啊！你们真好啊！"

与谁说这么多话

——黄永玉《无愁河的浪荡汉子·朱雀城》

一

《无愁河的浪荡汉子》第一部《朱雀城》三卷（人民文学出版社二〇一三年版）八十万字，才写到十二岁，少小离家。怎么有这么多话要说？这么多话怎么说？和谁说？

第一部写的是故乡和童年，这个叫朱雀城的地方，这个叫序子的孩子。写法是从心所欲，想怎么写就怎么写。

从心所欲的前提是，心里得有；黄永玉一九四五年就起意写过这小说，没有写下去，这也好，心里有了这么多年，酝酿发酵了这么多年。

想怎么写就怎么写，似乎很简单，不就是自由吗；但要获得这种自由的能力，却是很难，难到没有多少写作的人能达到的程度。二十五年前黄永玉写《这一些忧郁的碎屑》，谈起过沈从文的《长河》，说表叔的这部作品"排除精挑细选的人物和情节"——这才是真知灼见。写小说的人，对"精挑细选的人物和情节"，孜孜以求尚且不及，哪里还会想到并且还敢于"排除"？不仅是人物和情节，还有诸多的文学要素，既是要追求的东西，又是要超越的东西，否则，斤斤于金科玉律，哪来的自由？怎么可能想怎么写就怎么写？

这样不在乎文学"行规"自由地写，习惯了文学"行规"的读者，会接受吗？其实，这只不过是"外人"才会提出来的问题，对黄永玉来说，根本就没有这个问题。还是在谈《长河》时，他说表叔，"他写小说不再光是为了有教养的外省人和文字、文体行家甚至他聪明的学生了。他发现这是他与故乡父老子弟秉烛夜谈的第一本知心的书。"这才是知心的话，知心，所以有分量；这些话用在黄永玉自己身上，用在《无愁河的浪荡汉子》上，也同样恰当，恰当得有分量。

所以，在黄永玉的心里，与其说这部作品写出来要面对"读者"，不如说是要和故乡人说说故乡。甚至，在现实中，在现在的湘西，有或没有、有多么多或有多么少的故乡人要听他漫长的叙说，都不重要了；重要的是他心目中，存在这样知心的故乡父老子弟。

还有一个说话的对象，是自己。一个老人，他回溯生命的来路，他打量着自己是怎么一点儿一点儿长成的。起笔是两岁多，坐在窗台上，"他还需要一些时间才能'醒悟'，他没想过要从窗台上下来自己各处走走"；结束是他离开朱雀，到了长沙，见到父亲，"原本是想笑的，一下子大哭起来。"黄永玉用第三人称来写自己，显见得是拉开了打量的距离；但奇妙的是，这样拉开距离打量自己，反倒和自己更亲近了。

生命不能重新再过一遍，可是写作能够让生命重返起点，让生命从起点开始再走一遍，一直走到现在，走成一个历尽沧桑的老人。在写作中重现的生命历程，与生命第一次在世界中展开的过程不一样：写的是一个孩子两岁、四岁、七岁、十二岁时的情形，可这是一个老人在写他的两岁、四岁、七岁、十二岁，童稚时候懵懂的，现在明白了；当时没有意识的，现在意识到了。所以不能说这部作品中写的就只是记忆：确实是刻骨铭心的记忆，呈现过去的情形和状态，然而同时也在隐现着现在的情形、写书人现在的生命状态。这样就可以看到一个老人与两岁、四岁、七岁、十二岁的自己的对话和交流。这种对话和交流，在字面上通常是隐蔽的，偶尔也显现一下，不管是显还是隐，从始至终都是存在的。感受到这种存在，才算对得起这部书。

与故乡父老子弟说话，与自己说话，还与几个特殊的人对话。《无愁河的浪荡汉子》的写作不面对抽象的读者，却面对具体的几个人，几个作者生命中特殊的人。黄永玉说："我感到周围有朋友在等着看我，有沈从文、有萧乾在盯着我，我们仿佛要对对口径，我每写一章，就在想，要是他们看的时候会怎么想。如果他们在的话，哪怕只有一个人在。比如如果萧乾还活着,我估计他看了肯定开心得不得了。表叔如果看到了,他会在旁边写注,注的内容可能比我写的还要多。"① 这几个想象中的读者,伴随着写作过程,以特别的方式"参与"到了写作之中。其实还不仅是写作过程,黄永玉写这部书的冲动中,不可忽略的一部分因素,就是和这些已经逝去的老人谈谈话,让他们"开心",或者"写注"——没有多少人知道,沈从文一九四四年给自己和父老乡亲谈心的《长河》,十分细致地加了大量批注;倘若他读到《无愁河的浪荡汉子》,兴起写注,一写起来就没完没了,那简直是一定的。

从这个意义上讲,《无愁河的浪荡汉子》也是一部献给几位逝者的书,他们是无可替代的重要读者,他们有不少东西融入了作者的生命。

那么,你会明白,在这位九十岁老人身上活着的,可不只是他一个人。

一个生命里,"有多少面容,有多少语声";一个生命"融合了许多的生命,在融合后开了花,结了果"——这是冯至在《十四行集》里写下的句子。黄永玉和沈从文的合影里有一张特别好,书报刊上多次刊出,那是一九五〇年黄永玉从香港到北京,在中老胡同北大教授宿舍前照的,摄影者就是冯至。顺便提一下,是因为刊登这张照片时很少注明摄影者冯至——沈从文那时候的邻居。

黄永玉万分惋惜和慨叹《长河》没有写完,他说那应该是像《战争与和平》那样厚的大书。长长的《无愁河的浪荡汉子》会弥补这个巨大的遗憾,为表叔,为自己。

二

《无愁河的浪荡汉子》一经面世,就会遇到来自四面八方的读者。《收获》从二〇〇九年开始连载这部作品,连载了五年,"浪荡汉子"才走出故乡闯荡世界。据说当时非议不断,有读者宣布一天不停止连载一天不订阅《收获》。但我认识的人里面,有人盼着新的一期《收获》,就是因为盼着《无愁河的浪荡汉子》。几年下来,阅读这部小说已经成了习惯,成

---

① 王悦阳:《黄永玉:流不尽的无愁河》,《新民周刊》2013年第43期。

了阅读生活中不可缺少的部分。

《无愁河的浪荡汉子》有它的"超级读者",除开黄永玉的故乡人之外。我熟悉的人里就有。

北京的李辉和应红自不必说,他们催促老人每天做日课,见证和护生了这部作品。我的师叔李辉,写黄永玉传,搜集黄永玉七十年来的文学创作编出《黄永玉全集》文学编,策划黄永玉"我的文学行当——黄永玉作品展"——说他是黄永玉的"超级粉丝",那是轻薄了。他从研究巴金、写萧乾传、与晚年的沈从文相交,到发掘整理黄永玉的文学作品,整个过程一脉相承。他是太知道《无愁河的浪荡汉子》的价值了。

我的同学和朋友周毅,生活在上海的四川人,她写了一篇《无愁河的浪荡汉子》札记,几万字长。怎么写得出这么长的文章?过了两年,她又写札记之二,又是几万字;再过了些日子,札记之三出来了,还是几万字。(我要把这三篇札记的题目和发表的地方写在这里:《高高朱雀城——读黄永玉〈无愁河〉札记》,《上海文学》2010年第2期;《"无愁河"内外的玉公 黄永玉〈无愁河的浪荡汉子〉札记(续)》,《上海文化》2012年第4期;《身在万物中 黄永玉〈无愁河的浪荡汉子〉札记之三》,《上海文化》2013年第9期)她和《无愁河的浪荡汉子》之间,究竟建立起了什么样的关系?

有一次她告诉我,《无愁河的浪荡汉子》对她来说,是一部"养生"的书。

"养生",很重的词。庶几近乎庄子讲的"养生"。怎么个"养生"法?身在万物中,息息相通。这样的话现在的人读起来已经没有什么感受了,当然也不怎么明白什么叫身在万物中,生机、生气如何从天地万物中来。"野马也,尘埃也,生物之以息吹也。"息是自心,生命万物的呼吸,息息相通才能生生不息。生的大气象,是"天行健,君子以自强不息",这个"以"字,就是建立起人与天地万物之间的关系,体会到这个"以",就能体会到息息相通,就是"养生"。

就是单纯从字面讲,当代文学中又有多少作品能"养生"——"养"生命之"生"?《无愁河的浪荡汉子》担得起,这就是《无愁河的浪荡汉子》文学上的大价值。

说起价值来，人是这样的，小价值容易认得出，算得清；大价值——往往不认识，超出了感知范围。

一部书有它的"超级读者"，是幸福的。这幸福不是幸运，而是它应得的，因为它自身有魅力和能量。说到能量，我们不难想到，有些作品，是消耗作者的能量而写成的，但消耗了作者能量的作品却并不一定能够把能量再传给读者；《无愁河的浪荡汉子》的写作依赖作者过往的全部生命经验，但这种写作却不是消耗型的，而是生产型的，从过往的经验中再生了源源不断的能量。由此而言，写作这部作品，对黄永玉来说，也是"养生"的。序子的爷爷境民先生，有一次随口谈起一个人的文章，说"写出文章，自己顺着文章走起来。——人格，有时候是自己的文章培养出来的。"作品能不断产生出能量支持作者，这是幸福的写作。

作品还能不断把能量传递给读者，读者吸收后将其变成自身的养分，这样的读者也是幸福的。

三

序子生长的朱雀城，有片地方叫赤塘坪，"是个行刑砍脑壳的地方"。杀人的时候人拥到这里看杀人，平常野狗在这里吃尸体，顽童放学后经过这里"东摸摸，西踢踢"。"其实杀不杀人也没有影响热闹事。六七月天，唱辰河大戏就在这里。人山人海，足足万多看客。扎了大戏台，夜间点松明火把铁网子照明，台底下放口棺材，一旦演《刘氏四娘》、《目连救母》又死人随手装进去。"清明前后，"这地方也好放风筝"。我们以为相隔十万八千里的事情，从一个极端到另一个极端的生命经验，却能够在这么小小的同一片地方轮番上阵，而生活在这里的人们，早已习以为常。

我想说的是生命经验的宽度、幅度的问题。一个生命从小就在这样的地方、在这么大幅度的日常转换中历练，倘若这个生命善于发展自己，没有辜负这样的历练，那么它能够撑开的格局、能够忍受的遭遇、能够吸收的养分、能够看开的世事，就不会同于一般了。序子三岁多的时候城里"砍共产党"，父母仓促出逃异地，他被保姆王伯带往苗乡荒僻的山间。这另外一个世界的生活又带来另外的养分，在不知不觉中培育性格和性灵。

大幅度的经验往往会诱惑人们专注于经验的不平常性，关注大而忽略小，关注极端而忽略日常；《无愁河的浪荡汉子》里的经验却是细密、结实的，在经验的极端之间，充实着的还是日常的人、事、物。黄永玉写朱雀城，譬如写一条街道，他要一家铺子挨着一家铺子写过来，生怕漏掉什么；写完这条街道接着又写另一条街道。再譬如说他写吃，写了一次又一次，从准备材料写起，写制作，写吃的过程、感觉，写吃的环境和氛围，当然还有吃的人——这其实很难，写一次还不难，一而再、再而三、三而四地写，七次八次都写出特别来，真难。谁不相信可以试试。乡愁这东西，说抽象可以无限抽象，说具体就可以具体到极其细微的地方，譬如味蕾——味觉的乡愁。他写苗人地里栽的、圈里养的、山上长的、山里头有的、窨里有的，名称一列就是好几行，"请不要嫌我啰唆，不能不写。这不是账单，是诗；像诗那样读下去好了。"他还写"空东西"：序子在苗乡，好天气的日子，王伯问他："狗狗！你咬哪样？"

"我咬空东西。"
"哪样空东西？"王伯问。
"我咬空东西，你不懂！我喜欢这里的空东西。"

黄永玉写得满，他巨细靡遗，万一哪里忘了点什么，他后来想起还会补上。

难道写作不应该经过"选择"吗？"选择"，甚至是"精挑细选"——这个词又出现了，什么能写，什么不能写，这是许多作家的态度和写作必需的步骤；但对黄永玉来说，生命经验里的任何一事一物，都能写，都不必拒绝，用吃的比喻来说，他不"挑食忌口"。因为这些事事物物都融进了生命当中。

这里面有一个道理。你以为这样的事物、这样的经验对你的生命是有价值的，那样的事物、那样的经验对你的生命是没有价值的，所以你要区分，你要选择；其实是所有的经验，包括你没有明确意识到的经验，共同造就了你的生命。序子在苗乡的时候，有一个常来帮助王伯的猎人隆庆，隆庆身上有一种特殊的味道，小说中是这样写的：

狗狗挨隆庆坐，闻着隆庆身上的味道。这味道真好闻，他从来没有闻过，这味道配方十分复杂，也花工夫。要喂过马，喂过猪，喂过羊，喂过牛，喂过狗，喂过鸡和鸭子；要熏过腊肉，煮过猪食，挑粪浇菜，种过谷子苞谷，硝过牛皮，割过新鲜马草；要能喝一点酒，吃很多苕和饭，青菜酸汤，很多肉、辣子、油、盐；要会上山打猎，从好多刺丛、野花、长草、大树小树中间穿过；要抽草烟，屋里长年燃着火炉膛的柴烟，灶里的灶烟熏过……

自由自在单身汉的味道，老辣经验的味道。闻过这种味道或跟这种味道一起，你会感到受庇护的安全，受到好人的信赖。

这种味道，"具有隆重的大地根源。"

你要是从隆庆的经验中排除掉一部分，那这味道就不是隆庆的味道了。《无愁河的浪荡汉子》是条宽阔的大河，有源头，"具有隆重的大地根源"；有流程，蜿蜒漫长的流程。大河不会小心眼，斤斤计较，挑挑拣拣。大河流经之处，遇到泥沙要冲刷，遇到汊港湾区要灌注萦回，遇到岩石要披拂，遇到水草要爱惜地飘荡几下。

《无愁河的浪荡汉子》的丰富，得力于作者感知和经验的丰富，他过去经历时没有"挑食忌口"，现在写作时没有"精挑细选"。他身受得多，触发得多，心能容下得多。容得多，心就大了。山川形胜、日月光辉、人物事体、活动遭遇，都是养人的东西，生命就是在其中生长、长大、长成，长出精神和力量，长出智慧，长出不断扩大的生机。

这些话里的意思
——再谈黄永玉《无愁河的浪荡汉子·朱雀城》

我写过一篇文章谈《无愁河的浪荡汉子》第一部《朱雀城》（人民文学出版社二〇一三年版），题目叫《与谁说这么多话》；文章结尾的时候，我自己怎么感觉像说话才开了个头？没有写完一篇文章之后期待中的轻松，反而是没说出来的话在脑子里翻来覆去地折腾。

我得把它们写出来，否则，"我会病！"——这是借了蓝师傅的话。蓝师傅是朱雀城有名的厨师，他曾经为人办席，天气把东西热坏了，大家都说过得去，可是蓝师傅硬是补了一桌席："不补我会病！"——我的短文章，哪里有蓝师傅一桌席重要，只是把翻腾的话写出来，自己就轻松了。

一

序子和小伙伴们去果园偷李子，路上有开着白花带刺的"刺梨"。学堂里，先生要大家相信它的学名是"野蔷薇"，小孩子的反应是：

这是卵话，太阳底下的花，哪里有野不野的问题？

《无愁河的浪荡汉子》里随随便便写下的这么一个句子，给了我强烈的震惊感。人类早就习惯了区分"野"与"不野"，这种区分的意识也是人类历史发展的结果。从人类文明的视野看出去，确实有"野"与"不野"的问题，人驯服了一些动物，驯化了一些植物，改造了部分自然，把"野"

的变成"不野"的。但是，单从人的角度看问题是偏私的，狭隘的。古人讲天、地、人，现代人的观念里人把天、地都挤出去了，格局、气象自然不同。换一个格局，"太阳底下"，就看出小格局里面的斤斤计较来了。

小孩子还没有那么多"文化"，脑子还没有被人事占满，身心还混沌，混沌中能感受天地气息，所以懵懵懂懂中还有这样大的气象，不经意就显了出来。

小说家阿来写《格萨尔王》，开篇第一句："那时家马与野马刚刚分开。"（重庆出版社二〇〇九年版）一句话，气象全开。序子离"家马与野马刚刚分开"的时代已经非常遥远，他却能从"太阳底下"的感受，本能地否认"野与不野的问题"，真是心"大"得很，也"古"得很。小孩子的世界很小，一般可以这样说吧；但其实也很难这样说。小孩子的心，比起大人来，或许就是与"古民白心"近得多。

《无愁河的浪荡汉子》里说到"野"的地方很多，我再挑出一句来。说"挑"也不合适，因为这也只是作品里面普普通通的一句话，作者也没有刻意强调突出。是序子的奶奶说的："伢崽家野点好，跟山水合适。"这个话，前半句好多人能说出来，不过我们无非是说，小孩子野，聪明，对身体好之类；奶奶说的这后半句，就很少有人能说出来了："跟山水合适"，是把人放在天地间，放在万物之中，与天地万物形成一种息息相通的"合适"关系——我们说不出后半句，是因为我们的意识里面没有。也没法全怪意识，我们的日常生活里，已经没有了山水，没有了天地。

二

我们说到小孩，很容易就联想到天真烂漫的生命状态。其实呢，在"天真"之前，恐怕还有一种状态，常常被忽略了。序子也有些特别，他的这种状态算得上长，到了七八岁该"天真"了，他还很"老成"——其实是童蒙。黄永玉写出了这种"蒙"，并且尊重它。

序子小，"谈不上感动反应"；再大点，大人期望他对事对物有反应，可是常发现他"有点麻木，对哪样事都不在乎"；他有时候给人的感觉像个木头，不会喜形于色；他似乎迟迟不开窍，让人着急。

不开窍，就是"蒙"。周易有蒙卦，"蒙"是花的罩，包在外面保护里面的元。"发蒙"就是去掉这个罩，让花长出来，开出来。但是在花开出来之前，是要有"蒙"来保护里面的元的，而且要等到那个元充实到一定程度，才可以去掉这个"蒙"。所以这里就有个时间的问题，去得过早，那个元就长不成花。

"发蒙"不是越早越好。世上确有神童，那是特例；再说，天才儿童的天才能维持多长时间，也是个问题。现在儿童教育赶早再赶早，那是不懂得"蒙"的作用，当然也就更谈不上尊重"蒙"。等不及"蒙"所必需的时间长度，让生命的元慢慢充实起来，就慌慌张张地"启蒙"，那是比拔苗助长更可怕的事情。

序子在生命该"蒙"的阶段"蒙"，其实是大好的事情。

尊重"蒙"，是很不容易的。

序子后来上学读书，在他那一帮同伴中间，"有一种不知所以然的吸引力"。这个"不知所以然"好。

要去掉"蒙"，也不是一下子的事情，是要一点儿一点儿去掉的。光靠外力也不成，得有机缘，更得有从内而外的"萌发"。序子四岁的时候，跟玩伴岩弄在谷仓里爆发了一场狂风暴雨般的打闹，对此王伯"一点不烦"，而是"喜欢狗狗第一次萌发出来的这种难得的野性。狗狗缺的就是这种抒发，这种狂热的投入。"——王伯懂得"萌发"；序子"得这么个培养性灵的师傅"，是机缘。

话再说多一点，"蒙"也不只是"童蒙"，比如说我活到了中年，有些事才明白，还有些事得将来才能明白，或者将来也未必明白；明白之前，就是"蒙"。尊重"蒙"，说大一点，就是尊重生命本身。

三

但人活着，就得朝着明白的方向活。岁月确实能教人懂得越来越多的东西。《无愁河的浪荡汉子》第一部，是一位老人写童年，是"明白"写"童蒙"，"懂"写"不懂"，二者交织在一起，构成一种奇妙的关系。所以《无愁河的浪荡汉子》第一部展现的世界，不只是一个单纯的童年世界，它同时还是一个历经千难万险的生命回首来路重新看待的世界。我们讨论一部作品，喜欢说它的视角，其中童年视角常被提出来说；《无愁河的浪荡汉子》呢，既是一双童稚的眼睛初次打量的世界——随着作品的延续，视角还将自然变换为少年视角、青年视角——又是一双饱含沧桑的眼睛看过了一遍又一遍的世界。

而不同眼光的转换，从黄永玉笔下出来，既自由，又自然。

老人借给我们一双眼睛，让我们从这个童稚的世界看明白一些事情。所以读这部书，如果不注意老人的"明白"，这阅读也是很大的浪费。

"明白"啥？无法一概而论，因为大千世界，时时处处都可能有需要我们明白的东西。说起来会没完没了，举例讲几点。

（一）"道理"和"学问"

序子的妈妈柳惠是女子小学的校长，她"讲起道理来轻言细语，生怕道理上吓了人家。"你看看我们周围，有多少人是生怕道理吓不着人。政界就不去谈了；就说学界，有人就是靠着把人唬得一愣一愣的道理而成为学术明星的，这只是一面；另一面是，还真奇怪了，有些人还就崇拜能把他吓住的道理，吓不住他的他还瞧不起呢。

"胃先生上课，学生最是开怀，都觉得学问这东西离身边好近。"——学问，道理，都是一样，好的学问与人亲近，不是冷冰冰的，更不是压迫人的东西。道不远人，古人不是早说过吗？

胃先生还讲过一句话，"儿童扯谎可以荡漾智慧！"——"荡漾"这个词，用的真是"妩媚"。"妩媚"是沈从文喜欢用的一个词，用法特别。（钱锺书写方鸿渐在三闾大学的困窘沮丧中，忽然想，"近来连撒谎都不会了。因此恍然大悟，撒谎往往是高兴快乐的流露，也算得一种创造，好比小孩子游戏里的自骗自。一个人身心舒畅，精力充溢，会不把顽强的事实放在眼里，觉得有本领跟现状开玩笑。真到忧患穷困的时候，人穷智短，谎话都讲不好的。"[①]）

[①] 钱锺书：《围城》，人民文学出版社2002年版，第195页。

（二）风俗节庆

中秋节到道门口"摸狮子"，不知是哪一代传下来的习俗。人山人海，虔诚，热闹。小孩子里面有胡闹的，摸了自己的"鸡公"，又摸狮子的"鸡公"；摸摸自己的"奶奶"，再摸摸母狮子的"奶奶"。"你必须承认历来生活中的严峻礼数总是跟笑谑混合一起，在不断营养着一个怀有希望的民族的。"

过年，战争期间是双方"息怒"的"暂停"；太平年月，"老百姓把破坏了的民族庄严性质用过年的形式重新捡拾回来。"

> 所以，过年是一种分量沉重的历史情感教育。
> 文化上的分寸板眼，表面上看仿佛一种特殊"行规"，实际上它是修补历史裂痕和绝情的有效的黏合物，有如被折断的树木在春天经过绑扎护理重获生命一样。

现代人又无知又自大，才会把人类在漫长生活中形成的一些习俗当成"迷信"；又懈怠马虎怕麻烦，就把"文化上的分寸板眼"当成"繁文缛节"；还现代得浅薄，所以无从感受什么叫"历史情感教育"。那么，怎么可能在季节轮换、年岁更迭中，一次又一次地体验到"恭敬、虔诚，一身的感怀和新鲜"？

（三）自己和别人

序子上学后，以前的玩伴表哥表姐来得少了。黄永玉顺笔讨论了一下这个"某人某人以前来得多，现在来得少"的问题：

> 只顾自己怨尤，不考虑别人也有人生。
> 以前提携过的部下、学生……现在都来得少了。你没想到人人各有各的衣禄前程，各有各的悲欢。有的人的确把你忘了；可能是得意的混蛋，也可能惭愧于自己的沦落无脸见人。大部分人却是肩负着沉重担子顾不上细致的感情。
> 你要想得开；你要原谅世人万般无奈和委屈……

——能明白到大部分世人的重担、无奈和委屈，才能克服个人的怨尤，才可以产生怜悯人生的心吧。"爱·怜悯·感恩"，是黄永玉写在这本书前的三个词，每个词都是沉甸甸的。

不仅要原谅别人的万般无奈和委屈，自己也难免会陷入这种境地，要担得起这些东西："人之所以活在世上就是要懂得千万不要去讨公道。好好地挺下去，讨公道既费时间也自我作践。"——看上去是"消极""负面"的经验和智慧，其实是要人"积极"地去做值得做的事，"正面"地做自己。

（四）命运这东西

《无愁河的浪荡汉子》里有一段写一群孩子做"鬼脑壳粑粑"，这一帮幼小的艺术家们认认真真地施展他们造型能手的才华，快快活活地享受创造的过程和其间的满足，完成之后累得卧地即睡。写到这一群小艺术家好梦正酣的时刻，黄永玉换了笔墨："这里我要提前说一说他们的'未来'。我忍不住，不说睡不着，继续不了底下的文章。""他们没有一个人活过八年抗战，没有端端正正地浅尝哪怕是一点点的、希望的青年时代。……往时的朱雀城死点人算不了什么大事，偏偏序子周围的表兄弟除柏茂老表兄之外都死得失去所以然，死得没有章法。抗战初期，嘉善一役，一二八师全是朱雀子弟，算来算去整师剩下不到百八十人。全城的孤儿寡妇，伟大的悲苦之下，我那几个表兄弟就没人想得起来了……"

——活到了后来的人才知道后来的事；但是活到了后来的人，看着他们当时对于"未来"的无知无觉，会是怎样无可比拟的沉痛。命运这东西，常常"没有章法"得让人痛切失语。

为什么我要强调《无愁河的浪荡汉子》展现的不仅仅是童稚的眼睛第一次看到的世界，同时也是沧桑之眼看了一遍又一遍的世界？其中的一个原因是，这里面包含了许许多多只有历经了漫长的人生之后才会明白的人情和世事、文化和智慧，还有曲折沉重的历史。

四

　　起笔写这篇文章的时候,我还打算谈谈这部作品的用字、用词和造句,既有"花开得也实在放肆"这样的乡野之言——我想起我的祖父和父母也这样用"放肆";也有"醒"这样看上去很文雅的字眼,在《无愁河的浪荡汉子》里出现却是在方言里,"醒醒家",我会注意到这个字是因为一直很喜欢"五斗解酲"这样的"任诞"——喝五斗酒来解酒病:《世说新语》里这样描写刘伶;还有一些"跨学科"的句子,如序子的父亲幼麟做菜,"一个菜一个菜地轮着研究其中节奏变化,他觉得很像自己本行的音乐关系。"蓝师傅做菜,"他在迷神,在构思,在盘算时间、火候、味道、刀法、配料之间的平仄关系。"

　　还打算谈谈这部作品里的引述,从《圣经》到《约翰逊博士传》,再《尤利西斯》《管锥编》,从古典诗词、朋友著作,到电视相亲节目《非诚勿扰》中孟非总是要来那么一句的"爱琴海之旅"。

　　我更想谈谈这部作品整体气质上的"野"和"文"。光看到"野"是太不够了,它还"文"得很。既"野"又"文","野"和"文"非但不冲突,还和谐得很,互相映衬,互相呼应,互相突出,合二为一。这不是一般作品能够呈现出来的吧?

　　为了这些打算,反反复复看了厚厚三册书中我画的横线、写的旁注、折的页码,真是犯了愁。太多地方了,怎么说得完,说得清?干脆放弃吧。

　　末了给自己找个理由:要是一部作品的好,你能说得完,说得清,也就算不上特别丰富的那种好了。

少年多谢相遇的世界

——黄永玉《无愁河的浪荡汉子·八年》

一、路线和年龄

《无愁河的浪荡汉子》第二部（人民文学出版社二〇一六年版），翻开来是一张手绘地图，标着："哈哈！这八年！"——从一九三七到一九四五年。这一部就叫《八年》。图上的红线，连接起一个个地方，画出了一个少年的"道路"；现在出版的是上卷，这张图上的路线，暂时只看到这么长就可以：

十二岁的序子，离开家乡朱雀城（凤凰），到长沙一二八师留守处找爸爸；又随留守处经武汉、九江等地，迁往师部所在的安徽宁国；适逢一位远房二叔从师部回集美学校，序子就跟着二叔，经杭州、上海，坐船到厦门，考入集美初中；未几，日军攻打厦门，学校迁往安溪。厦门、安溪集美学校的生活，是描述的重点。但序子"异类"的行为，使他不得不离开安溪集美，另转入德化师范学校；他在德化待的时间更短，仓促逃离后，在同学老家过了个温暖的年，即往泉州浪游而去。这个时候的序子，十五岁。

二、记忆力和多情、多谢

写法呢？走到哪里就写到哪里，出现什么就写什么。你得一再惊叹黄永玉记忆力之好，清晰，完整，实为罕见。偶有记不得的地方——从集美农林学校到安溪的路程、刚到达后的情形、晚自习照明用什么灯——特意标出，无限遗憾："活了九十岁，一辈子对自己的记忆力从来颇为自信，唯独迷蒙了这三件事，以致留下了'真空'，实在对不起自己和读者。"

记忆力的问题似乎没什么好讨论的，有的人记忆力超群，有的人记忆力糟糕，天生的东西不必讨论。但除去天生的部分，记忆还有后天的运作，譬如你为什么记住了这件事而没有记住那件事，这就是选择和舍弃。记忆有自动选择和舍弃的功能，但在自动之外，也还给个人留有空间。可以讨论的，就是这个空间。从这个意义上说，黄永玉记得那么多，记得那么细，是他想要记得那么多，记得那么细。他想要都记下来。

为什么想要都记下来？概而言之，是因为他经历的人、事、物和他都有关系，他对这些都有感情。这话听起来没有什么意思，其实关键正在这里。我经历了某些事，但我很可能觉得这样的经历对我没有一点影响，和我没有什么关系，当然更谈不上感情，日久年深，忘了也很自然。黄永玉特别，他不筛选，凡是出现在他生命中的，都和他的生命产生关系，由关系产生他的感情。所有的经历，不仅是好的，还包括坏的，都能够吸收转化为生命的养分。没有关系，没有感情，怎么记得住？

所以，从这里可以见出黄永玉的一个特质：用他年轻时候的朋友汪曾祺七十几年前的话说，是"多情"，"对于事物的多情"。这话出自一九五一年汪曾祺发表的《寄到永玉的展览会上》，"多情"跟好多方面连在一起："永玉是有丰富的生活的，他自己从小到大的经历都是我们无法梦见的故事，他的特殊的好'记性'，他的对于事物的多情的，过目不忘的感受，是他的不竭的创作源泉。"

这种"对于事物的多情"特质，换作汪曾祺的老师、黄永玉的表叔的说法，就是对世界的"有情"。

用黄永玉自己的说法，也是他常说的，是对世界的"多谢"。

三、无声

因为"多情""多谢"，点点滴滴，都值得用心写下来。《无愁河的浪荡汉子》写得这么长，黄永玉话这么多，岂是无缘无故？

但读这一部《八年》，有一处，你以为该多写却没有多写，你以为该说话的人却没有说一句话。浩浩荡荡的《无愁河的浪荡汉子》，偏偏在这里，给你一个震撼的留白。

那是在宁国，父亲决定让序子去集美读书。

"爸，怎么我一点都冇晓得我要走？"序子问。

爸爸把左手拐靠着桌子想事情。想完事情放下左手低着脑壳又想。

"爸，你咯子有好过，把光洋退送顾伯、戴伯，我不去了就是……"

爸爸轻轻跷起二郎腿一晃一晃看着天花板。

"爸，我想到个好办法，让紫熙二满把你也带去不就行了，我们一齐走。"

爸爸摸着序子脑壳。

"爸，其实你用不着难过，我去一些日子就回来看你一次，过一些日子又回来看你一次……"

爸爸默默打手势要序子睡觉——序子边脱衣服边讲："爸，其实也是好事情，得豫三满以前对你讲过，你在宁国暂时住段日子就去上海找田真一姑爷和大孃，住到他们那里。再慢慢一个一个找你上海画画的老朋友，在上海画画卖钱，日子好了，把妈和孥孥都接过去，寄钱养婆。我读书得空就来上海看你们。到那时候，你自己想想，那会多好。听说，宁国离上海也不远，坐车坐船，一两天就到。比朱雀到长沙近多了！"序子钻进被窝里还讲："爸，东坡《水调歌头》词讲：'人有悲欢离合，月有阴晴圆缺，此事古难全。但愿人长久，千里共婵娟……'"睡着了。

序子说了又说，父亲一声不响。第二天汽车站送别，父亲"动作轻松潇洒，面带微笑，一点也没料到这一盘行动是生死之别。"

九十岁的老人回忆起这些，慨叹四十刚出头的父亲"还年轻，太善良"，没有本事预计民族的大历史和个人的小历史"常常给小民众弄几笔率意的玩笑"——"唉！算了！算了！""佛告须菩提，凡所有相，皆是虚妄，若见诸相非相，即见如来。"可还是忍不住要问："小民众做得到吗？痛不觉痛，伤不觉伤，离别不觉离别，欢聚不觉欢聚……"

此后的序子，就只能从断续的书信里得知亲人和家乡的消息：一二八师解散闲杂人员，开赴战场，朱雀子弟嘉兴一役几近全部战死，剩下一城孤儿寡妇，"树不发芽鸡不叫"，悲伤到连哭声都没有；父亲找不到工作，无奈之下，只身到青浪滩绞滩站，一辈子沦落在险滩疾浪般的寂寞里；母亲到沅陵难童收容院做先生，带着的三个弟弟也就做了难童；九孃疯了……

四、底子

序子浪荡世界，两手空空，但你要说这个少年一无所有，那就错了，他随身携带着"动人的财产"，别人看不见，自己心里有数。"无愁河"的源头在朱雀，他生命的原初阶段在这个特别的源头里浸了个透；他走出来，如同"无愁河"流出来，这个丰沛的源头还一直在，一直连着。

坐船过洞庭湖见岳阳楼，想起范仲淹的名篇，"冇哪样感动"，觉得除了两句名言，都有点散，"风景气势写得零零碎碎，写得急。""头八句就把闹台打响，一盘一碟，一碗一盆好菜往你身上扣，让你顾东顾不来西，泼得你满身胶湿，汤水淋淋。这种文章我一句都做不出，想都冇敢想过。"一个小学毕业生，讲得出这样的话？你还别不信，序子少小熟背了不少古诗文，更有幸在文昌阁小学受教于脾气古怪的胃先生，胃先生"说《岳阳楼记》虚而不实。我也受过他的影响，为这事翻过好多书"。这就是一点小小的文化底子。

底子这东西，要让它养人，就得找机会激活它。闯荡世界，与人、事、物相遇，就随处是机会。序子常常因眼前情景，冒出几句古诗词，顾家齐伯伯夸他："读书就要这样子读法。见景生情才有用，才养人。"见景生情就是遇，遇到了，才激活了；激活了，才养人。

但与大千世界相遇，却也考验底子，有时候就显出不够、显出没有来。序子说，有时候想作诗，但"都在诗意的外边拿不进来"，就是见出读书还不多、底子不够用来。序子在杭州见过新诗人刘宇先生，后来也想作首新诗看看，"'人生'，对！'人生'起头。'人生'哪样呢？人生……'人生自古……''人生总发'？'人生迈步'……"这样的经验，让人知道自己的不足、不能，也是好。

序子的"财产"，还不只是一点文化底子，更重要的，是家乡给他打下的人生底子。这人生的底子好像无法说清楚，但关键的时候，就用上了。譬如，在安溪集美，序子留级的这一班从文庙搬到对河后埗分校，负责人是"仇人"杨先生，那序子怎么办？"在文庙，序子睡在床上还想过，遇上这种毫无反抗挣扎余地场合，王伯会怎么对付？幺舅会怎么对付？田三爷会怎么对付？隆庆会怎么对付？到了后埗，遇到意外，你怎么对付？你张序子就死了瘫了？你都十四岁了！你还怕？"这些家乡人，这些在序子小时候和他发生过关系的人，他们遇事会怎么办，就是序子的底子。后来，序子舍弃行李从德化师范逃走，也是因为有这个底子，才会有这个决定——"几十年来，序子一直挂念那些从朱雀带出来的无辜的被窝和箱子。是王伯决定的，他心里问过王伯。"王伯，一个朴野、强悍的女子，她是序子三岁多的时候带着他去苗乡荒僻山间避难的保姆，如此影响序子此后的人生。回头想想《无愁河的浪荡汉子》第一部浓墨重彩写王伯，就更能明白这个女人的分量和光彩。这样有分量和光彩的人，还有其他许许多多的人、事、物，还有整个家乡，给序子的人生打底，这个底子，你怎么敢轻估。

来到家乡之外的世界，来到与家乡不一样的环境中，在人、事、物的对比和参照之下，家乡的不一样才清楚地显现出来，才被有意识地认识、有意识地肯定。而那个家乡打底的自我，他的不一样也逐渐清楚地显现，被自觉地认识、自觉地肯定。譬如刚到厦门，高中生长白照拂序子，长白的温和、纯良深深感动了序子，但他那种没有一点防护能力的善良又让序子心里想，"这个人跟朱雀人没有一点相同的地方。把长白押到朱雀，他一天也活不下去。他根本不晓得世界上有一块用另外一种情感、另外一种生活方式、另外一种思想，成天在狠毒的飘风中从容过日子的地方。"

五、喜欢"全世界"

这样一来,这个人会不会被圈限住,固执于家乡给定的一切,而拒绝接受不一样的东西?有些人确实可能会给自己画个圆圈,精神世界就在这个圆圈里面打转转;可是,"无愁河"是一条大河,一条长河,它有源头,丰沛的源头是给它宽阔和长远的流程的;朱雀城给序子打下底子,坚实的底子为他敞开生命,而不是封闭生命。

序子对新鲜事物、未知的世界,怀有强烈的好奇,他的心态时刻敞开;而且,那样小的年纪,就有平和得惊人的理性。譬如,路经上海,初来乍到,耳闻目见,一定有诸多不习惯,"不过序子心想:讲老实话,我并不怎么讨厌它。大凡一种新东西来到眼前,都有点心虚,有点恨,有点对立,有点自危,混熟了,其实是好东西,用不着那么紧张的。新朋友也是这样,以为随时会扑上来,其实不会。""上海那么大,新东西多得来不及怕,来不及看,来不及喜欢。"

就是带着这颗充分打开的心,序子来到集美,要做一个真实的"彩色的梦"——序子的梦"只有一回是彩色的。在朱雀。"

序子在集美念了三年不到,老是留级(六个学期,留级五次),学校办学宗旨宽怀,先生们也容忍这个"异类"。这个通常意义算不上"好"的学生,对学校、对先生的感激却是至深无比的。学校"疏朗宏阔的文化气派"浸入了他的神魂,"先生们则无一不可爱,无一不值得尊敬,无一不百世怀念。""这是心里头的神圣,一辈子供奉的灵牌神位。"

这个"怪物"让人侧目的,除了留级,还有一件事:他竟然在《大众木刻》上发表了作品。序子的艺术道路,是从这里开始的。

课堂的世界太小,他不耐烦,抵触——"序子不是这个世界的";他渴望一个更广阔的世界,于是找到了图书馆。他得低分的教室的世界,和图书馆的新世界,怎么比?"你打你学校的分,我打我自己的分。中间只有这一点点区别。"

我们谈黄永玉的时候,乐道他经历的传奇,不怎么谈他的读书;就如同我们谈沈从文,也是如此。可是成就他们叔侄的,不仅仅是经历,倘若没有超过常人的阅读量作为基础，二人的文学成就是难以达到的。

所以，让我们看看少年序子的读书经历，举例来说：

《榕村语录》《榕村续语录》，康熙宰相李光地著，他是安溪人，居然有时也用很多白话文，北京那些提倡白话文的学者可惜不见提起他；

《肌肉发达法》，好！

《普通地质学》，好！是达尔文的徒弟莱伊尔写的，读熟了它，走到哪里都清楚脚底下是什么岩头，眼前是甚性质的山；

《人类和动物的表情》《贝尔格舰上的报告书》都是达尔文写的，比《进化论》有意思；

《警犬培养和训练》；

《云图》，好！七十八页照临照抄。

卢梭的《爱弥儿》，很有味道和见识，只可惜译文拗口，仿佛三斤新鲜猪肉让人炖糊了；

日本版的《世界名花大全》；

金端苓画的《欧战进展地图》，学着这个办法画了张"保卫大武汉地形图"……

他在图书馆把杂志、画报上的国际人物照片，用自来水笔画成漫画，自己编了厚厚的两本《国际人物漫画册》。

开始读莎士比亚、屠格涅夫、高尔基、绥拉夫莫维支；王尔德薄薄的《朵连格莱的画像》，前头打了四行跟文章一点关系都没有的虚点（……），莫名其妙。

世界就是通过一本本书，一点一点展开在序子的眼前。

序子到清水寺旅行，发现一种没有见过的小虫，带回学校研究，到图书馆查动物学大辞典。"都看得出来，序子根本不可能是块科学家的料。……虽然动植物考试的分数不高，心里头就是喜欢；不是为了做科学家的喜欢，是做一个人的喜欢。等于喜欢这个'全世界'。在学校读书就是学一些如何喜欢'全世界'的本领。"

六、虚妄

黄永玉写《八年》，里面有这么几句很坚定的总结：

序子铤而走险居然从容自若的根据何在？
他抓准眼前这个图书馆是他将要走进大世界的第一根据。
迈出的肯定脚步，是朱雀城所有孩子给他的"神力"。
除此之外，都归虚妄。

前面说过了"第一根据"和"神力"，现在说几句"虚妄"。

既为"虚妄"，大可不说。本来应该是这样，可是，让我觉得不得不说，又不想多说的事实是，有多少人的一生，就浪费在虚妄上。

孩子受教育，有的教育就是往虚妄上引导；

虚妄常常有不可思议的蛊惑力，成年人成熟了吗？并不，像中了邪，打了针，前赴后继；

有的人，他的事业就是制造虚妄。

序子实打实用脚走路，一步一步踩在坚实的地面上，有分辨力，有主心骨，有实的经验，过真的生活。

"心肠要硬一点，过日子要淡一点，读书要狠一点。"他父亲曾经这样告诫过。

七、不急

《无愁河的浪荡汉子》从二〇〇九年起在《收获》上连载，我和不少读者一样，一直"跟读"，到现在已经进入第八个年头。跟着跟着，这漫长的阅读，仿佛跟出了节奏，跟出了旋律。读这一卷《八年》，是重读，也仿佛是回旋。一边读一边想，还真是应该再读这一遍。哪能没有回旋呢。

序子学木刻，第一幅作品发表在《血花日报》上，朱成淦先生指点道："你眼睛要注意明暗问题，起码看三个部分，亮的，暗的，不明不暗的三个调子……我以前读书的时候,老师教的是五调子,你先抓三个就行了。"

说的是画画和木刻,我却想到了写文章。哪怕是写论文,能不能也有三个、五个明暗调子?总见有人讨论文学批评的文体,想到过这三五个明暗的调子没有?

第二幅木刻,朱先生说是"倦慵之作",说"心思松"——"这七个字一辈子也没忘记。"

这也通文章的写作。

但收获的岂止是文章的作法,不过这个比较容易说而已。别的,且只举一个例子吧。

我以前想不明白一件事,整人的人,整错了,自己也知道整错了,即使不道歉赔罪,也大可罢手,不再整下去。"他不。你不死,你活着,他反而认为是你在伤害他。"一句惊醒懵懂人,解决了困扰我好久的问题。

这部书,慢慢读,总有东西给你。黄永玉写起来不着急,我们读,也不用着急。

前头说过,序子批评《岳阳楼记》"写得急";一九七二年,黄永玉跟一个年轻学生通信,指出他写作"缺乏构思上的延续力,你老是像闪光灯似的运用文字。一句一个意思,没有把造句耐心地用三两句或一小段宣叙得从容些。"可见"急",在黄永玉心里是写作的大忌。由此我们多少明白,《无愁河的浪荡汉子》为什么写得不急,写得那么耐心,那么从容,第一部三卷,第二部《八年》出了上卷,还有中卷和下卷,还有第三部——老人家您慢慢写,我们慢慢读。

汪曾祺和黄永玉：上海的事情

——《无愁河的浪荡汉子》里的叙述及其他文字

一

"上海的事情我是不能像永玉那样的生动新鲜的记得了……"

一九五一年初，黄永玉在香港思豪酒店举办个人画展。汪曾祺在北京，年前写《寄到永玉的展览会上》，展览次日一月七日发表于香港《大公报》副刊，上面的话就在这篇文章里。文章开篇说："我与永玉不相见，已经不少日子了。究竟多少日子，我记不上来。永玉可能是记得的。永玉的记性真好！听说今年春夏间他在北京的时候还在沈家说了许多我们从前在上海时的琐事，还向小龙小虎背诵过我在上海所写而没有在那里发表过的文章里的一些句子，'麻大叔不姓麻，脸麻……'我想来想去，这样的句子我好像是写过的，是一篇什么文章可一点想不起来了！因为永玉的特殊的精力充沛的神情和声调，他给这些句子灌注了本来没有的强烈的可笑的成分，小龙小虎后来还不时的忽然提起来，两个人大笑不止。"①

七十多年之后，黄永玉来完完整整地叙述他在上海的事情——《无愁河的浪荡汉子》第三部（这部长篇，《收获》连载到第十一个年头，从二〇一九年第一期起，进入第三部），抗战胜利后，序子来到了这座城市。身处偌大的都市，与此前浪荡福建、江西等地，经的场面，见的气象，自是不同；而序子本人，也已是越来越受关注的青年木刻家，作品参加了中

---

① 汪曾祺：《细思往事》，华中科技大学出版社2020年版，第160页。

华全国木刻展且不说，令人惊奇也让他自己惊奇的是，二表叔沈从文在《大公报·星期文艺》发表整版长文《一个传奇的本事》，介绍了他的父母和他自己。他买了报纸一边走一边看，"傻了！""这从哪里说起？天打雷劈！那么震脑！"

序子见过和交往了诸多名家前辈、年纪相仿的朋友，美术界的、文学界的，人来人往，可说的实在太多。这里单说他和汪曾祺的上海光景。

二

汪曾祺一九四六年到上海，经李健吾介绍，在致远中学教国文。序子在闵行中学教美术。有天，黄裳对序子说，巴金先生转告，汪要找你。序子去找到了曾祺，"第一次见面好像今早晨、昨天、上个月、几年前常常见面的兄弟一样，犯不上开展笑颜，来个握手。"交流起来，基本上是序子说，曾祺听，说的人滔滔不绝，听的人专注有心。曾祺开口，也多是问，比如，"你表叔那篇关于你的文章，上海这帮人怎么看？"序子说："我看这文章大家都欣赏喜欢，只有一个人不开心——"

"谁呀？"曾祺问。

"我妈！"序子说，"在朱雀看到我寄给她的这篇文章，很恼火，要是我在当场，那情绪一定很难招架。……她来信说表叔信口开河。'你爸是省师范学校正式毕业生，他什么？他还在外头打流，你爸居然还请他帮忙给我写情书？这么大胆的天晓得……'"

"好呀！太精彩了！能不能把这封信让我看看？"曾祺说。

"我看完就烧了，没有了！"序子说。

"哎呀！你看你烧了这么重要的东西，多可惜你懂不懂？"曾祺感叹。

"你想，底下还写了好多情绪性的话，很长的一封信，牵涉到两家好多琐事，传出去，表叔听到了一定想不到地难过。会伤害他一番真诚的好意。文学上、文字上的涟漪随情荡漾哪能像科学那么准确?你没见过我妈,一个因家事儿女困扰掉落凡尘的七仙女,这篇文章点燃她储藏一生的愤懑……"

"是,是,是,你讲得对,让我们在心底也把这封信烧了吧!以后不再讲了,永远不讲了!"

序子说只在八九岁时候见过一面的表叔,他的"野",是"文野"或"仙野",莫名其妙至极;他自己的"野",很有些不同。他讲家乡,讲小时候的事,一直讲到前几年,"跟十二具壮丁尸体搭木船从瑞金到赣州,四天四夜,尸体在舱底,我在舱面,只隔一层木头厚甲板,夹缝间有时不小心碰得到他们的鼻子和脚指头……"这段经历,《无愁河的浪荡汉子》第二部里详细写过,比这里说得还要骇人。

序子说:"我今天是第一次见你,有责任介绍我所有的细节给你听。"

两个人甚至谈到了婚恋:曾祺吃惊,序子居然结婚了;序子也惊奇,曾祺有女朋友——

"我不清楚你这种很少讲话、只用耳朵的人,怎么谈的恋爱?"

曾祺说:"你讲得不错,我找的正也是个很少讲话、只用耳朵的人。"

三

第二天,一九四七年七月十五日,汪曾祺向他的老师沈从文写信汇报:"昨天黄永玉(我们初次见面)来,发了许多牢骚。我劝他还是自己寂寞一点作点事,不要太跟他们接近。"

写起信来,汪曾祺的话就多了:

黄永玉是个小天才,看样子即比他的那些小朋友们高出许多。……他长得漂亮,一副聪明样子。因为他聪明,这是大家都可见的,多有木刻家不免自惭形秽,于是都不给他帮忙,且尽力压挠其发展。他参与全国木刻展览，出品多至十余幅，皆有可看处，至引人注意。于是，来了，有人批评说这是个不好的方向，太艺术了。（我相信他们真会用"太艺术了"作为一种罪名的。）他那幅很大的《苗家酬神舞》为苏联单独购去，又引起大家嫉妒。他还说了许多木刻家们的可笑事情，谈话时可说来笑笑，写出来却无甚意思了。——您怎么会把他那张《饥饿的银河》标为李白凤的诗集插画？李白凤根本就没有那么一本诗。不过看到了那张图，李很高兴，说："我一定写一首，一定写一首。"我不知道诗还可以"赋得"的。不过这也并不坏。我跟黄永玉说："你就让他写得了，可以作为木刻的'插诗'。要是不合用，就算了。"那张《饥饿的银河》作风与他其他作品不类，是个值得发展的路子。他近来刻了许多童谣，（因为陈鹤琴的建议。我想陈不是个懂艺术的人）构图都极单纯，对称，重特点，幼稚，这个方向大概难于求惊人，他已自动停止了。他想找一个民间不太流行的传说，刻一套大的，有连环性而又可单独成篇章。一时还找不到。我认为如英国法国木刻可作他参考，太在中国旧有东西中掏汲恐怕很费力气，这个时候要搜集门神、欢乐、钱马、佛像、神俑、纸花、古陶、铜器也不容易。您遇见这些东西机会比较多，请随时为他留心。萧乾编有英国木刻集，是否可以让他送一本给黄永玉？他可以为他刻几张东西作交换的。我想他应当常跟几个真懂的前辈多谈谈，他年纪轻（方二十三），充满任何可以想象的辉煌希望。真有眼光的应当对他投资，我想绝不蚀本。若不相信，我可以身家作保！我从来没有对同辈人有一种想跟他有长时期关系的愿望，他是第一个。①

后面还有很多很多话。

读汪曾祺的信与读黄永玉的小说，感受不大一样。叙述内容各有偏重，正好可以互补、对照。语调上，九十几岁的黄永玉回忆起当年，还是兴致

---

① 汪曾祺：《汪曾祺家书》，文化发展出版社2021年版，第159—160页。

勃勃，保留着一个年轻人闯荡新世界的新鲜感和兴奋劲；汪曾祺呢，比黄永玉大四岁，当时困顿落魄，心情实在糟糕。他说黄永玉发牢骚，其实更像是他自己牢骚太盛：这封信中，他说，"上海的所谓文艺界，怎么那么乌烟瘴气！……就是胡闹。"说到自己，也没有好口气："五六两月我写了十二万字，而且大都可用（现在不像从前那么苛刻了），已经寄出。可是自七月三日写好一篇小说后，我到现在一个字也没有。几乎每天把纸笔搬出来，可是明知那是在枯死的树下等果子。我似乎真教隔壁这些神经错乱的汽车声音也弄得有点神经错乱！我并不很穷，我的褥子、席子、枕头生了霉，我也毫不在乎，我毫不犹豫的丢到垃圾桶里去；下学期事情没有定，我也不着急；可是我被一种难以超越的焦躁不安所包围。似乎我们所依据而生活下来的东西全都破碎了，腐朽了，玷污萎落了。我是个旧式的人，但是新的在哪里呢？有新的来我也可以接受的，然而现在有的只是全无意义的东西，声音，不祥的声音。"①

汪曾祺那时候发表过一篇短文，说起自己的工作："我教书，教国文，我有时极为痛苦。……一走进教室，我得尽力稳住自己，不然我将回过身来，拔腿就逃。"他用心讲课文，渐入佳境，"我思想活泼，嗓音也清亮；但是，看一眼下面那些脸，我心里一阵凄凉，我简直想哭。""他们全数木然。……一种攻不破的冷淡，绝对的不关心，我看到的是些为生活消蚀模糊的老脸，不是十来岁的孩子！我从他们脸上看到了整个的社会。我脚下的地突然陷下去了！我无所攀泊，无所依据，我的脑子成了灰濛濛的一片，我的声音失了调节，嗓子眼干燥，脸上发热。我立这里，像一棵拙劣的匠人画出来的树。用力捏碎一支粉笔，我愤怒！"②

序子上美术课，则是另一番情景。他很会调动那些初中生，边讲边画，"孩子们快乐的笑声漾到教室外头来了。"温和的校长也坐在教室后排听。后来因为李桦、余所亚离开上海，租的房子留给序子照料，序子辞去闵行中学的工作，校长还颇有些不舍。

---

① 汪曾祺：《汪曾祺家书》，文化发展出版社2021年版，第157—158页。
② 汪曾祺：《人间自在》，读者出版社2021年版，第112—113页。

四

星期六序子从闵行搭公共汽车到市里找曾祺，晚上常睡在他的宿舍。曾祺说："其实你可以写点小说。"序子回答："短的写过，长的打算写得比托尔斯泰那三本还长，没想到刚写到三页稿纸差一点四页的时候，抗战胜利了！眼睁睁把我伟大的计划耽误了！"

——这伟大的计划，黄永玉晚年重新拾起，就是现在我们看到、他还在继续写作的《无愁河的浪荡汉子》。

两个人去找黄裳，馆子里坐下，曾祺和黄裳谈起他们当年昆明的那些人和事。序子这才发现，曾祺讲话未必总是很少。不喝酒的序子，看两个酒人谈兴浓得水泼不进。他不插嘴，只当作上课旁听。"序子佩服他两个不谈《红楼梦》，也不知道他们酒醒之后谈不谈。《红楼梦》让人弄拧巴了。"一顿饭下来，序子做了三件事：听他们说话，夹菜吃饭，自己跟自己胡思乱想——"自己跟自己胡说，像蛟龙戏水，借着他两人搅起的水花引子，翻波腾浪，自我规模一番，当然，水花引子也看高低。"

三个人上朵云轩看画，进兰心看最新战争片《登陆马里亚纳岛》，到D.D.S喝咖啡，然后去巴金先生家。师母陈蕴珍欢呼："哈哈，三剑客光临！"

曾祺向巴金先生浅浅地鞠了个躬。巴金问曾祺，最近沈从文怎么样？曾祺说："和人用文学角度交谈时事，写些调皮文章。有时得罪人，他不清楚。三姐总是担心。"

"我总是劝他，用毛笔写东西动静太大，那么小的字，太费神。"巴先生说。

"他也用钢笔的。顺手的事他都用钢笔。不过有时候在中国普通纸上用钢笔效果太意外，自己好笑。也不知哪儿弄来的那支蹩脚钢笔？人劝他买支好钢笔，他就自我解嘲地说：'是的，是的，派克，派克！'"

巴太太讲：

"你还别说，这些好人做的怪事，讲的怪话，都那么纯净。"

"古风！"黄裳说。

"温婉的古风！"巴太太说。

"不见得温婉！"曾祺说，"有时候拒绝一件不当的事，态度像革命烈士一样。"

序子身边的那帮年轻朋友，见过曾祺，一晚上三四个钟头混在一起，没听见他说几句话。他们问序子："你那个汪曾祺是不是有点骄傲？"序子回得不含糊："这话有点混蛋。说话少就是骄傲？怪不得各位少爷在这里谦虚得我一晚不得安宁。曾祺这人天生能抵抗纷扰，甚至还觉得有趣，也可能是一种不愿吹皱一池春水的诗意——有时我跟他一整天地泡，自觉话多，有点抱歉，他就会说：'说、说，我喜欢听！'"

序子看起来像个热闹人，其实做起事来极端严肃、认真，尤其是对待木刻。曾祺给他提意见，他立刻领会、承认、佩服："曾祺来信说，《海边故事》那张木刻，腿弯弯里头那两根线生硬，对顶着，粗，总让人看着不舒服。序子自己也早就感觉到什么地方不对头，已经重刻了三次。他说得很对。这家伙眼睛尖锐，时常看得到我怕别人看出来的地方。"

曾祺说序子"胃口好，胸怀宽，心里头自有师傅。"又说，"这回你来上海，要准备好牙口吃新东西了。"

"是的，千辛万苦来上海，就为的这个意思。"序子说。

"新鲜吧？"

"连痛苦都新鲜！"

五

黄永玉的记性真好。记得曾祺大清早起来，站在床上，居然来了一句街上捡来的歌："你是我的生——命，你是我的灵魂。"记得和黄裳三个人去兆丰公园看黑豹，黑豹在睡觉，曾祺说："动物园的动物不动，变成静物园，一点意思也没有。"记得两个人萌生离开上海之意，去市中心一个露天草地广场看了场电影,迪斯尼的《小鹿斑比》,半夜露水弄得浑身胶湿都没在意,曾祺只说了一句:"哎!今晚上没有月亮!"

一九四八年三月,汪曾祺经天津去北京;黄永玉和陆志庠一起跟张正宇前往台湾编《今日台湾》大型画册,几个月后黄永玉去香港。青年时代短暂的上海生活,就此结束。

六月二十八日汪曾祺致信黄裳,其中有一段:"黄永玉言六月底必离台湾,要到上海开展览会,不知知其近在何所否?我自他离沪后尚未有信到他,居常颇不忘,很想知道他现在怎么样了。少年羁旅,可念也。"①

十一月三十日又致黄裳:"黄永玉曾有信让我上九龙荔枝角乡下去住,说是可以洗海水澡,香港稿费一千字可买八罐到十罐鹰牌炼乳云。我去洗海水澡么,哈哈,有意思得很。而且牛乳之为物,不是很蛊惑人的。然我不是一定不去九龙耳。信至今尚未覆他。他最近的木刻似乎无惊人之进步,我的希望只有更推远一点了。"②

一九五三年黄永玉离开香港到北京,进中央美院任教;汪曾祺在北京文联,编《说说唱唱》。两人同居一城,有来有往,却也各有所忙;此后长久遭逢动荡变幻,各自经历悲欢沉浮,交往渐渐由密而疏。

一九九七年汪曾祺谢世,黄裳翻检遗笺,作《忆汪曾祺——故人书简之四》,"重温昔梦,渺若山河。"

二〇〇六年黄永玉写《黄裳浅识》,其中说道:"我一直对朋友鼓吹三样事,汪曾祺的文章、陆志庠的画、凤凰的风景,人都不信。到六十年代,曾祺的文章《羊舍一夕》要出版了,我作了木刻插图……"《羊舍一夕》一九六三年初由中国少年儿童出版社出版时改名《羊舍的夜晚》,是三个短篇的集子,由黄永玉负责插图和封面设计。

二〇一一年十一月,黄永玉为巴金故居画大幅巴金像,在故居开放之日前来参加仪式,第二天与老朋友黄裳相聚。黄裳写《永玉的来访》(这大概是黄裳最后的文章之一吧,过了不到一年,他即去世),记录了他们的"笔谈",其中有如下情形:

---

① 汪曾祺:《汪曾祺家书》,文化发展出版社2021年版,第173页。
② 汪曾祺:《汪曾祺家书》,文化发展出版社2021年版,第176—177页。

在饭桌上他用自己的墨水笔写下的第一句话是:
"我和曾祺吃了你一辈子。"
这,横看竖看都是一句错话或醉话,实际台上没有酒,只有茶。
借此机会,我再次提出,"你实在应该好好写一写曾祺了。"
永玉摇摇头说,"我一直写不下去……曾祺晚年给一群青年作家包围了……"

《无愁河的浪荡汉子》进入第三部,开始解决这个问题。

"我们"的叙事

——王安忆在 20 世纪 90 年代后半期的写作

一、不像小说的小说

一九九六年,王安忆发表了头年完成的《姊妹们》,接下来,一九九七年发表《蚌埠》《文工团》,一九九八年发表《隐居的时代》,到一九九九年,在与《喜宴》《开会》两个短篇一块儿发表的短文里,她明确地说:"我写农村,并不是出于怀旧,也不是为祭奠插队的日子,而是因为,农村生活的方式,在我眼里日渐呈现出审美的性质,上升为形式。这取决于它是一种缓慢的,曲折的,委婉的生活,边缘比较模糊,伸着一些触角,有着漫流的自由的形态。"①

这期间王安忆还在写着另外不同类型的作品,像短篇《天仙配》、中篇《忧伤的年代》和断断续续进行着的长篇《屋顶上的童话》,还有事先没有一点声张,等到出来时让人不禁惊异的《富萍》:又是一个长篇。这些作品不仅与上述一组作品不大一样,而且各自之间也差异明显。这里我们暂不讨论。且让我们只看看那一组不少人觉得不像小说的小说。

为什么会觉得不像小说呢?早在 20 世纪 90 年代初,王安忆就清楚地表达了她小说写作的理想:一、不要特殊环境和特殊人物,二、不要材料太多,三、不要语言的风格化,四、不要独特性。这"四不要"其实是有点惊世骇俗的,因为她不要的东西正是许多作家竭力追求的东西,是文学

---

① 王安忆:《生活的形式》,《上海文学》1999 年第 5 期。

持续发展、花样翻新的驱动力。我们设想着却设想不出抱着这一理想的王安忆会走多远。现在读王安忆这些年的作品,发觉我们这一设想的方向错了。小说这一形式,在漫长的岁月里,特别是在20世纪,本身已经走得够远了,甚至远得过度了,它脚下的路恐怕不单单是小路、奇径,而且说不定已经是迷途和险境。所以王安忆不是要在已经走得够远的路上再走多远,而是从狭窄的独特性和个人化的、创新强迫症("创新这条狗"在多少创作者心中吠叫)愈演愈烈的歧路上后退,返回小说艺术的大道。

于是在王安忆的这一系列小说中,我们读到了内在的舒缓和从容。叙述者不是强迫叙述行为去经历一次虚拟的冒险,或者硬要叙述行为无中生有地创造出某种新的可能性。不,不是这样,叙述回归到平常的状态,它不需要刻意表现自己,突出自己的存在。当"写什么"和"怎么写"孰轻孰重成为问题的时候,"偏至"就难免要发生了。而在王安忆这里,叙述与叙述对象是合一的,因为在根本上,王安忆秉承着一种朴素的小说观念:"小说这东西,难就难在它是现实生活的艺术,所以必须在现实中找寻它的审美性质,也就是寻找生活的形式。现在,我就找到了我们的村庄。"①

好了,接下来我们要问,"我"从"我们的村庄",还有"我们团"、"我们"暂时安顿身心的城市、"我们"经历的那个时代,找到了什么?

二、理性化的"乡土文明志"

作为新文化运动重要组成部分的中国新文学,从它初生之时起就表明了它是追求现代文明的文学,它的发起者和承继者是转型过来的或新生的现代知识分子,文学是促进国家和民族向现代社会形态转化,并表达个人的现代性意识和意愿的方式。今天回过头去看,在这样一种主导特征下,新文学作品的叙述者于诸多方面显示出了相当的一致性,就是这种一致性,构成了今天被称为"宏大叙事"的传统。举乡土文学的例子来说,我们发现,诸多作家在描述乡土中国的时候,自觉采取的都是现代知识分子的标准和态度,他们的眼光都有些像医生打量病人要找出病根的眼光,他

---

① 王安忆:《生活的形式》,《上海文学》1999年第5期。

们看到了蒙昧、愚陋、劣根性，他们哀其不幸，怒其不争。他们站在现代文明的立场上，看到这一片乡土在文明之外。其实他们之中大多出身于这一片乡土，可是由此走出，经受了文明的洗礼之后，再回头看本乡本土，眼光就变得厉害了。不过，在这一叙事传统之内的乡土文学，与其说描述了本乡本土的形态和情境，倒不如说揭示了现代文明这一镜头的取景和聚焦。这些作家本身可能非常熟悉乡土生活，对本乡本土怀抱着深厚的感情和眷念，可是，当他们以一个现代知识分子的眼光并且只是以一个现代知识分子的眼光审视这一片乡土的时候，就变得不能理解自己的乡土了——如果不能从乡土的立场上来理解乡土，就无法理解乡土。

所以并不奇怪，我们的乡土文学常常给人以单调、沉闷、压抑的印象。民间的丰富活力和乡土文明的复杂形态被叙述者先入为主的观念遮蔽了，被单纯追求现代性的取景框舍弃了。不过仍然值得庆幸，所谓"宏大叙事"从来就不可能涵盖全部的叙述，我们毕竟还可以看到沈从文的湘西，萧红的呼兰河，乃至赵树理的北方农村，这些作品毕竟呈现出了主导特征和传统控制之外的多种有意味的情形。

说了这么多，本意只是为了以一种叙事传统与王安忆的小说相对照，这一对照就显出王安忆平平常常叙述的作品不那么平常的意义来：从中我们能够看到，她发现了或试图去发现乡土中国的文明；而若以上述叙事传统的眼光看来，这样的乡土是在文明之外的。在20世纪的中国，我们显然更容易理解后一种文明：西方式的、现代的，追求进步和发展的外来文明；而对于乡土文明，却真的说不上知悉和理解了。

正是在这种一般性的认知情形中，王安忆的小说成为一种不被视为文明的、文明的知音和载体，成为一种探究和理解，一种述说和揭示，一种乡土文明志。你知道《姊妹们》是怎样开篇的吗？"我们庄以富裕著称。不少遥远的村庄向往着来看上一眼，这'青砖到顶'的村庄。从文明史的角度来说，我们庄处处体现出一个成熟的农业社会的特征。"——这就是了。

和20世纪90年代初《九月寓言》这样的作品相比较，张炜的胶东乡村生活回忆录把一种自然的、野性的民间生命力张扬得淋漓尽致，它的背后是一种抒情的态度，那野歌野调的演唱者不仅投入而且要和歌咏的对象融合为一；王安忆的淮北乡土文明志则是守分寸的、理性化的，它的背后是分析和理解的态度，因而也是隔开一点感情距离的。这样一种经过漫长岁月淘洗和教化的乡土文明，远离都市，又远非自然，有着一种世故的表情，不那么让人喜欢，可是必须细心去了解，才可了解世故、古板、守规矩等等之下的深刻的人性："这人性为了合理的生存，不断地进行着修正，付出了自由的代价，却是真心向善的。它不是富有诗情的，可在它的沉闷之中包含着理性。"立基于这样宽厚、通达、有情的认识，王安忆才把那一群出嫁之前的乡村少女写得那么美丽活现，又令人黯然神伤。

三、"两种文明"的奇遇

王安忆甚至发现，在被普遍视为保守的、自足性极强的乡土文明中，其实潜藏着许多可能性和强大的涵染力，譬如对并非出自这种文明的人与事的理解和融汇。《隐居的时代》写到一群"六·二六"下放到农村的医生。王安忆在文中说："当我从青春荒凉的命运里走出来，放下了个人的恩怨，能够冷静地回想我所插队的那个乡村，以及那里的农民们，我发现农民们其实天生有着艺术的气质。他们有才能欣赏那种和他们不一样的人，他们对他们所生活在其中的环境和人群，是有批判力的，他们也有才能从纷纭的现象中分辨出什么是真正的独特。"你看接下来描述的"两种文明"的奇遇："现在，又有了黄医师，他给我们庄，增添了一种新颖的格调，这是由知识，学问，文雅的性情，孩童的纯净心底，还有人生的忧愁合成的。它其实暗合着我们庄的心意。像我们庄这样一个古老的乡村，它是带有些返璞归真的意思，许多见识是压在很低的底处，深藏不露。它和黄医师，彼此都是不自知的，但却达成了协调。这种协调很深刻，不是表面上的融洽，亲热，往来和交道，它表面上甚至是有些不合适的，有些滑稽，就像黄医师，走着那种城里人的步子，手里却拿着那块香喷喷的麦面饼。这情景真是天真极了，就是在这天真里，产生了协调。有些像音乐里的调性关系，最远的往往是最近的，最近的同时又是最远的。"

《隐居的时代》中还写了知青的文学生活，写了县城中学来历特殊的老师们，这些都清楚不过地表明，当时，人的精神需求，对美的敏感，知识和文化，潜藏和隐居到了地理的夹缝和历史的角落里。这样的夹缝和角落不仅使得它们避免流失散尽，保留下了相传承继的文明火种，而且，它们也多多少少改变了栖身的所在——一种新的、外来的因素，"很不起眼地嵌在这些偏僻的历史的墙缝里，慢慢地长了进去，成为它的一部分。"——就像下乡的医疗队和黄医师，"它微妙地影响了一个村庄的气质。"

《文工团》中也写到了不同文明的相遇，只是其中所包含的挣扎求存的能量左冲右突，却总是不得其所。"文工团"是革命新文艺的产物，可是"我们这个地区级文工团的前身，是一个柳子戏剧团。"新文明的团体脱胎于旧文明的戏班子，譬如说其中的老艺人，他们与生俱来的土根性，他们代代承传的老做派，将怎样委曲求全地适应新文艺的要求，而在历经改造之后却又脱胎不换骨？这个由老艺人、大学生、学员以及自费跟团学习者等带着各自特征的人员杂糅组成的文工团，在时代的变幻莫测中风雨飘摇，颠沛流离，终于撑持到尽头。

四、"我"隐退到"我们"

现在，让我们回到与王安忆这些小说初逢时的印象。这些作品，起意就好像置小说的传统规范和通常的构成要素、构成方式于不顾。作者就好像日常谈话似的，把过往生活存留在记忆里的琐屑、平淡、零散的人事细节，絮絮叨叨地讲出来。起初你好像是有些不在意的，可是慢慢地，你越来越惊异，那么多不起眼的东西逐渐"累积"（而不是传统小说的"发展"过程）起来，最终就成了"我们庄"和自由、美丽地表达着"我们庄"人性的姊妹们，就成了一个萍水相逢的城市蚌埠和"我们"初涉艰难世事的少年岁月，就成了文工团和文工团执着而可怜的惊心动魄的故事。"发展"使小说的形态时间化，而"累积"使小说的形态空间化了，开始我们还是认为叙述只是在不断填充着这些空间："我们庄"、文工团、隐居者的藏身之处……后来才惊异地看到这些空间本身在为叙述建造主体，那些人事细节就好像这个主体的鼻子、眼睛、心灵和一举一动的历史。能够走到这一步，不能不说是大大得力于一个亲切的名曰"我们"的复数叙述者。"我们"是扬弃了"我"——它往往会演变成恶性膨胀的叙述主体，严锋在《文工团》的简评中说，在新时期的文学中到处可见一个矫揉造作的叙事者，或扬扬得意，或顾影自怜，或故作冷漠，怎一个"我"字了得——而得到的。

"我"并非消失了，而是隐退到了"我们"之中。

坚硬的河岸 流动的水

——《纪实与虚构》和王安忆写作的理想

一

长篇小说《纪实与虚构》让我去重温王安忆写作小说的理想，它是以否定的形式表达的：一、不要特殊环境、特殊人物，二、不要材料太多，三、不要语言的风格化，四、不要独特性。①这"四不要"没有各自的对应项，也就是说，与之对应的不是四项，而是一个理想整体。这个理想整体被作家感觉到了，却没办法以正面肯定的形式直接表达出来，而且也没办法"一下子"表达出来，所以要分开来一项一项去说，像围绕着一个几乎不可企及的中心打转。然而也正因为没有直接地、"整体性"地表达这个理想整体，而采取一种分割否定的方法，这种表述反而显得干脆、利落、明确。王安忆看重小说总体的表达效果、自身即具有重大意义的情节、故事发展的内部动力，而对于偶然性、趣味性、个人标记、写作技巧等的夸大使用持一种警惕和怀疑态度。从这里不难看出，王安忆有意识地要摒弃一些不少当代作家孜孜以求的东西。在探究当代长篇小说创作的困境时，王安忆试图从更根本处着眼，她说："我们的了悟式的思维方式则是在一种思想诞生的同时已完成了一切而抵达归宿，走了一个美妙的圆圈，然而就此完毕，再没了发展动机。因此，也可说我们的思维方式的本质就是短篇小说，

---

① 王安忆：《故事和讲故事·自序》，见《20世纪中国文学史文论精华·小说卷》，河北教育出版社2000年版，第490—491页。

而非长篇小说。"① 与此相分立的是一种逻辑式的思维方式，在小说物质化的过程中，它被王安忆当作一件有力的武器抓在手里，意欲凭借它来解决创作中的顽症，特别是打破长篇小说创作的窘局。

由王安忆的这些想法，可以引发出有关小说创作和小说理论非常有意思、有价值的讨论，但现在还是先来看看《纪实与虚构》这部作品，以作品作为实证，回过头来再探讨一些理论问题。

二

《纪实与虚构》是一个城市人的自我"交待"和自我追溯，一部作品，回答两个问题：你是谁家的孩子？你怎么长大的？小说很清楚地分成两个部分，一部分写"我"的成长史，另一部分写"我"寻找自己生命的最初根源。两部分交叉叙述，最后相接，合二为一，有浑然一体的效果。成长和寻根，在这几年的小说创作中都算得上被集中开发的题材，特别是对于20世纪80年代文坛上崛起的一批青年作家来说，自我经验的世界可能是他们最迷恋也最容易向文学转化的世界。其中成长与启悟的主题一再被各具特色的叙述展开，像苏童的"香椿街少年"系列，像余华的《在细雨中呼喊》，迟子建的《树下》，甚至王朔的《动物凶猛》，等等；至于寻根以类似文学运动的形式成为文坛一时的中心现象和话题，就不必再说了。王安忆本人身处其中，在这两个向度上的探索都有不凡成就，也不必再说。但是《纪实与虚构》把成长和寻根结合起来，贯穿起来，不是把两种性质的内容简单拼凑，而是把两个分裂的世界弥合成一个世界，这样的本领就不太一般了。

从结构上讲，《纪实与虚构》好像是对"谁家的孩子怎么长大"的逻辑展开，由此建立起作品的纵和横的关系，形成作品的基本框架。逻辑的起点是寻找答案的提问，然后就顺理成章，一路写将下来。但是，这并非创作的完整过程，我们或许有可能从逻辑起点往前追问，即：这样的问题

---

① 王安忆：《我看长篇小说》，见《故事和讲故事》，复旦大学出版社2011年版，第43页。

是怎样提出来的？为什么会有这样的问题提出来？在文字密密麻麻的书页上，语词有时会指示、会释放，有时又会掩饰、会遮蔽一个仿佛幽灵般的影子，它的名字叫焦虑。按照一般的说法，焦虑总是喜欢跟性格内倾、习惯冥想、懒于行动的人缠在一起，我们的叙述者似乎恰好正属于这类人。但这种一般的说法几乎不说明任何问题，对于作品的叙述者来说，她敏感感知到的自我困境才是最突出的：时间上，只有现在，没有过去；空间上，只有自己，没有别人。这样一种生存境况本身并不足以引发焦虑，不在乎的人完全可以反问，没有过去，没有别人，又怎么样？但叙述者却很在乎，她要确立自我的位置，而位置的确立，在她看来，必须依靠一种有机的关系，这种关系既包括时间上的，又包括空间上的，即"她这个人是怎么来到世上，又与她周围事物处于什么样的关系。"

这样看来，一方面，无根的焦虑好像是个人的，作品也是从此出发：在上海，她是个外乡人，是随着革命家庭一起进驻城市的，没有复杂的社会关系和历史渊源，没有亲戚串门和上坟祭祖之类的日常活动。也就是说，她丧失了自己的"起源"，而"起源对我们的重要性在于它可使我们至少看见一端的光亮，而不致陷入彻底的迷茫"。"没有家族神话，我们都成了孤儿，恓恓惶惶，我们生命的一头隐在伸手不见五指的黑暗里，另一头隐在迷雾中。"为缓解焦虑，改变孤儿的身份，她试着开始自己动手建立一个家族神话。王安忆从母亲的姓氏"茹"入手，追根溯源，确立自己是北魏一个游牧民族柔然的后代。柔然族历尽沧桑世变，归并入蒙古族，劫后余生者后来又从漠北草原迁至江南母亲的故乡。王安忆在浙江绍兴寻到"茹家楼"，家族神话最终完成。

另一方面，成长的焦虑好像也是个人的。在小说里，成长可以具体化为叙述者与周围世界的关系。这一叙述至少有两个方面的特征：一、与叙述者建立关系的任何人事都不具有自主性，他们只是因为与"我"发生关联才有意义，这种意义是"我"的，而不是他们自身的，因此他们中几乎每一个人都是"无名"的；二、叙述者成长的社会文化背景对成长本身来说完全是偶然的，不重要的，因此作者根本无心为某个时代留影，无心使作品成为对特定社会的反映。外在的现实世界只不过碰巧为叙述者的成长提供了某种情境，只是因为与成长有关系才有意义，这种意义也是关系性的意义，至于其本身的独立性完全超出了作者关心的范围。比如说写到"文化大革命"奇遇，"文化大革命"只是为奇遇提供了机会，其他一切俱无关大旨。叙述有意无意对关系性存在本身特质的忽略，正突出了一种"自我中心"的关注热情。换句话说，自我的焦虑几乎压倒了一切，成长过程中当下的迷茫与孤独、对将来的幻想和恐惧，乃至一丝一毫纤细无比的感受，只要对自己意义重大，哪怕在别人看来枯燥乏味、啰哩啰唆，都一一道来，使叙述者无暇他顾。

但是，上述两方面焦虑的个人性又都是可以推倒的。也就是说，其本身并不多么独特，它可以抽象化，能够被普遍感受到。叙述者的成长史未尝不可以看成是一部分城市人的心史；而且，王安忆叙述成长时把它与外界的关系归纳分类，比如奇遇、爱情等，这种类型化的关系不可避免地要消除其中一些部分的独特性，使之普泛化。从根本上说，类型化的成长焦虑每个人都无法回避，它是成长的必要条件。成长期间出现一些问题，包括自我追问，都该视为成长的应有之义。城市里外乡人的漂泊感自然可能激发人对自我根源的寻找，其实，每一个城市人都是外乡人，每一个城市人的根都不在城市，因为城市本身即是后来者，是自然地球的外乡。城市人/外乡人看起来是在空间上的分立，本质上可以视作时间上的差别。以历史的眼光来看，社会的每一步发展都使人类远离自己的根源，而现代社会更是可能把每一个人的根铲除干净。因此，偶然的个人的寻根行为，实质上正反映出社会普遍的无根焦虑。这样，分属时间还是空间的问题弥合了，成长与寻根的分裂消失了，所有的焦虑其实只是一个基本的现代性焦虑。"谁家的孩子怎么长大"其实也只是一个问题，换成一种普遍的表述方式，即是：我是谁？我从哪里来？我到哪里去？

写作既是面对焦虑，又是逃避焦虑的一种方式。借助写作，将焦虑释放，把内在的东西外化，把无形的东西符号化、物质化。似乎是，文字具有某种特殊的"魔力"，用它可以把遍布生命每一处的焦虑"写出来"。当王安忆完成了这部作品，那欢欣鼓舞、温柔激动的感受当然是因为"创造"了一个世界，但仔细分辨，那欢乐其实包含了很大一部分将焦虑"写出来"之后的轻松。家族神话建造起来了，归"家"的路虽然漫长，但"家"终于找到了；成长史完成了，人生也告一段落。

然而，轻松和欢乐很快就会消失，因为写作的魔力其实是一种幻想，并不是把焦虑"写出来"后内心就不再存在焦虑，而是焦虑暂时释放之后还会有新的焦虑来充满，重新爬遍生命的每一处。这种局面必然形成的原因是，以一种个体行为的写作去解决普遍的现代焦虑是一种妄想，这个问题本身即不可解决，虽然"我是谁？我从哪里来？我到哪里去？"是以个人之口去发问的，但却是问了一个涉及集体生命境况的基本问题。

三

《纪实与虚构》中交叉写成长与寻根，客观上即形成两种生存的对照。"纪实与虚构"作为"创造"小说世界的方法，在作品中不可能截然分开，王安忆自己的本意是在纪实材料的基础上进行虚构。但是我总摆不脱一己的感受，即从基本的精神面貌上来确认，在祖先的历史与虚构、自我的历史与纪实之间，可以发现相对应的性质。对于历代祖先的叙述神采飞扬，纵横驰骋，对于自我的叙述则显然窒闷、琐碎、平常、实在。叙述风格的明显不同，正根源于两个世界本身的不同；而虚构出一个世界与当下世界相对照，满足一下人生的各种梦想，实为现代社会的一种文化病。我个人非常欣赏书中有关祖先世界的那一部分，而王安忆也把这一部分虚构得令人神往，这些都可能是这种文化病的症候。王安忆虚构家族神话的时候，有意识地趋向强盛的血统，选择英雄的形象和业绩作为叙述核心，"我必须要有一位英雄做祖先，我不信我几千年历史中竟没有出过一位英雄。没有英雄我也要创造一位出来，我要他战绩赫赫，众心所向。英雄的光芒穿行于时间的隧道，照亮我们平凡的人世。"这后一句话，正是一种普遍的现代人情结。于是，"那时的星星比现在的星星明亮一千倍，它们光芒四射，炫人眼目，在无云的夜空里，好像白太阳，那时的日头比现在的大而且红，把天染成汪洋血海一片，白云如巨大的帆在血海中航行。"于是，大王旗下，铁马金戈。既有天地精灵之气的凝固与显现，又有生命本能的汹涌澎湃。相比之下，现代人犹犹豫豫，缺乏行动，"与人们的交往总是浅尝辄止，于是只能留几行意义浅薄小题大做的短句。"

不知道话是不是可以这么说，也许没有比做一个作家本身更能代表现代生活的巨大匮乏了。纪实和虚构，抒发和创造，无不是在虚幻、自得的世界里升潜沉浮、欢乐悲哀，王安忆用整整一章的篇幅叙述自己的写作生活，解释自己的作品，其实这是与爱情、奇遇等在同一个层次的生活，写作是一种职业，是一种生存方式，如同古人的跃马挥枪，搏战疆场。

王安忆的家族故事，到了后来，神采渐敛，英气渐弱，而寻根与成长能够合二为一，也正是由于家族的历史变化。从远祖那里，一代代下来，到了我们，就成了现在这副模样。整部作品的结构，到最后也就从两个世界的对照变成了头尾相接。

两个世界的衔接其实是一种不祥的征兆，祖先的世界是无可挽回地消失了，自我成长的世界也正紧跟而去。从创作主体的心理着眼，除去我们刚才讲到的焦虑，还有一种藏匿在全篇每一个字背后的心情。这种心情是面对世界消失的无可奈何，是绝望，是伤痛，是事后一遍遍的追忆、分析和喃喃自语。但是另外一方面，这个小说世界之所以能够诞生，恰恰是因为现实世界的不断消失。文字的起源本身即有与外在世界不断消失相抗衡的原因，它要把转瞬即逝的东西固定住，保存下来。在文学作品与现实的关系中，文学本身即是对曾经发生的现实再度现实化。两相比较，以物质形式存在的作品确有可能显得比曾经存在然后又消失了的世界更真实，对于王安忆来说，那曾经存在然后又消失了的世界其实是一个假设、一种虚构，更可信的还是小说本身。

但是这样说，完全有可能陷入对文字物质性的过分崇拜。上面曾经提到作家生活的匮乏性质：作家倾向于认为文字现实比真实的现实更重要。但是对于一个以从事写作为存在方式的人来说，这两种现实的界限已经模糊了，写作活动本身就是一种真实的现实活动，但结果却是产生一个纸上的现实。在《纪实与虚构》里，王安忆坚持让叙述人进进出出，贯穿始终，以一种后设的形式，不仅展示虚构的世界，而且清清楚楚地表明虚构世界是怎样诞生的。这其实不是一件轻松快乐的事，让活生生的血肉和情感、让自我的生命活动文字化、物质化，其中隐含了一种焦虑式的期待，期待它会长久存世。但是即使如此，它还能保持原初的鲜活性吗？

应该有另外一种清醒的认识：现代人的文字崇拜与较早时代的文字崇拜存在着很大的区别。在久远的时代，人们因为崇拜文字而珍惜文字，现代人却正相反。一切皆可入文，不仅文字的神圣性荡然无存，而且已有泛滥成灾之势。在这样一种文字环境下，真正的写作日益尴尬，要显示出某一部分有些不同，有点珍贵，诚然是件很难的事情。而且，对文字的过度使用，使它们的弹性、内涵、表现力减弱到了非常低的程度，且不论对文字的糟蹋，正常的使用已经把文字磨损得非常"旧"了。对于一个作家来说，要向"旧"的文字灌注多少生命的血，赋予多少生命的肉，才能使它们"活"起来，而且"活"下去。《纪实与虚构》读起来有些沉闷，尤其是个人成长史的那部分，也许文字本身该对此负很大的责任，每一个字都张着嘴吞噬作家的血肉、情感、想象，但是它们却并不承诺做出同等程度的回报。它们从作家那儿吞噬的和向读者散发的，并不等值，作家不免有些"冤枉"。

四

在对《纪实与虚构》做了上述理解之后，回头考虑本文开始时提出的问题，一时觉得有些接不上话茬。为什么会这样呢？

没有可以量化的标准用来测定这部作品和王安忆的写作理想之间究竟有多大的距离，但不妨说作品基本接近"四不要"的要求。"谁家的孩子怎么长大"这样一个从自我出发引出的问题，被上升为一个基本的现代性问题，而这个问题按照逻辑原则向两个方向不断滚动、铺展，使作品成为一部气势恢宏、内容丰富的长篇，也具备了长篇小说的结构形式和规模，这一点不在话下。

如果这样问一句，即便如此又如何，该怎么回答呢？

本质上王安忆对逻辑力量的强调与"四不要"的说法是相通的，甚至是在表达一个东西——逻辑即是不要特殊性、不要风格化的硬性力量。从另一方面来讲，这种力量也正可以用来补充个人经验，突破个人性的限制。在现代写作中，小说物质化的过程是不可避免的，"并且，由于越来越多的作者成为职业性的，而失去最初时期'有感而发'的环境，强迫性地生起创造的意识，因此，长篇小说的繁荣大约也不会太远了。"同时，王安忆指出，"然而，创造，却是一个包含了科学意义的劳动。这种劳动，带有一些机械性质的意义，因此便具有无尽的推动力和构造力。从西方文学批评的方式与我们的批评方式的比较中,也可以很清晰地看到,他们对待作品,有如对待一个物质性的工作对象,而批评家本身,也颇似一位操作者与解剖者,他们机械地分解对象的构造,检验每一个零件。而我们的批评家则更像一位诗人在谈对另一位诗人的感想,一位散文家在谈对另一位散文家的感想。"①

这些想法出语不凡,确实可能击中了当代长篇创作和文学批评的某些症结,但是理性化的表述是一回事,创作本身可能又是另外一回事。虽说职业写作中有感而发的冲动越来越少,对小说物质化的认识也越来越必要,但是物质化本身不足以构成小说,"四不要"和逻辑力量本身不足以成就文学。以否定形式表达的干脆、利落、明确的写作理想,绝不拖泥带水的逻辑力量,以及所有关于文学的理性化认识——如果把文学作品看成是流动的、波澜万状的水,它们就可以被比作坚硬的河岸。坚硬的河岸本身既可以成为独立的风景,又别有情致;但是当流动的水和河岸组合在一起的时候,人们往往观水忘岸。事实上,文学河岸自觉地从人的视野中退隐,并不意味着它的屈辱,它该做的就是规范水流的方向,不让水流盲无目的或者泛滥成灾。再说,无论如何优秀的河岸本身都不能产生流水。《纪实与虚构》从"谁家的孩子怎么长大"这一问题出发进行逻辑展开,但这个问题的提出,如上面的作品分析,本身不是逻辑的结果。比喻的表达方式不免有些隔靴搔痒,但《纪实与虚构》确实让我感觉到了小说物质化的认识对于小说本身的侵害。在这部作品中,确实有一部分过于坚硬,未能为作品本身融化。话又说回来,也许整部作品从中颇多获益,利弊相依,哪里就容易取此舍彼。

从王安忆的整个创作历程来看,对于小说物质化的清醒认识是她的创作历久不衰、笔锋愈健、气魄愈大、内涵愈厚的重要原因。像《叔叔的故事》这样非同一般的作品,也有赖于此。而且王安忆的创作生命要延续下去,此种清醒的认识不可或缺。事实上这一点对整个当代创作都有启发意义。但是在具体作品中,物质化不应该成为铁律,不能用它过分压抑特殊性和个人性。王安忆写作理想的否定式表述形式本身可能隐含了某种危险,表

---

① 王安忆:《我看长篇小说》,见《故事和讲故事》,复旦大学出版社2011年版。

述上干脆、利落、明确的特征，如果不自觉地过渡为表述内容的特征，就可能是不恰当的——写作理想本身不该是干脆、利落、明确的。泛泛地说，一方面，理想应该"软"一点，应向写作的多种可能性敞开而不是压抑可能性；但另一方面，不切实际地强调可能性又或许会使理想显得过于虚幻，不着边际。这两方面的恰当平衡需要从写作实践的不断调整中获得。

五

文章写到这里，本打算就糊里糊涂地结束了。不想翻新出的《读书》杂志一九九三年第4期，看到费孝通先生的一篇《寻根絮语》，考证自己费姓的来龙去脉，与王安忆的个人寻根颇有不谋而合、异曲同工的意味。文章最后说：

> 寻根絮语不是一篇学术论文，耄耋之年不可能有此壮志了。写此絮语只能说是和下围棋、打桥牌一般的日常脑力操练，希望智力衰退得慢一点而已。当然，如果一定要提高一个层次来说，寻根就是不忘本。不忘本倒是件有关做人之道的大事。在此不多唠叨了。

"歪读"此文，颇觉"日常脑力操练"之说，与小说的物质化认识相通；至于寻根有关"不忘本"和"做人之道"的层面，此话可以看成泛泛而谈，也不妨严肃一点、形而上一点来理解。不管是"本"，还是"道"，都是需要不断去说却总也说不清的。《纪实与虚约》就在说这总也说不清的问题，寻根是不忘"本"，成长史是"做人之道"。"道"，既是冥冥中的"大道"，也是可以无限展开的"道路"。由此，似乎也找到了为自己的文章写得糊里糊涂开脱的理由。

一物之通，生机处处
——王安忆《天香》的几个层次

一

大概是三十多年前，王安忆留意到上海的一种特产，"顾绣"。那是晚明出自露香园顾氏家族女眷们的针线手艺，本是消闲之用，后来却成了维持家道的生计。人生的经验（哪怕只是注意力的经验）真是一点一滴都不会浪费，经过了这么长的时间，这颗有意无意间撒下的"种子"，积蓄了力量，准备起破土的计划——王安忆要把最初的留意和长时间的酝酿变成写作。

这就开始了另一个阶段，自觉工作的阶段。

我想之前的酝酿阶段，其实有很大一部分是不自觉的，跟将来要写的这个作品没有直接关系，却又是特别重要的。重要到什么程度呢？重要到要为这个作品准备好一个作者的程度。这话说起来有点绕，那简单一点说，就是要写这部作品的王安忆已经不同于写《长恨歌》的王安忆了，当然更不同于再早的王安忆。这一点后面谈这部作品时会有些微的触及。

在有意识的自觉阶段，遇到的一个个具体困难和克服困难的一项项工作是无法避免的。王安忆一直强调她是一个写实的作家，那就得受"实"的限制，不能像那些自恃才华超群的作家般天马行空地虚构历史。要想进入从晚明到清初的这个时代，还得做许多扎扎实实的笨功课。这方面的情形,王安忆在和《收获》的责任编辑钟红明对话时有一些披露。① 小说的想象力,必须遵守生活的纪律,遵循历史的逻辑,不能凭空想象,这是王安忆一贯的写作态度和方式。花力气做功课,在她个人是自然的事,在熟悉她文学观的人看来,也没有多少惊奇可言。

但我读这部作品,读出了意外的惊喜。这部作品有几个不同的层次,这是其一;其二,不同层次之间,又不是隔断的,而是呼应的、循环的、融通的,有机地构成了作品的整体气象。

二

《天香》②的故事起于嘉靖三十八年(一五五九年),止于康熙六年(一六六七年)。从晚明到清初这一百多年间,上海一个申姓大家族从兴旺奢华,到繁花将尽——但王安忆写的不是家族的兴衰史,而是在这个家族兴衰的舞台上,一项女性的刺绣工艺——"天香园绣"如何产生,如何提升到出神入化、天下绝品的境地;又如何从至高的精尖处回落,流出天香园,流向轰轰烈烈的世俗民间,与百姓的日用生计相连。这最后的阶段,按照惯常的思路容易写成衰落,这物件的衰落与家族的衰落相对应;倘若真这样"顺理成章"地处理,且不说必然落入俗套,更重要的是,扼杀了生机。王安忆的"物质文化史"却反写衰落,最终还有力量把"天香园绣"的命运推向广阔的生机之中。

其实从家族历史来说,小说开头,写造园,写享乐,写各类奢华,已经是在兴旺的顶点上了;再往后,就只能走下坡路,只是一开始下坡的感觉不会那么明显,但趋势已成。"天香园绣"生于这样的家族趋势中,却逆势成长,往上走,上出一层,又上出一层。要说生机,这个物件本身的历史亦不妨说成生机的历史。小物件,却有逆大势的生机,便是大生机。

物的背后是人,物质文化史隐藏着生命活动的信息。早在正式从事物质文化史研究之前的一九四九年,沈从文就在一篇自传里形象地说起过这

---

① 王安忆、钟红明:《访问〈天香〉》,《上海文学》2011年第3期。
② 王安忆:《天香》,人民文学出版社2011年版。

种关系："看到小银匠捶制银锁银鱼，一面因事流泪，一面用小钢模敲击花纹。看到小木匠和小媳妇作手艺，我发现了工作成果以外工作者的情绪或紧贴，或游离。并明白一件艺术品的制作，除劳动外还有个更多方面的相互依存关系。"对于工艺美术的爱好，"有一点还想特别提出，即爱好的不仅仅是美术，还更爱那个产生动人作品的性格的心，一种真正'人'的素朴的心。"[①] 说到人，说到性格，说到心，那就是小说擅长的了。"天香园绣"的历史，就是几代女性的手和心所创造的。

先是出身苏州世代织工的闵女儿，把上乘绣艺带进天香园；遇上秉承书香渊源的小绸，绣艺融入诗心，才更上层楼。小绸是柯海的妻子，为柯海纳闵女儿为妾而郁闷无已，曾作璇玑图以自寄；若没有妯娌镇海媳妇从中化解通好，小绸和闵女儿这两个连话都不说的人怎么可能合作，哪里会有"天香园绣"。镇海媳妇早亡，小绸和闵女儿一起绣寿衣，"园子里的声息都偃止了，野鸭群夹着鸳鸯回巢睡了，只这绣阁醒着，那窗户格子，就像是泪眼，盈而不泻。一长串西施牡丹停在寿衣的前襟，从脚面升到颈项了，就在合棺的一霎，一并吐蕊开花，芬芳弥漫。"这三个人，是"天香园绣"第一代的关键。所以后来希昭对蕙兰说过这样的话："天香园绣中，不止有艺，有诗书画，还有心，多少人的心！前二者尚能学，后者却决非学不学的事，唯有揣摩，体察，同心同德，方能够得那么一点一滴真知！""前辈人的心事心知，与咱们不知隔了多少层。"

"天香园绣"要再往上走，发展到极致，就因缘际会，落到第二代沈希昭身上了，集前辈之大成，开绣画之新境。但在希昭从杭州嫁进天香园的前后，申家的败落已经日益外露，申家老爷要一副上好的棺材木头，还是用希昭首次落款"武陵绣史"的四开屏绣画换来的。闺阁女红不但流出了天香园，而且越来越成为家用的一个来源。不知不觉间，消闲/消费的方式，转变为生产的方式。

要说这个方式的彻底转变，就到第三代蕙兰了。蕙兰是从天香园嫁出去的，要了"天香园绣"的名号做嫁妆，果然在婆媳相依为命的艰难日子里，

[①] 沈从文：《关于西南漆器及其他》，见《沈从文全集·第27卷》，北岳文艺出版社2002年版，第22页、第23页。

用绣品支撑起稳定的生活。"天香园绣"到了蕙兰这里别开生面，这个生面不是绣品本身技艺、境界上更加精进，这一点在她妯娌希昭那里已经登峰造极。蕙兰做的是把这项工艺与生活、生计、生命更紧密地联系起来，给了这项工艺更踏实、更朴素、更宽厚的力量。她违逆艺不外传的规矩，设帐授徒，其实是生面大开。那两个无以自立的女徒弟，将来就要以此自立，以此安身。这是她们的生机，也未尝不是"天香园绣"新的生机。落尽华丽，锦心犹在。这样的生机大，而且庄严。

作品中有一段写希昭跟蕙兰说"天香园绣"的来历，从闵女儿说起。蕙兰问，那闵又是从何处得艺？这一问真是问得好；答得更好："这就不得而知了……莫小看草莽民间，角角落落里不知藏了多少慧心慧手……大块造物，实是无限久远，天地间，散漫之气蕴无数次聚离，终于凝结成形；又有无数次天时地利人杰相碰相撞，方才花落谁家！"起自民间，经过闺阁向上提升精进，又回到民间，到蕙兰这里，就完成了一个循环。没有这个循环，就是不通，不通，也就断了生机。希昭把"天香园绣"推向了极高处，但"高处不胜寒"；蕙兰走了向下的路，看起来方向相反，其实是条循环的路，连接起了归处和来处。

三

《天香》写的是物。但一部大体量的作品，如何靠一物支撑？此物的选择就有讲究。王安忆多年前留意"顾绣"，不论这出于有意识的选择还是无意识的遭遇，现在回过头去看，是预留了拓展的空间。这一物件选得好，就因为其自身含有展开的空间，好就好它是四通八达的。四通八达是此物本身内含的性质，但作家也要有意识地去响应这种性质，有能力去创造性地写出来才行。

天工开物，织造是一种，织造向上生出绣艺，绣艺向上生出"天香园绣"。但它本质上是工艺品，能上能下。向上是艺术，发展到极处是罕见天才的至高的艺术；向下是实用、日用，与百姓生活相连，与民间生计相关。这是"天香园绣"的上下通，连接起不同层面的世界。

天工开物，假借人手，所以物中有人，有人的性格、遭遇、修养、技巧、慧心、神思。这些因素综合外化,变成有形的物,"天香园绣"是其中之一。这是"天香园绣"的里外通,连接起与各种人事、各色人生的关系。

还有一通,是与时势通,与"气数"通,与历史的大逻辑通。"顾绣"产生于晚明,王安忆说,"一旦去了解,却发现那个时代里,样样件件都似乎是为这故事准备的。比如,《天工开物》就是在明代完成的,这可说是一个象征性的事件,象征人对生产技术的认识与掌握已进步到自觉的阶段,这又帮助我理解'顾绣'这一件出品里的含义。"[①] 这不过是"样样件件"的一例,凡此种种,浑成大势与"气数","天香园绣"也是顺了、应了、通了这样的大势和"气数"。作品里有一节,将这一通叙述得极有识见和魄力,我以为也是整部作品的一个力量的凝聚点。

这一段出现在第二卷。闵师傅来上海走亲家,在"天香园"随处闲看,见到的是残荷杂乱、百花园荒芜、蜘蛛结网、桃林凋败,申家的境况已经了然。但接着上了绣阁,女眷们集中在一起热闹地织绣,不由得"心中却生出一种踏实,仿佛那园子里的荒凉此时忽地烟消云散,回到热腾腾的人间。闵师傅舒出一口气,笑道:好一个繁花胜景!"闵师傅兴致盎然地和她们聊了一大会儿——

> 闵师傅出绣阁时,太阳已近中天,树阴投了一地,其间无数晶亮的碎日头,就像漫撒了银币。有一股生机勃勃然,遍地都是,颓圮的竹棚木屋;杂乱的草丛;水面上的浮萍、残荷、败叶间;空落落的碧漪堂;伤了根的桃林里……此时都没了荒芜气,而是蛮横得很。还不止园子自身拔出来的力道,更是来自园子外头,似乎从四面八方合拢而来,强劲到说不定哪一天会将这园子夷平。所以,闵师傅先前以为的气数将尽,实在是因为有更大的气数,势不可挡摧枯拉朽,这是什么样的气数,又会有如何的造化?闵师傅不禁有些胆寒。出来园子,过方浜进申宅,左右环顾,无处不见桅帆如林,顶上是无际的一片天,那天香园在天地间,如同

[①] 王安忆、钟红明:《访问〈天香〉》,《上海文学》2011年第3期。

一粒粟子。

"天香园绣"能逆申家的衰势而兴,不只是凭着闺阁中几个女性的个人才艺和能力,也与这个"更大的气数"息息相关。闵师傅真是有识见的手艺人,能敏锐感知到"园子外头"那种"从四面八方合拢而来"的时势与历史的伟力。闵师傅的识见,其实是作者的识见,放长放宽视界,就能清楚地看到,这"气数"和伟力,把一个几近荒蛮之地造就成了一个繁华鼎沸的上海。

要说《天香》写的是上海,是上海现代"史前"的传奇,那不仅仅是说它写的是"天香园"这"一粒粟子"内部的传奇;还有更大的一层,是造就一座都市的蛮力、时势、"气数"和历史的大逻辑。这更大的一层没有直接去写,却通过"天香园绣"的兴起和流传,释放出种种信息。作品的格局,为之大开。如果没有这一层,就只能是"一粒粟子"的体量和格局。王安忆何等的魄力,敢于把她自己一笔一画精心描摹"天香园"的世界称之为"一粒粟子"?因为她有一个更大的参照系,"天香园"外,大历史的脚步声已经轰然响起。

四

"天香园在天地间",何谓天地?五四以来,文学里面少有天地,多是人间。人事已经令人招架不暇,哪里还顾得上天地。所以说这一百年来的文学是"人的文学",大致是个事实。古早时候的文学不只是"人的文学",那里面有天地气象。人在天地间,文学岂能自外于天地?

但天地不言,文学又能如何言说?大抽象无法直接说,就从身边可得而观之的天地所生的种种具象、具体的物事说起。举两段有关花事的描写。

一段出现在第一卷,小绸和闵女儿去看疯和尚种的花畦。两人的情绪都还在镇海媳妇早丧的伤痛之中,之间的关系恰在隔阂将要消除却又无从突破之际,出绣阁,入花田,猛然间扑面迎来一片绚烂至极的景象,来不及反应似的"都屏住了气",忘记是天上还是人间。"天地间全让颜色和光线填满了,还有一种无声的声音,充盈于光和色之中。辨不出是怎样的静与响,就觉得光和色都在颤动,人则不禁微悸,轻轻打着颤。"花间还有各种野物在飞舞,活物在拱动——

> 小绸和闵都不敢走动,怕惊醒了什么似的。蝶群又回来了,还有落在她们衣裙的绣花上的。蜂也来了,嗡嗡地从耳边一阵阵掠过,那天地里的响就是它们搅的,就知道有多少野物在飞舞。脚下的地仿佛也在动,又是什么活物在拱,拱,拱出土,长成不知什么样的东西。这些光色动止全铺排开来,织成类似氤氲的虚静,人处在其中有一种茫然和怅然,不知何时何地,又是何人。要说是会骇怕的,可却又长了胆子,无所畏惧。

繁盛至极的花事,平淡地看不过是天地一景,但若有感知,天地也就在其中了。小绸她们猝不及防地遭遇此等胜景,那感知也就格外强烈一些,虽然言语上表达不出,但身处其中的惊悸、茫然和怅然,确是因为触着了另一层境界——远在家族人事、绣阁怨嗔之上的境界——而产生。有一点感知,就会有一点通,有一点通,就会有一点力——天地传导过来的力,"要说是会骇怕的,可却又长了胆子,无所畏惧。"这就是"生生"。

小说第三卷,又有一段写花事,其时蕙兰婆家家道尚可;但不久之后就发生人亡变故,蕙兰亮出手艺,以"天香园绣"支撑家用。某日阿嚏邀几位老爷去法华镇看牡丹,农家以稼穑司花事,园里也没有别的点缀,一色的牡丹。"老爷们都笑:乡下人的一根筋,说种牡丹就种牡丹,养得又如此壮硕肥大,都结得出果实了!阿嚏说:庄户人家的口味,都厚重。老爷们道:这就是本意了,怎么说?不是正史,亦不是稗史,是渔樵闲话!"接下来描写,寥寥几笔——

> 那牡丹花只是红、紫、白三种本色,并无奇丽,一味地盛开,红的通红,白的雪白,紫的如天鹅绒缎。农家人惜地,在花畦里插种了蚕豆,正结荚,绿生生的,真是有无限的生机。太阳暖洋洋,扑拉拉地撒下光和热,炊烟升起来,携着柴火的气味。

小说首卷描写的花事瑰丽绚烂之至,而末卷的却是简单朴素之至。连语言句式也简单到家,朴素到勇敢的地步:本色的花,"红的通红,白的雪白"。更朴实的是花畦里的蚕豆和太阳下的柴火气味。生活的气息和人间的烟火,与花事合二为一。"天地有大德曰生",太阳"扑拉拉"赠予的光和热,作用于花,也作用于菜;"生生之谓易",蕙兰把"天香园绣"带出"天香园",带进俗世民间,即是"易",也即是带进了未来可能的无限生机。

王安忆写上海,这一回推到了现代的"史前",与此前她笔下的现代都市风貌不同,别有天地。要说明代也算不上古,但对上海来说就是"古早"了。在上海的这个"古早"时期,毕竟人近天地,近天地而有感知,近一点,通一点,就是另一层境界,另一种格局。要我说,《天香》在王安忆的上海写作谱系里,不只是新增加了一个品种,不只是多写了一个历史阶段而已,而是上出一层境界,扩出一种格局。放到少有天地、多是人间的当代文学创作中来看,其意义更不可等闲视之。

五

汪曾祺谈他老师的文物研究,称之为"抒情的考古学";沈从文八十岁生日,汪曾祺写给他的诗里有一联:"玩物从来非丧志,著书老去为抒情。"[①] 沈从文后半生最重要的作品《中国古代服饰研究》,在以文学为学习或研究对象的学生和学者眼里,总不免视之为另外一个领域的专门学问,望而生畏。王德威却劝同学"飞奔"到图书馆找来看一看,或者不妨当作"小说"来读。他没有在文字里写出"小说"这个词,却清晰地勾勒了这部著作叙事和抒情交织的结构:"这本书一方面是一个顺时的逻辑性的叙事,但是另一方面却有强烈的随机意味。而这个随机的意味总是因为一件对象而兴起,总是看到一个实在的东西,沈从文有感而发,然后由这个物件开始敷衍出某一时代和环境'穿着'的体制,'穿着'和社会的关系,以及沈从文作为一个考古研究者对于这样一个穿着、式样和意义的感悟。

---

① 汪曾祺:《星斗其文,赤子其人》,见《蒲桥集》,作家出版社1992年版,第66页。

基于此，我甚至大胆地提出来，这是一种'物色'的观念的新体验。无论这是多么狭义的'物'的解释，因为这样一个对物、物象、对象、风物的延伸的理解，沈从文开始他'缘情'的书写。"①

王安忆的作品不是关于"顾绣"的考古学著作，而是叙述"天香园绣"的虚构性小说，但写这部作品的王安忆和研究物质文化史的沈从文，在取径、感知、方法等诸多方面却有大的相通。王安忆不喜欢"新文艺腔"的"抒情"方式和做派，但"天香园绣"的通性格人心、关时运气数、法天地造化，何尝不是沈从文心目中的"抽象的抒情"。

一物之兴起流转，也关乎历史的大逻辑，也感应天地"生生"之大德。小说似乎可以不理会这些，因为理会了，怕被这些东西压垮，变成历史逻辑的填充物和说明书，变成天地之德的说教文和言道书。才力不足，往往致此。小说，按王安忆的比喻，近乎曲，写的是俗情，是世事。我把王安忆的说法理解成小说的一个基本性质，却并非画地为牢的清规戒律。如果有能力、有悟心、有气魄写俗情世事，而又与历史的逻辑和天地的生机相通呢？

《淮南子·要略》里有两句话："故言道而不言事，则无以与世浮沉；言事而不言道，则无以与化游息。"将"与世浮沉"和"与化游息"兼行并用。借用来说《天香》，"言事"而能入乎俗世人情、关乎历史变迁的一面，自然不在话下；"言道"，这个说法用不上，太高太重也太抽象了，但却分明有朝着这个方向敞开感知的心。我在文中一直避免"道"这个词，而说是近天地，近一点，通一点，感知一点，上出一层。不要嫌一点为少，对于一个人、一部作品来说，对于文学来说，这一点其实是很大的格局和很高的境地。所以我认为，《天香》不仅仅是"世情小说"层次的作品，不仅仅是"轰轰烈烈的小世界"；它里面还有另一个层次，触着了"浩浩荡荡的大天地"。"轰轰烈烈的小世界"和"浩浩荡荡的大天地"，也许本就不隔，本就相通。这两个层次融合起来，才使得《天香》生机处处，既庄严正大，又可亲可感，不止不息吧。

---

① 王德威：《抒情传统与中国现代性 在北大的八堂课》，生活·读书·新知三联书店 2010 年版，第 131 页。

《天香》里的"莲"

——王安忆小说的起与收，时间和历史

一

王安忆写小说，还抱持着一种朴素的责任感：来龙去脉，不能马虎，不能讨巧省力，必得有可靠的起点，有环环相扣、经得起推敲的过程，有让人信得过的结局。自从现代主义文学兴起之后，这样本分的态度和老实的写法，就常常不免被视为不合时宜的了。

《天香》[①]的叙述，也是如此。

先从起点说起。现代小说的叙述起点，常常是突然放在你面前的。为什么会有这个起点，往往略而不谈，也常常无从追问。像宇宙大爆炸似的，一切从这里开始，那么这里就是起点。王安忆小说的起点，却通常并不是叙述最开始的那个点，而是在叙述中才慢慢形成那个起点。也就是说，起点也有个来路，不是天上掉下来的。《天香》书写的中心是"天香园绣"，要写"天香园绣"，先写"天香园"，写"天香园"如何从无到有，所以小说第一卷是"造园"。上一辈造园，下一辈长成，娶妻纳妾，女性闺阁伤心寂寞，以绣活遣怀寄情，才逐渐产生了"天香园绣"。"天香园绣"的起点是在闵女儿和小绸拿起绣针的时刻，但她们聚在绣阁、支起花绷、拿起绣针，并不是无缘无故的。

[①] 王安忆：《天香》，人民文学出版社 2011 年版。

有了这个起点再往后,这一路漫长。从第一代小绸和闵女儿的开创之功,到第二代希昭的绣画新境,再到第三代蕙兰的外传流布,上出下潜,波折变化,是小说的主体,也就是那个一步一步往前推进的过程。

　　写到哪里为止呢?小说最后一段文字是:"康熙六年,绣幔中出品一幅绣字,《董其昌行书昼锦堂记》。其自蕙兰始,渐成规矩,每学成后,便绣数字,代代相接,终绣成全文;四百八十八字,字字如莲,莲开遍地。"

　　这好像只是以交代收尾,其实却不能看成只是交代。"字字如莲"是一层意象,"莲开遍地"是更上一层的意象。八个字,两层意象,两重境界。全书的力量最终汇聚于此,集中迸发出"莲开遍地"的光辉:深蕴,阔大,落实,而生机盎然。

　　以此收尾,既是收,也是放,收得住,又放得开,而境界全出。但其来路,也即历史,却也是从无到有,一步一步走来,步步有落脚处,步步有向上心,见出有情生命的庄严。

二

　　从最后的"莲"往回追溯,我们来看看"莲"这个词,是怎么一步一步演化的,怎么从物象变成意象,又怎么从普通的意象变成托境界而出的中心意象。小说很多地方写"莲",王安忆下笔之时,未必前思后想,有意处处照应,倘若那样,也就刻板了;但也绝不是信笔涂鸦,写于当写之处,至于此处和彼处的关系,即使不做设计,也会自然生成。作者也许无意,读者却不妨有心。

　　小说开篇写"造园",园成之时,已过栽莲季节,年轻的柯海荒唐使性,从四方车载人拉,造出"一夜莲花"的奇闻。这样的莲花,不过就是莲花而已;柯海的父亲夜宴宾客,先自制蜡烛,烛内嵌入花蕊,放置在荷花芯子里,点亮莲池内一朵朵荷花,立时香云缭绕,是为"香云海"。"香云海"似乎比"一夜莲花"上品,但其实还是柯海妻子小绸说得透彻,不过是靠银子堆砌。如果联系到上面说的起点问题,这里的叙述就还在"天香园绣"的起点之前,起点之前有"莲",但这个词也就是一个普通意义上指物的词。

　　待到起点,"莲"再次出现,此时,叙述的笔调就不一样了。闵女儿嫁给柯海为妾，新来乍到，敛声息气，一个人孤单的时候多，就拿出娘家带来的绣花的家什：挑出一张睡莲图，覆上绫子，用炭笔描下来花瓣叶条，再针绣。娘家是苏州世代织工，绣活她自小就会，但此时此刻，情境与在娘家做女儿时当然大大不同：

> 这一幅睡莲图是漫天地撒开，闵女儿好像看见了自家庭院里那几口大缸里的花，停在水面，……那浮莲的淡香便渗透盈满。身上，发上，拈针的手指尖上都是，人就像花心中的一株蕊。渐渐地，缸里的睡莲移到了面前的绫上，没有颜色，只有炭笔的黑和绫面的白，很像睡莲在月色中的影。……好了，睡莲的影铺满白绫，从花样上揭起，双手张开，对光看，不是影，是花魂。简直要对闵女儿说话了，说的是花语，唯女儿家才懂，就像闺阁里的私心话。

睡莲图，娘家庭院大缸里的浮莲，描在白绫上的莲图，还有即将用针绣出的浅粉的、红的莲花；现实，回忆，花影，花魂，花语，寂寞女儿心。"莲"在这里，在"天香园绣"的起点上，交织了如此重重叠叠的内容。此时的"莲"不再是一个单纯指物的词，它变成了一个意象，而这个意象的内涵也绝不是单一的。

略去中间多处写莲的地方不述，小说末卷，蕙兰丧夫之后，绣素不绣艳，于是绣字，绣的是《昼锦堂记》。《昼锦堂记》是欧阳修的名文，书法名家笔墨相就，代不乏人，董其昌行书是其中之一。开"天香园绣"绣画新境的婶婶希昭，曾得董其昌的指点，临过董其昌行书。蕙兰绣希昭所临的字，"那数百个字，每一字有多少笔，每一笔又需多少针，每一针在其中只可说是沧海一粟。蕙兰却觉着一股喜悦，好像无尽的岁月都变成有形，可一日一日收进怀中，于是，满心踏实。"

后来蕙兰设帐授徒，跟她学的两个女孩子看绣字，"只当这是草叶花瓣，丝练璎珞，或是灯影烛光，勿管字不字的，又勿管写的是什么，只觉得出神入化！"一派天真率性，却无意中得了书画相通的体会。成品后"字字如莲"，自不是凭空说起。而说的是"如莲"，即是以意生象，以象达意，而不必真有莲了。

但我还要说,紧接着的"莲开遍地"的"莲"是更上一层的意象和境界。"字字如莲"还有"字"和"莲"的对应,"莲开遍地"的"莲"却是有这个对应而又大大超出了这个对应,升华幻化,充盈弥散,而又凝聚结晶一般的实实在在。三十多万字的行文至此而止,大功告成。

所以,如《董其昌行书昼锦堂记屏》这样的绣品,是综合了时日所积、人文所化、有情所寄等多种因素逐渐形成的。这当中包含了多少内容,需要靠文学想象去发现,去阐明,去体会于心、形之于文。

我因好奇,对照了用作《天香》封面背景图的顾绣董书昼锦堂记和董其昌的行书,感觉还是不一样。这就对了,绣品里面有董其昌,更必然有希昭,有蕙兰,有代代相接的慧心巧手,有绣品自身的意趣和格调,此物既出,已然自成。

三

从起点之前的"一夜莲花",到起点上的睡莲意象,再到收尾处的"字字如莲,莲开遍地","天香园绣"历史脉络的节点标记清晰了。当然,从偌大的作品中只取一"莲"的演化来立说,一定没有述及其中丰富的、具体的内容;但就是这小小的线索,也隐含了重要的历史感受和观念,那就是,人的劳动和创造、情感和智慧所结晶的各种形式的文化——包括以物质形式体现的文化,才是与世长存的,才是历史中价值不灭的。现实里的莲花时有残败,"天香园"的莲池也早已废毁,连"天香园"也没有了,连明朝也灭亡了。可是"如莲"的绣品仍在,而且"莲开遍地"。"一些生死两寂寞的人",以文字、以工艺、以器物的形式保留下来的东西,成为"连接历史沟通人我的工具。因之历史如相连续,为时空所阻隔的感情,千载之下百世之后还如相晤对。"[1]

---

[1] 沈从文:《致张兆和》,见《沈从文全集·第19卷》,北岳文艺出版社2002年版,第311页。

四

我曾经写《一物之通，生机处处》①讨论"天香园绣"的通性格人心、关时运气数、法天地造化，由此而论《天香》的几个层次，谈的是小说的空间气象；但小说也是时间的艺术，《天香》写的又是一种女性绣品的历史，其中时间脉络自然是重要的。时间脉络在空间气象中逐步推移，由头到尾，起承转合，叙述才完整起来。借"莲"说事，说的就是《天香》的时间脉络，以及小说的叙述在这时间的推移和变化中完成了什么。

回头再说小说的起点和收尾。前面说王安忆小说的起点是慢慢形成的，是有来路的，那么，就还可以再往前追溯：小说从"造园"写起，那么为什么在这个时代兴起了造园的风气？这种能量是从哪里、怎么积聚起来的？这是一种什么样的能量？如此等等，不同的人会问出不同的问题，不同的问题也能把往前的追溯带到不同远近的地方。这就是有来路的起点的好处。前面还说小说的收尾，既是收，也是放，收得住，又放得开，也就是说，没有收死。那么这个结尾，在读者那里，也就还可以再往后延展。小说本身的叙述，有头有尾，已经完整；但完整并不是封闭的意思，它的时间脉络，既向前、也向后开放。"天香园绣"的历史，在历史长河中有它的前因后果；造就"天香园绣"的能量，在历史能量的流转中也有它的前接后续。这不是孤立的历史，不是只封闭在一段时空里的能量。《天香》以一物之兴切入上海早期的一段历史，倘若把这段历史和这种能量放在上海这座城市的前世今生中来感受和观察，可能会更明白小说这样的起点和收尾所暗含的开阔眼光。

---

① 张新颖：《一物之通，生机处处——王安忆〈天香〉的几个层次》，《当代作家评论》2011 年第 4 期。

文明的缝隙，"考古层"的愁绪

——王安忆《匿名》的"大故事"

一、"发生学"

我好奇一部作品在产生出来之前，作家是怎么意识到它的。这里面有触机，或许还不止一次两次；有日常的无意中的积累，意识半昧半明的酝酿，从不自觉到自觉的探问，然后，豁然开朗或逐渐成形——特别是对于一部大篇幅的作品来说，大多得经历这么复杂的过程吧。等到明确了——明确了它是一部可以写的作品——之后，写作就正式开始了。

《匿名》[①]就挑起了我这样的好奇心。王安忆怎么会写这么一部小说？问出这样的问题也就意味着，这部小说的出现对于自以为熟悉王安忆创作的我来说，多少有些意外。

——说不定，对于王安忆本人来说，也还多少有些意外。

三年前，我读到王安忆的一个短篇，叫《林窟》。说是小说，也不太"像"——没有人物，没有故事，当然也没有情节。写的是大山里一个小小的地方，走近了它，却没有走进去，它深藏在山坳里，进去的路已经被草木密合。站在盘山公路边，遥望那个曾经有人生活过的小小地方，思绪纷披，不能自已，却戛然结束了："林窟这地方决不是杜撰，它确有其地，就在括苍山脉之中，沿楠溪江一路进去。方才说的曾经有人去过，那人就是我妈妈，去的时间是在上世纪的七十年代。相隔四十年，我于二〇一二

[①] 王安忆：《匿名》，人民文学出版社2016年版。

年走近它，走近它，然后弃它而去。"①

　　二〇一二年夏天，王安忆去温州永嘉，带着上海电影制片油印的剧本《苍山志》，按照母亲茹志鹃当年的笔记，寻访她和谢晋等一行人为筹拍电影曾经来过的几个地方。这一经历，她写在散文《括苍山，楠溪江》里。文章特别记下了这样一些地名：五尺镇，里湾潭，柴皮，西茅山，七里半，还有林窟。林窟本来只三五户人家，窝在深而逼仄的山坳里，因地处交界，20世纪70年代发展出暗中交易的集市，旺时达到几千人，母亲笔记里记下了当时的盛况；现在，这里却完全被荒草杂树淹没，向当地人打听，回答都是，这地方"没有了"——什么叫作"没有了"呢？②

　　也许，我们可以尝试猜测、想象、分析王安忆的心理。括苍山脉中这么一个小地方，走近了，却没有走进去，就离开了。本来，也可以是一件平常的事，固然遗憾，但离开就离开了，不妨一切到此为止。但王安忆对"离开"这么一个合乎现实理性的自然行为，用了一个很重的词——"弃它而去"，里面有她自己未必全然自觉的自责成分。有过感情离开才叫"弃"，哪里来的感情？什么样的感情？母亲曾经在这里生活过，曾经在这里费心费力想做一件事而最终未能完成，因此而产生感情，属于人之常情，不过，还是过于私人性了；超出这私人性的，是这里曾经有人生活过，这里的生活曾经发展到繁盛的阶段。这里有兴，有衰，有废，林莽苍苍，蕴藏着什么样的人事、历程、命运——就这么离开，她会很不情愿，很不甘心吧？"弃"这个很决绝的字眼，反倒透露出不情不愿不甘。

　　而现在，这个地方从行政区划和地图上消失了，从当地人的口中"没有了"，她能够心平气和地接受这个"可疑"的事实而不耿耿于怀？

　　那么，设想一个人，进到这个她没有进去的地方——她的本分可是一个小说家——怎么样？安排一个没有名字的人，到这个"没有了"的地方来，会如何？这个"没有了"的地方，有一种奇特的召唤力量，召唤一个人进来。

　　问题是，到哪里找一个人，找一个什么样的人？

---

① 王安忆：《林窟》，见《众声喧哗》，上海文艺出版社2013年版，第152页。
② 王安忆：《括苍山，楠溪江》，《文汇报·笔会》2012年10月8日。

这就要说到更早的事了。20世纪80年代，王安忆到妇联信访站听访过一段时间，期间遇到一个女性，她丈夫是个大学教师，退休的时候教委安排到雁荡山旅游，他就在这个活动中失踪了。"这个故事，我其实心里时常在想的，我要给他找个出路啊，他去什么地方了。好像最最通常的就是说他想重新过一生，连妇联的老师都想到了，当然他有权利，也有可能；但对于一个一下子不见的人来讲，这总不是一个太有回报的结果。我希望这个失踪事件更有回报。"①

将近三十年后，王安忆把这个失踪者安排到括苍山之中：先进林窟，再到九丈，后去县城，最终融入楠溪江。

这，就是小说《匿名》简略的"发生学"。

二、叙述：转喻和隐喻

《匿名》的线索并不复杂：一个退休的人，在一家台资企业又找了份清闲的工作，有一天莫名其妙地被绑架。绑架的一方意识到绑错了人，就把他送进苍茫大山荒僻的深处，任其自生自灭。他一个人过夏，经秋，历冬，到了春天，一场大火逼迫他逃离，被好心人发现，送到镇里的养老院。过了一段时间又送往县城的福利院。等到他的身份逐渐被查明，眼看上海的家人就要来接他回去的当口，他失足落进了江水。

这条线索，时间长度是一年多。如果画出这一条线，上面概括的关节，不过是几个点，光看这几个点，不足以理解这条线。线是由无数的点组成的，密密麻麻，小说的叙述就是要写这些密密麻麻的点，以及这些点之间的关联。具体来说，就是这个没有名字的人接连的经历，不断遭遇的人和事。

但这条线只是这一个人的线，他不断遭遇的人和事也各有其线。遭遇，也就是相交了，相交于某个点，然后或重叠，或平行，或时即时离，或分道扬镳，各有轨迹，却也互相影响。这些线错综复杂，产生不同意义的关系。

---

① 王安忆、张新颖：《文明的缝隙，除不尽的余数，抽象的美学——关于〈匿名〉的对谈》，《南方文坛》2016年第2期。

不管怎样，它们共同构成了面，有了面，才能"展开"，"展开"小说世界的丰富性。

一般来说，长篇小说的写作，以完成上述任务，描述出一个相对完整的世界为目的。由点到点的连接，由线到线的交叉，由面到面的扩展，叙述以整体上转喻的方式进行。整体上转喻的方式，换成简单的大白话，就是讲，接着讲，讲下去。拿语言的横聚合和纵聚合来比拟，转喻的叙述就是横聚合的不断延伸。

那么，转喻的叙述是不是意味着小说的平面化，不能产生出立体的结构？当然不是。一方面，是因为可以叙述出不同的面，面和面之间的关系就产生出立体的结构；即使只有一个面，这个面也完全可能是不平整的，不同的因素和力量作用于这个面的不同部分，使得这些不同部分并非处在同一层次上，因而这个面本身就可能是立体结构。

另一方面，整体上转喻的叙述，并不排斥局部的隐喻式叙述。字、词、句，意象、人物、情节，都可能是隐喻的或具有隐喻性；甚至，整体上转喻叙述完成的作品，其核心就是一个完整的隐喻，也大有可能。但是，很难想象整体上以隐喻的叙述方式去写作长篇小说。隐喻的叙述适合诗，一个短篇小说也可以用隐喻的叙述完成，篇幅浩大的长篇如果以隐喻的叙述贯穿始终，必定是困难重重，这类似于以写诗的方式写一部长篇小说。不仅对写作来说是困难的，对阅读而言也是如此。不过，很难想象、困难重重的事情也有人尝试，特别是现代以来，曾出现过这样的作品，当然，数量上比较少。

《匿名》的叙述，框架和线索是转喻式的，但是在转喻叙述行进过程中的任何一个点上，都有可能停顿下来，思考这个点，探索这个点背后的世界。这样叙述就改变了方向，不是直线式地连到下一个点，而是往另一个维度行走了。这样的情形经常发生，密集地发生，就显出隐喻叙述的比重和分量。这部作品的深层内涵，在我看来，多是通过这种隐喻的叙述揭示出来的。所以，从叙述的方式来说，这部作品不仅不同于王安忆以往的很多作品，也不同于我们惯常阅读的小说。明白了这一点，或许能够有助于我们的阅读；否则，当我们带着习惯的转喻式叙述的阅读期待来读这部作品的时候，可能会碰壁，会晕头转向，会不明所以。这也就是我啰唆上面这些话的原因。

也可以用不啰唆的话来说,这部小说的叙述方式,要求读者的,不是"读下去",而是"读进去"。

什么叫"读进去"呢?举一个简单的小例子,小说里这个独自在荒山深处生存的人,以野果生蔬果腹,某一天,他忽然闻到"熟食的气味"。"熟食的气味"就是一个停顿的点,从这个点,可以进入文明的历史过程中:熟食唤起了个人感官的记忆,这种个人感官的记忆其实是人类文明赋予的。火的发明和使用;对野生植物的辨识、选择、驯化和培育,使得它们的果实能够成为人的食物;从生食向熟食的过渡,因为熟食而使人发生的变化;如此等等。如果以这样的眼光来重新打量现在的日常世界,从眼前"看进去",可以看很久,可以看很多,而平常,大都是忽略掉的。

三、进化和退化、"考古层"

好了,现在,就让我们进入《匿名》的世界。

我们现在的日常生活有一个平台,由长久的历史所形成的文明的平台,我们在这个平台上立足,弹跳,开展各种活动。细究起来,这个文明的平台当然不平,那么换一个词,叫文明的地面。有一天,这个文明的地面突然裂开了一条小小的缝隙,坍塌了小小的一块。一个人猝不及防地从坍塌的地方坠落了下去——《匿名》的世界,就是突然坠落进去的世界。

由此出现的问题是:一、他坠落了下去,他会怎样?二、他重新置身的这个世界,是个什么样的世界?三、他和这个世界发生和建立了什么样的关系?这几个问题,不是依次出现的,而是交织在一起,纠缠着,搅扰着,时明时暗,却一直存在在那里。

这个普通的市民,在上海这样的都市里度过了大半生,如果不出意外,余下的生命也将沿着庸常的轨道,平平凡凡走到终点。可偏偏就出了意外,更加意外的是,这个意外发生之后,他已经不在这个高度发达的文明的地面上了,而是被抛入了荒蛮的深山深处。空间上是从上海到林窟,时间上呢,那种坠落更惊人,从现代掉进古代——还不是近的古代,更像是人类生活的早期——他被抛入了时间的深处。

这一惊变导致了记忆的严重丧失，也就是说，他以往在文明的地面上积累的生命经验的总和，一下子被除去了很多。这样也有个好处，大大减轻了他身上文明的负担和牵绊，得以全力应付眼前严峻的生存问题。求生的本能是那样强大，刺激出蛰伏在身体里的多种能力。如果不是遭遇这种突变，他一定意识不到他身体里还潜藏着这样那样的能力，他迅速地"变种"，差不多像"半个"原始人。为什么说像"半个"原始人？因为处在从文明向原始退化的途中，没有走到底，说"半个"也是说多了。

现代的个体生命，是人类漫长进化的结果，在个体生命降生之前，他未曾经历的进化历程的信息，通过遗传保存到个体生命之中，而他未必自知；现在，这个没有名字的人从原始向现代进化的方向上倒转，进化发展出来的能力在退化、在丧失。与此同时，进化过程中闲置、萎缩、淘汰的能力被激活，唤醒，重新获得。退化的过程，并非能力的全然丧失，而是在一部分能力丧失的同时，获得另一部分能力；进化也可作如是观，并非全部能力的获得，也是获得了一部分，丧失了另一部分。更复杂一点说，进化、退化，有时齐头并进，有时互相撕扯，难解难分。单向的进化和单向的退化，都是简化的描述。

到了这里多少可以看出，《匿名》要写的，不是一个特殊的人在文明的地面上的遭遇；而是借着某一个人，写人在文明的历史层次中，在进化/退化的历史层次中，可能会有什么样的经历。简单说，就是写从文明的地面上，到文明的地层中，会发生什么。

为什么要强调层次呢？王安忆没有走极端，让这个人变成完全的野人，环境也不是从未开化过的彻底的蛮荒。倘若是从文明彻底坠入野蛮，倒也简单了，也就没有层次不层次的问题。有层次，参差地存在，才丰富，也复杂。回想这篇文章一开始就讲的《匿名》的"发生学"，林窟所以会成为写作的触发之地，不是王安忆对蛮荒有感情，而是因为这个蛮荒之地曾经渐离蛮荒、发生过人类的生活、发展出人类的文明，而后这生活和文明又遭遇毁弃，这地方又退向蛮荒，生发出千头万绪、难以名状却又实实在在地堵在心头的感受。

这个人初到林窟，于密林荒草中发现被遗弃的房屋，利用为栖身之处。他把依地形而建、错落相接的房屋编号，一号、二号、三号、三点五号、四号,以数字排序,就好像考古学家为发掘的坑穴编号,一号坑、二号坑、三号坑。看起来很简单、很自然的行为,其实显现的是文明培育出来的能力,他身上还残留着这样的能力。数字排序之外,他又取符号、文字的形,给房屋以象形的标识,"将身处环境描画出一幅地图。好比原始人在陶器上描画绳纹、云纹、雷电纹,从具象进步到抽象,而他则反向,从文字退到图案。"你看,即使是退化,也利用了之前进化成果的残留。

看似荒野的世界,其实有"考古层",有文明积淀的地层;退向原始的无名人,其实不可能回到原初——进化的成果阻碍着退化的进程,哪里就那么容易一下子变成完全的野人。人身上,也有文明积淀的"地层",也有"考古层"。那么,这个人和这个世界的关系,就不是一个单一层次的人和单一层次的世界之间单一的关系了。即便是生存这个最现实的问题压倒了一切其他问题,为解决这个问题,人与世界互相之间也是有妥协、有商量、有含糊、有决断,甚至,还有默契、关照和呼应呢。

别说这个人,就是一直生活在苍茫大山里的人,譬如说把这个人带进林窟的哑子,身上也有"考古层":"哑子的历史无意识全在手足的劳动中产生,经历以及未经历的人类史从他身体走过,这身体里有的是社会发展的动力,从类人猿到人,从原始人到现代人,从无文字到有文字,从无记载到有记载。哑子他浑然不觉……"

四、看见他们

哑子是和这个没有名字的人发生重要关联的一个人,有这样关联的人,还有二点、麻和尚、敦睦、病猫似的孩子小先心、白化病少年鹏飞。他们都有些特别,异样,各有奇怪的来历。

哑子生在野地,被阿公拾回家,长在藤了根,一个破布样的村子,几乎是挂在山壁上。阿公死后,哑子流落到五尺镇,又被麻和尚捡着,从此就跟着在道上混,四处为家。他哑,却不聋,而且别有一种常人不及的聪明,可谓一窍蒙蔽,六窍通透。

二点,跟着兄嫂住在野骨,他们是最后迁出林窟的一家人。二点年纪大约近四十,身心却停留在六七岁的光景,更准确点说,身体是个"成年的孩子"，心智以变形的方式生长出一种"成熟的天真"。

麻和尚，来自一个烧碗窑的古镇，他从出生到长成少年，短短的时间即经历过窑业的复兴、凋敝、移民——水库淹没了他的老家，一千年的烧窑史瞬息凝固在水底世界。麻和尚后来走上法外世界，建立了自己的地盘。

敦睦，从种植靛青的偏僻山村出走，斗过狠，蹲过监，陪伴过死囚。死囚是个高人，得到他的指点，敦睦脱胎换骨，再回到苍山里的九丈，改名敦睦，狠相随之而改，迅速成为道中后起的头号人物。

小先心，患有先天心脏病的小孩，为父母所弃，由福利院收养。

白化病少年，从大山里一个自我隔绝的地方来，那里都是白化病患者，弃世而居。这个少年却是叛逆，到外面的世界走自己的路，给自己起名鹏飞。

他们本来都是大山的这个角落或那个角落里的人，可是他们又和一般的山民不一样，甚至可以说是异类。他们因着各自的原因，离开了原来的生活，走到社会化程度更高一些的生活中来，却和这个社会保持着奇怪的关系，并不融入社会的普通规范中，又成了这个社会的异类。他们失去了身份，甚至失去了名字——他们都没有随着生命降生到世上而起、一直陪伴着他们的名字。他们的名字要么是诨号，要么是别人给的，要么是自己后来起的。他们的存在，好像都是不存在，可是他们明明存在。没有人知道他们的来历，他们藏匿了自己的来历，守口如瓶：我知道我的来历，就是不告诉你！

他们的世界，就是匿名的世界；在这个匿名的世界里，还要添上半途加入者，那个和他们发生关联，失去记忆、失去名字、也没有人知道他来历的人。"你们没有人知道我的故事，鹏飞本想对志愿者说的，其实，是对自己说，结果呢，却仿佛对全世界说。你们没有人知道我从哪里来，就像老新不知道他从哪里来。我从来没有说过，不想说，一想起就泪流满面。"

他们生存在文明的缝隙里，倘若我们看不见文明的缝隙，我们就看不见他们。

文明的缝隙？什么样的缝隙？"偏离历史的主流，再偏离稗史的支流，继而从怪力乱神末流离开，绕过记载、口传、风闻，所有透露的可能性，唯有这样的封闭，才会诞生出个别性。"

《匿名》看见了他们，写出了他们，写出了与我们同一个物种的他们的个别性。

五、林窟

这个被错绑的人进入林窟，是因为哑子。麻和尚把绑错的人交给哑子处理，哑子怎么处理呢？藤了根这么个小小的地方，却是有信仰的。信仰化成单纯的戒律，就是不杀生。哑子在素净的藤了根长大，还种下了喜洁净、忌荤腥的怪病。山是大洁净，时间是洁净的根源，"无限的时间，可以净化无限的腐朽……他终于知道把这个人带去哪里了，就是带去山里边，带进无限的时间。"

哑子小时候跟着阿公卖树，去过林窟，现在思想跟着脚走，又走进了山的这个极深极逼仄之处。"在旁人眼里是山，在哑子，就是生生息息，周而复始。"可是，这个人放进山里了，却没有进入生息的循环，哑子看得出来。"在无人的旷寂之中"，哑子不由得对这个人生出"同类"的相惜。接下来，哑子做的事是帮助、引导、示范，要能适应了环境，生存下来，才可能进入自然的循环和轮回。这个人跟着哑子劳作，采集、种植、储存，这是物质性的一面；精神性的一面，这个人也逐渐蜕变，靠近哑子，"用肢体进行思考、解析、记忆"，"这一系列精神活动无法辐射得更远，至多是在视力可见范围。那一号房屋在他就是单纯的冷和无眠，并不涉及绝境一类的概念。……他的感官不断增幅，以纵深阻断作代价。确实，纵深度被割裂了，一旦脱离实物越入抽象，立刻停止。……差一点，差一点，他就要向纵深去，却及时驻步，将自己留在实际的处境里。这是安全地带，出于防御危险的本能反应。那纵深的抽象的虚茫，逝去的已知和将来的未知都是黑洞，唯有现在，至少，他还活着。"

林窟这个毁弃了的地方，因为他还活着，有了人烟。他不是一个有强大力量的人，他说不上是在对抗这个环境，他多是顺从，多是适应，在顺从和适应中求得生存；然而，这么弱的存在，这么一个被改变的人，也多少改变了林窟。怎么改变？有了人，就是改变。虽然只是他一个人，可这个穴窟也是从没有人到有人的啊。有了人，就有了人烟，人气。这一缕微弱的人烟，人气，引来了二点。

二点是又一个帮助他活下去的人。但二点寻到林窟，岂止是为了帮助一个陌生人？林窟是二点的老家，这个本是陌生人的他，在二点眼里，像死去的父亲，是又一个"爹"。两个人在时间的空茫中邂逅，邂逅之处，正是二点在时间中开始的那个源头，是二点生命中最深切的记忆之地。

二点带出了林窟起起落落的历史。往远说，洪武年间，先人到此劈山伐木，从林莽中掏出一洞天地，人丁旺时达百来口；过三百年，却锐减至最初的二三户；又过二百年，泥石流埋了村落。到二点和他哥哥出世，时间在20世纪60年代末70年代初，人口五户，田地集拢起来为"七亩二分三厘五丝六毫一忽"，"这一'忽'是多少，也只有老人知道，为半个手掌。"但就是这大山褶皱里的一个小小的点，却正处缙云、永嘉、青田三县交界。因地利暗中发展出交换市场，定期集市，一时火热鼎沸。过去，为打压这种"投机倒把"的行为，竟然动用了直升机、军用吉普车。多年以后，外面的世界有了自由市场，林窟偷偷摸摸的交易也就失去了意义。为生计，一户接一户地迁出，终于没有了人，连地名也从行政区划里消失。人们把这个世界末梢的地方，还给了自然的力量，还给了洪荒的时间。

这个没有名字的人的到来，搅扰了荒芜的走向；通过他的眼睛，过去人类生活的痕迹和文明的遗留也得以呈现。在他退化的过程中，"从人类退到灵长类再退到灵猫一类"的途中，他遭遇了文明的旧物和人类发展的残存遗产："蓄水槽、犁铧片、梁和椽的锯痕和榫眼、瓦爿、灯盏、铁镬、骰子，上一纪文明的鳞爪，从时空壁垒的砖缝渗漏，可以纵观人类社会发展史：石器时代、铁器时代、陶器时代、石油时代，骰子代表哪一个时代？从材质说，可追溯到原始陆生植物裸蕨类出现的地质年代，刻字是仓颉之后，卦算出自周易，工艺从鲁班诞生，机要则在将来未来。"

现在的退化和曾经的进化错杂相遇，参差存在。文明的旧物，有些现在仍然可以利用；有些，即使从实际的用途中蝉蜕，还是犹如化石，蕴藏着也提示着曾经的努力、智慧和文明的愿心。譬如他珍爱草莽世界中发现的那个精巧的灯盏，"提着不发光的灯，风化的灯芯被他拔出来扔了，这灯在他手底下大忽悠，好像唱着歌，歌唱发光的往昔……"

六、重启

　　一场大火，把林窟烧为焦土，真就是废墟了。没有名字的人逃出来，在柴皮这个地方，被二点兄弟找到，送到九丈的养老院。由此开始，他重新进入人世，重新"进化"一次。

　　这种"二次进化"，不同于一个诞生的新人，面对一个全新的世界。养老院里的人叫他老新，他真是又老又新，老里有新，新里有老。

　　即使经历了严重的退化，他也没有忘记文字，哪怕只认得文字的躯壳，懵懂于文字的内涵。文字的一笔一画，都是文明用力刻下的深痕，他在林窟，不是还用文字和哑子交流？林窟窝棚的墙壁上，不是还留有前代的文字印记？到了养老院，他负责记账——他都不记得了，他以前可是学会计、做文秘的——还有，他教小天心识字，算术。往后，到城里的福利院，少年鹏飞竟然是翻着《辞海》，随意挑出一个又一个字，用概率来探测他老新的身世之谜。

　　回到人世间，老新要重新启动，最重要的开始，就是语言。奇异的是，文字和语音被分解成两个部分，他用文字书写并无大碍，张口说话却困难重重。他说两个字的词，继而说四个字的词组，从词不达意到渐渐接近语义，说话的欲望蓬勃地滋长。可是，他得经过怎样剧烈的过程，才能有所突破。从空寂的深山一下子置身人声鼎沸、语音庞杂的九丈老街，汹涌的音节壅塞耳道，他一个失语的人，怎么应付得了这复杂的局面。结果就是，"他被这岩浆般的语音笼罩，封锁住听觉。"这是最初的阶段，嘈杂的人声反而关上了老新的听觉；接下来，有了转机，"有一些日子过去，夯实的语音疏松点了，透出缝隙，渗漏进认知的光，那就是普通话。……循这些微的光，析出左右上下。自在些了，从外部看，就是机灵些了，而且每天都有进步"——普通话激活了老新的听觉，而且，普通话通向文字，语音和文字有了弥合起来的可能："普通话不只是救命稻草，更成舟船——好在有文字，文字最终收揽全部，九九归一。倘不是文字，普通话也于事无补。"老新身上文字的刻痕，就这样起了作用。"现在，随着普通话，老新认识和辨析周遭环境"，并"逐渐恢复自觉性"。但是，文字，普通话，就像盘山公路，都是人工模仿造化建立的通道，喊喊喳喳的语音躲避人工通道而一路形成的无影无形的默契，却将老新排斥在外，老新打开的听觉，又休眠了。或者说，听觉转为异常活跃的视觉，在直观中呈现语义，一切都变成可视的，连思想也可视。总之，"老新的各项感官以及功能正处在分离中，它们各自为政，各行其是，等待契机，重新合为一体。这可是个混乱时期……老新的内部正经历着激烈的动荡。"

这一天，敦睦和所长说起从北京、上海发起的一项慈善援助计划，包括对小先心这样先天心脏病患者的治疗，关键的当口，老新的听觉恢复，而且，前一段时间噤声，这会儿突然说话了。所长说：去！老新说，如何去？合缝对茬，这才叫说话呢！所长"戏谑地学一句：乡下人，到上海——老新接下去念：上海闲话讲勿来！这句歌谣方一出口，在座三个大人，包括老新自己都是一惊。原来普通话之外，他还能说上海话，接着，第三句歌谣也出来了：米西米西炒咸菜！"

语言既已启动，整个人的变化也就快速而巨大。敦睦带他和小先心去县城福利院，路上经过一个酒店，老新走出自己的客房，在迷宫似的走廊里转来转去，找不到自己的房间。走廊里意外和哑子照面，他认出了哑子，哑子第一次却没有认出他，可见变化得厉害。不是外形和表情神态的变化，而是"更彻底，彻底到足够换一种人类。"哑子的视觉其实有过人之处，他看到了实质："这个人在走廊里行走，像是走在这幢建筑的肠道，一粒未被消化的什么籽。其他人都在各自的床上休息，他却找不到自己的床。一粒籽，这就对了，这才是哑子认不出他的原因，他变了物种，变得难以消化和吸收"——哑子曾经设想让大山消化和吸收他，如今他已重回人世社会，重新"进化"，结果，还是难以被社会消化和吸收。

七、文明的愁绪

老新重启的"进化"历程，由低到高，由简到繁，由慢到快。但《匿名》没有让他重返原来的生活，重返文明的地面，而安排他滑落进流淌不息的江水，交付给时间的长河。

水底的世界，仿佛是一个巨大的文明弃物博物馆，废墟，杂碎，随便哪一样，不都是一段历史。从古到今，人类的努力，似乎不过是在堆积一层又一层毁坏、颓败的文明，"所谓考古层，就是累积的愁绪。旧石器的愁，新石器的愁，青铜的愁，彩陶的愁……"什么敌得过洪荒的时间？人类为时间标上文明的记号，可是再大再深的记号，也会从时间上剥落，沉没于时间的水底。

个人呢？个人身上分段的时间，也像"考古层"，也是愁绪叠着愁绪；可放在时间里，简直连"忽略不计"的"忽"都算不上。想想看，夜晚的星光洒向水面，那星光从远古出发，此刻才抵达这里；个人的生命，放在这样的时间里，说是"白驹过隙"，都夸大了。

如此一来，会不会就一径遁入虚无？这好像是寻常的路径，没有阻遏，很容易滑入这样的感受和意识的套路；在王安忆这里，此时却出现了一种思想，那就是能量的转换和守恒。"下一次是上一次的简单重复，还是递进式的，或者偏离出去，形成崭新的文明？那旧文明的壳，会不会固化成模型，规定新文明的格式？或者，有一天，模型崩塌，碎成片，那么，又会不会是新文明的原材料？"

疑惑重重，问题丛生；可就是存在这些疑惑，叩问这些问题，才表明文明的不甘，人的不甘。确定的是，即便是文明的弃物，也不可能回去了，不可能回到原初的状态——"在这里，漂流的尽是一些纳入不进或者排斥出来的残余，就像除法里的余数，多少破东西：碗碴子，碎成齑粉，碎成齑粉也回不进原始性——土里面去了；炭泥，烧成灰也回不到原始性——木头里去了；塑料袋，更别提了，你让它回哪里去？汽车轮胎，回哪里去？他呢，还能回到沉船里吐泡泡的小孩子？这就叫开弓没有回头箭，这就是必然性的力量。那么，就让我们顺应着它继续进化吧！那碗碴子不定又能变成个什么来。"

八、"大故事"

从一起绑架案讲到退化，讲到"二次进化"，讲到无限的时间和自然史，讲到模拟自然史、改变自然史的文明史，讲到文明史的忧伤，讲到"考古层"的愁绪……这还是小说吗？这是小说能够承担的任务吗？

小说，我们已经习惯了是"小"说；可《匿名》，分明就是"大"说。

小说，不妨是"小"说，但又何妨是"大"说，又何妨讲一个"大故事"。

当然，"大故事"，亦何妨从"小"说起。所以，《匿名》也还是小说。

对小说这种形式来说，讲一个"大故事"，也是一个机会，用这个机会来做一次非常规的测试——能力测试，承重测试，弹性测试，边界测试。

《匿名》出自作家的野心，野心之大，接千载，游万仞；但是，仔细看看这野心，却不是膨胀出来、发展出来的，而是退回一步，再退回一步。退到接近初始的时候，好奇地注视着，从那里再出发，会发生什么，怎么发生，又怎么到了现在这个样子。这野心的起点好像是初心，但也不完全是，多了理性的意识，思想的运行；好奇是重要的驱动力，但也不完全像好奇心那么单纯，已知后来，复检前史，是过来人对过来的自觉的好奇，不同于第一次好奇。不过，虽有差别，但这野心，却确确实实通着初心，连着好奇心，它可不是无来由而起、无依凭运作的。因而也就可以感知，可以触摸。更要紧的是，野心落到实处，写作由此开始，《匿名》因此诞生。

王安忆《一把刀，千个字》

如果我们只是把《一把刀，千个字》看成王安忆得心应手、技艺纯熟的又一部力作，就有可能忽视创作这部长篇所要面临的巨大困难：它是小说叙述的困难，也是今天这个时代言说和表达的困难。

小说从纽约法拉盛海量的匿名存在起笔，写一个改名换姓的扬州菜厨师，追溯他从童年到中年的历程。时间推移，时代改变，地理空间一迁再迁，但无论何时何地，都无法消除他生命中的一个黑洞：它是虚空，却无处不在。它是上一个时代的后遗症，英雄母亲决绝地飞蛾扑火，但代价绝不止于个人的牺牲——没有母亲的下一代，要用几乎全部的人生与这个后遗症的幽灵周旋、抵抗、搏斗。

王安忆真诚而锐利地叩问、思考、辩证、描述，在革命、理想、信仰与油盐酱醋、请客吃饭、人间烟火的张力中推进叙述，一个字一个字地写出历史、时代、个人难以化解的纠结和持久的创伤。由此成就的这部作品，不仅再次证明她创造力的经久不衰，也向虚浮嘈杂的现实提示文学铭刻的庄重和深沉。

《收获》二〇二〇年文学排行榜，《一把刀，千个字》被评为长篇小说榜首，组委会让我写评语，我就写了上面这些话。简短，没有虚言，每一句话后面都有具体丰富的感受和认识支撑着，但我却无法充分展开。

我一开始就说的困难，是什么？身处具体的环境中，如果没有这种切身的感受，那这个问题就是白问的；倘若有，而且强烈、复杂，并且不由自主地与阅读互相渗透，就可能形成对这部作品的特别价值的认识，思想逐渐清晰起来。

平常心与非常心
——史铁生论

一

一首歌里有这样两句歌词：

> 也许我将独自跳舞
> 独自在街头散步

好长时间以来，这两句歌词被我有意地从它原来的上下文语境中分离出来，独立地萦绕在耳，体味于心。欲舞而形单影只，真跳起来是怎样一幅情景？漫步却在街头，看人间风物、日常景象，同时又沉思冥想，说不准会因而产生一种超升之感。一人而有这两种状态、情怀，在我看来就兼具了平常心与非常心。想到史铁生，就总也摆脱不掉这样的印象：他既是一个漫步者，又是一个舞者。

但史铁生踏进文坛之前就瘫痪了。我非常能够理解许多关于史铁生的评论为什么总是从这一严酷的事实出发，由人论文，人与文互相投射，纠缠于残疾、自杀、死亡等问题。折磨着史铁生的问题同时也成为批评家探究的中心，是很正常的，而且创作与批评都由此提出了许多有深度、有意思的话题。然而，过于集中、过于中心化的洞见，也许遮蔽了对其他向度问题的探讨。我在想，读史铁生的时候，能不能"分散"一下注意力，要把已知的严酷事实从意识中完全抹去不太可能，但却可以"淡化"此种意识,像看一个普通人的作品一样看史铁生的作品,这样或许会有另外的发现吧?我立即意识到要实施这样的想法困难重重,史铁生的作品本身就把读者的注意力向"中心"拉得很紧。尽管如此,却不妨一试。

二

平常心不执不固,不躁不厉,阅尽万象,汇于一心。持平常心的人是一个安静的观察者,又是一个的反省者。史铁生的《我与地坛》最能体现出这些特征来:

> 十五年了,我还是总得到那古园里去,去它的老树下或荒草边或颓墙旁,去默坐,去呆想,去推开耳边的嘈杂理一理纷乱的思绪,去窥看自己的心灵。十五年中,这古园的形体被不能理解它的人肆意雕琢,幸好有些东西是任谁也不能改变它的。譬如祭坛石门中的落日,寂静的光辉平铺的一刻,地上的每一个坎坷都被映照得灿烂;譬如在园中最为落寞的时间,一群雨燕便出来高歌,把天地都叫喊得苍凉;譬如冬天雪地上孩子的脚印,总让人猜想他们是谁,曾在哪儿做过些什么,然后又到哪儿去了;譬如那些苍黑的古柏,你忧郁的时候它们镇静地站在那儿,你欣喜的时候它们依然镇静地站在那儿,它们没日没夜地站在那儿从你没有出生一直站到这个世界上又没有了你的时候……

要是换一个人来看,地坛很可能就会是另外一幅情景,感受也会大大不同,那我们就得承认观感态度对观感对象(如地坛)和观感主体(如"我")的影响。事实上,在浑然天成的语言表述中,主体、态度及对象三者之间,往往融合为一,不可离析,缺一不可。细究起来,这种情形中最重要的反倒是外在于主体的对象。需要借助它,主体才能将态度显现,并且在态度显现的同时,实现从主体向对象的趋赴和让渡。对象成了主体的归宿,不合则不能心静神安,达观从容。一旦融合,对象对于主体来说就不再是外在的了。在《我与地坛》中,史铁生找到了地坛"这样一个宁静的去处"。"去处",随手拈来的一个词,可以做两层意义上的理解,一是指客观存在的一个地方,再一层意思就是说,它是自我之所,是"我"投奔的方向,而且包含了一种心情在里面。"我"与地坛那种神秘性的契合、感应,不是别的,是一种物我合一的自适状态:"在满园弥漫的沉静光芒中,一个人更容易看到时间,并看自己的身影。"

从这里很容易看出东方传统的文化观念和审美理想的积淀。此处不深究这个问题,但不妨注意这一点。有论者谈史铁生时,曾引周作人译日本作家永井荷风的散文,这倒是颇具慧眼的一种对照:"雨夜啼月的杜鹃,阵雨中散落的秋天树叶,落花飘风的钟声,途穷日暮的山路上的雪,凡是无常、无告、无望的,使人无端嗟叹此世只是一梦的,这样的一切东西,于我都是可亲,于我都是可怀……"[1]

平常心之为平常,正在于主体能在一般风物、日常情景中,有可感可怀。平常既是"心"的性质,也是主客交融的客体的性质,即主体投射的对象是平常的。在传统的文化观念与审美观念中,一般认为平常心不易获得,它是需要经过一个修养、熏陶、领悟的文化过程之后才能够达到的人生境界与艺术境界。我不以为史铁生身上也存在一个这样的过程,尽管时间也在帮助他不断地提升自己,但史铁生之平常心初登文坛时即有,而且伴随他走过这些年,愈臻善美。直到现在,我还记得读高中时在笔记本上工工整整抄录下来的《我的遥远的清平湾》中的句子:

> 火红的太阳把牛和人的影子长长地印在山坡上,扶犁的后面跟着撒粪的,撒粪的后头跟着点籽的,点籽的后头是打土坷垃的,一行人慢慢地、有节奏地向前移动,随着那悠长的吆牛声。吆牛声有时疲惫、凄婉;有时又欢快、诙谐,引动一片笑声。那情景几乎使我忘记自己是生活在哪个世纪,默默地想着人类遥远而漫长的历史。人类好像就是这么走过来的。

---

[1] 胡河清:《史铁生论》,《当代作家评论》1991年第3期。

如果再考虑到命运的残酷无情，你会觉得史铁生能存一份平常心是一件了不起的事情。不管怎么说，中国传统士大夫的进退用藏、得意失意，毕竟都是在自身生命与外在的社会现实之间展开的一种关系。在这种关系中，最大的悲哀莫过于自我的价值不能得到体现和证实，在这个时候就需要平常心来克服沮丧、颓唐和愤懑，把一切看轻看透，进而达到自娱、自适、自乐的状态。这样的一种心理平衡之所以比较容易获得，原因在于我们的传统文化中已经形成了"达则兼济天下，穷则独善其身"一类的自我与外在关系的调节模式。一代又一代被尊崇的士大夫很多都这样走过来的，不仅有前例可循，而且文化传统的力量也在暗中支持、诱导。但是，史铁生面对的，却是生命自身的问题，而不是自我与外界的关系。命运摧残身体，其结果很有可能是摧毁精神，身外之物看淡容易，把自我的严重创伤和生命本身看轻就非常困难。事实上史铁生也没有把这些看轻。那么，他的心理平衡是如何达到的？他怎么还会有一份平常心？

　　这实在是个很大的难题。身外之物不可得时，可以返回自我，以对自我的重视（乃至自恋）来看低自我之外的一切。但史铁生无法这样做，他正是在打量自我时才产生出巨大的痛苦，一己的生命毫无优越感可言。这时候，幸亏有一种通常的说法帮助了他，我想，靠了这种想法，他才摆脱了几乎无法克服的心理危机：谈人生时，出现频率很高的一个词"命运"。命运通常被认为是一种不可捉摸、无法抵御的外在力量，它要怎样摆布人，人是无能为力的。这样，在人与命运之间，就存在一种难以把握的关系。本来，对于史铁生来说，生命的创伤与身体的疾患完全是自我内部的事情，它就是自我本身，不可能与自我形成一种依赖于距离才存在的关系，因为关系是在双方以上的存在中才可能成立的。没有关系，哪里能够谈到平衡呢？然而史铁生设置了一种关系，即自我与命运的关系：他把最最具体的、最最真切的遭遇与痛苦从自我中抽离出来，认为这完全是由于神秘的命运造成的，进而把这当成命运本身。这样，自我对其遭遇与痛苦的承担，就被转变成一种自我与抽象之物——命运之间的关系。本是生命内部的承担因此成为自我对外物命运的承担，像《宿命》一类的小说就可以在这样的基础上做出解释。这样一种转换，因为借助了一种被认可的说法，是非常隐蔽、难以察觉的。对于史铁生本人来说，转换的发生可能在有意识与无意识之间,但其结果却大大有利于挽救心理危机,它提供了一条心理出路。应当承认,个体生命承受痛苦的能力有限,同时也必须宽容地对待以转换痛苦的方式承受痛苦的做法,不妨把这叫作担当痛苦的策略。直面惨淡的人生,需要无尽的勇气,但人生惨淡至无力直面时,要么转换痛苦,以一种可承受的方式承受下来,要么是生命的毁灭。史铁生选择了前者,他把内在的痛苦外化,把具体的遭遇抽象化,把不能忍受的一切扔给命运,然后再设法调整自我与命运的关系,力求达到一种平衡。在这种选择中,给人印象至深的倒不是勇气的不足,不是逃避,反而会觉得有一种智慧在其中:可以设想,在此种境况中选择充当个体生命的毁灭者,并不是因为勇气太多,反而很可能是缺少了这样一种智慧。

正是这种智慧,给史铁生的平常心打下了根基。智慧这类东西,说不大清楚,它既可能在文化传统中找到源头、给养,又是个体生命一己的属性;它既是后天精神修炼的结果,却又须原先就有"慧根"。说史铁生的智慧,进而说史铁生的平常心,在这方方面面之间都要有所照顾,偏废了就恐怕与实际情形产生较大的差距。再说平常心本身,就不是"偏""废",不是"执"。

平常心于平常入眼、入耳、入一切感官之事物,能够体验到一种呼应与投射,其最高境界正是文化传统崇仰的古典理想:天人合一。由凡俗而超越,由渺小而伟大,由狭隘而恢宏,由小道切切而大音希声,由条分缕析而混沌冥漠,至天人合一之境,平常心也许是途经的必要一站吧。至于具有平常心是否就能达到这种最高的古典理想境界,就很难说了。史铁生呢?也不好说,但不妨读《我之舞》,可以体会到一种自我超升的大气,一种平常心的丰厚蕴涵,一种在默默中发生的心灵震颤——

> 我独自在祭坛上坐着,看地移天行。

三

行文至此,我隐隐产生了一种不安:我是不是过分强调了史铁生的平常心?实际情形就是这样吗?事实上,史铁生身上果真存在着另一种状态,我把它概括为非常心。说不准历史上真有这样的高人,他能够把平常心贯穿始终,一生不忧不惧,静观生命在和风细雨、花鸟虫鱼和日月光华中磨蚀而无异样感受。史铁生绝不是此类得道者,他靠智慧把痛苦外化,把遭遇抽象化,这种特殊的转换如果被推向极端,就会把自我抽空。但显然转换无法彻底,自我无法抽空,无法把一切都推给命运。内在的痛苦、具体的遭遇、生而有之的欲望,自我无力将这些排除得干干净净,除非走向毁灭。于是,我们就时常从史铁生那里听到不堪的呻吟、尖厉的呼叫和絮絮叨叨的抱怨,时常能够感觉到无休无止的生之欲望与死之诱惑的拉锯战,正在以史铁生的心灵与大脑为战场在激烈进行。这些当然不是平常心了。

我并不以为在个体展示生命的过程中,平常心是最值得崇仰与称道的;而非常心,在我一己的想法里,可以分为两种状态。

一种尚未及平常心,其表现如自我迷恋之"执"。琐细处的计划,对不如意的牢骚、抱怨,对痛苦的反复咀嚼,乃至发展为病态的创伤意识,等等。尽管这一切可能够不上什么样的人生境界,但因其真实性,因其暴露出的人性弱点与局限具有普遍意义,我们在面对此种境况时,如果不能表现出悲天悯人的情怀,至少也该宽容对待。在史铁生的作品中,此种非常心的流露也不难觅见,由此我们容易看到一个更真实、更接近于具体生活、更直接表达具体感受的史铁生。平常心中有很重要的文化意识,某种意义上是人对文化的体现,这里可见的却多是活生生的个体对特定命运的真切承担。

还有另外一种非常心,我以为其境界绝不比平常心稍低一点点,甚至可以明确地这样说:平常心是一个处于中间的刻度,其上其下各有一种状态的非常心,而其上状态的非常心,就非常难能可贵。它以最真实的人生境遇和最深刻的内心痛苦为基础,将一己的生命放在天地宇宙之间而不觉其小,反而因背影的恢宏和深邃更显生命之大。史铁生特别感动我的,就是这样一种不时表现出来的非常心。此时的史铁生,不再从平常心发出意味悠长、宁静致远的浅吟低唱,而代之以心灵的激情与精神的伟力呈现出来的不再是一个漫步者的形象,不再是静观的柔顺与和谐,而是昂扬若狂的生命的舞蹈。

生命之舞本来是个比喻性或象征性的说法,但具体到史铁生身上,就必须从更深广的人生意义上来看。在史铁生的小说中，短篇《我之舞》和中篇《礼拜日》是我特别看重的。《我之舞》多次写到幻觉与幻象，而且重笔浓彩，产生出十分强大的震撼力。生命之舞不仅迷住了小说中的人物路、老孟和"我"，而且也会迷住以心灵去读小说的一切人。路有些"痴"，他曾到过一座神秘的灰房子，老孟说那可能是一个用宝石拼接成的空心球，里面漆黑一团。路"用自己的衣裳点了一把火在手里摇，轰的一声就再也看不见边儿了。无边无际，无边无际，无边无际……"

> 老孟自管说下去："每一颗宝石里都映出一个人和一把火，每一颗宝石里都映出所有的宝石也就有无数个人和无数把火，天上地下轰轰隆隆的都是火声，天上地下都是人举着火。"
> 世启说："老孟，你今天喝得太多了。"
> 老孟自管说下去："我说路，你干嘛不跳个舞试试看？你干嘛不在里头举着火跳个舞？你那时应该举着火跳个舞试试看。"

本文开头曾问过这样一句：欲舞而形单影只，会是怎样的情景？不想答案却是出乎意料的——

> "你要是跳起来你就知道了，路，你就会看见全世界都跟着你跳。"
> 路呆呆地梦想着跳舞。

答案不是想出来的，而是跳起来后才看到的。个体存在的孤立无助，一直是困扰现代人的一个基本问题。这里设想出一种解救之道，不露自我迷恋和自我可怜的味道，却强调以自我的积极行动，带动起个体与全体的融会。

神秘的灰房子倏忽间不见，化为一座古祭坛。下肢残疾的老孟和"我"几次看到一对男女在古祭坛上舞蹈，受到感染的同时也产生了一种遗憾：他们原本跳得不坏，可是在还有力气去死的时候，这两个人却不想跳了。后来老孟自己是用完了所有力气的，他等待的女人带来一辆能够跳舞的轮椅,"他们从黄昏跳到半夜,从半夜跳到天明,从天明跳到晌午,从晌午跳到日落。谁也没有发现是什么时候,老孟用尽所有的力气了,那奇妙的轮椅仍然驮着他翩翩而舞。"

《礼拜日》的分量由我看来,并不在表达出诸如渴求人与人之间彻底沟通而达到存在的彻底自由的理念,其分量在于宏大的时空架构,在于在这种架构中表现关于生命的一切。迁徙的鹿群,北极圈附近的冰河,狼与鹿不动声色的心智较量与肉体的殊死搏斗;男人为了寻找的长途跋涉,荒漠,魔笛,书,灿烂的星空和一种达观的领悟:自由是写在不自由之中的一颗心,彻底的理解是写在不可能彻底理解之上的一种智慧;少女,老头,花开花落,悠悠万古时光。在这样宏大的时空架构中,生命不是缩在一个小角落里庸庸碌碌、自生自灭的过程,生命无所不在,它能够以精神的超越性达到精骛八极、心游万仞的境界。并不是任何单独的存在方式都能够以如此宏大的时空为背景,也不是任何单独的存在方式都能够将心气与激情充盈于如此宏大的时空。以时空之大显个体生命之大,以宇宙之辉煌显人生之辉煌,这实在是一般人难以企及的非常心之投射。"天上人间,男人和女人神游六合,似洪荒之婴孩绝无羞耻之念,说尽疯话傻话呆话蠢话;恰幽明之灵鬼,不识物界之规矩,为所欲为。"

这是一种人生境界,精神境界;落实为文,又是一种艺术境界,诗的境界。其间过程,由人生、精神直至艺术与文学,水到渠成,有一气贯穿之势,无矫揉造作之姿。根植深厚的底蕴,超升凡俗庸常,追求阔大深远,人生与艺术合二为一,皆可因尽非常之心而达非常之成就。我不禁想起南朝钟嵘的真知灼见,以为与此契合,几近天衣无缝:所谓"气之动物,物之感人,故摇荡性情,形诸舞咏。照烛三才,晖丽万有,灵祇待之以致飨,幽微藉之以昭告。"所谓"动天地,感鬼神";所谓"凡斯种种,感荡心灵,非陈诗何以展其义?非长歌何以骋其情?"(《诗品序》)"展其义""骋其情",所以有史铁生的作品。

四

在世界大都会的一个角落里,有一位深居简出的诗人,写过一首叫

《六月的上午》的诗。缪斯拨弄和弦,让这首诗和前引的两句歌词貌合神亦合。因为一己的固执吧,想起史铁生,就想到那两句歌词;想到那两句歌词,就想到这首诗。其中写道:

> 两三个男人
> 在直角形的街口谈天　漫步
> 他们闭上眼睛
> 心里的眼睛就张开
> 张大成一个巨大无比的街口
> 他们于此狂舞若痴若醉
> 像有死亡在诱惑和牵引
> 像有一只所有鸟的鸟
> 像有一个所有的星宿和太阳的太阳

以心为底

——史铁生的文学和他的读者

一

史铁生在二〇一一年元旦前的一天辞世，原本以为，这就是一个令人哀痛的残酷事实；可是这些天来，史铁生的亲人、朋友、同行，还有许许多多天南海北的读者，在深挚的哀思和缅怀之外，还表达出了另外一种情绪、感受和思想。从单个的人来说，这另外的东西也许是微弱的，甚至是无意识地表现出来的。可是汇集到一起，就形成了富有感染力的氛围和能量。我感受特别深的，是许许多多不知道名字的读者的反应：原来有这么多人读史铁生，原来史铁生的文学曾经给过他们这么深的感动、记忆，甚至是面对困难和命运的力量。平常日子里，这些读者散落在各自的位置上，淹没在人群之中，无声无息，很难注意到他们的存在；可是史铁生的去世，他们的哀伤和追怀，把他们从感情和精神上聚集到了一起，让他们自己也开始认识同伴。原来他们不是单个的，他们有这么多同伴——史铁生的文学，原来有这样的力量。

这么多年来，文学界已经习惯抱怨文学受冷落，抱怨纯文学没有读者，更有人早就预言了未来文学的死亡。史铁生不是活跃的"明星"作家，他的每一本书印数都不多，可是今天我们看到了史铁生的读者，这么多普普通通的读者。不必测度这些读者的数量，也不必夸大这个数量，他们从史铁生的文学中获得的深刻感动和持久的精神力量，难道还不够足以证明，读者从来就在而且一直在。他们热爱好的文学，需要好的文学，他们也懂得好的文学。过去如此,现在也是如此,将来也会如此。

我刻意强调普通读者的感受和需要,是因为,普通人的心,也是衡量文学价值的一座天平。不是唯一的天平,至少是非常重要的一座天平。今天,我们在对待作家的文学成就、作家的文学史地位等诸如此类的"专业"问题、"学术"问题的时候,能在多大程度上考虑到普通人的心这座天平?

放在这座心的天平上,史铁生的文学就是有沉实分量的文学。

二

史铁生一九七九年开始发表作品,从"新时期文学"之初一直到21世纪的第一个十年结束,历时三十年而终。这三十年,中国文学一个潮流接着一个潮流,当代文学史的叙述顺流而下,一些命名、术语和阶段划分大家已经耳熟能详,几乎成了"共识";另一些还存在争议,却仍然在争议之中命名、划分、使用。史铁生的创作属于哪个潮流?该被放在哪个阶段?

我想没有人能够回答好这个问题。当代作家,其中有不少可以放在某个潮流、某个阶段讲,史铁生不能。史铁生不引领潮流,也不"预流"。

譬如说,他是知青,一九八三年发表的回忆陕北上山下乡生活的《我的遥远的清平湾》更是赢得了广泛的声誉,可是这篇作品与前前后后的"知青文学"多么不一样;一九八四、一九八五年"寻根文学"兴盛,有人爬梳"寻根文学"的初期脉络,把《我的遥远的清平湾》看作有预示或先声地位的作品,未尝没有道理。但其实它却不能算"寻根文学",除非对"寻根"另作解释。

再譬如说,史铁生对文学实验和形式探索的兴趣浓烈。从早期的短篇、中篇,到后来的两部长篇——一九九六年的《务虚笔记》和二〇〇六年的《我的丁一之旅》,他在写作实践上的"先锋性",与"先锋文学"相比也不逊风骚。可即便如此,还是不能把史铁生归在"先锋作家"之列,"先锋文学"的名目涵盖不了史铁生文学的特质。

史铁生不是一个封闭的人,他的写作与三十年来中国文学的变化声息相通，丝缕相连，却从来就在潮流之外，在热点之外，在喧嚣之外。他一个人，写萦绕于他自己一颗心的事与思，结果却是通向了许许多多颗心。

三

史铁生曾经说过："我的生命密码根本是两条：残疾与爱情。"（《扶轮问路》）

史铁生在"最狂妄的年纪"双腿瘫痪；三十岁又添新病，两肾一坏一伤；后来又发展成尿毒症，透析成了家常便饭。如何对待切身的痛苦和抛不掉的命运，成了他最日常也最核心的问题。史铁生的写作，就是从须臾不曾离身的问题开始，一点一点，一步一步艰难地往前走的。命运摧残身体，其结果往往是连精神也一道摧毁了。史铁生却能够让精神立起来，一步一步往前走。他的作品，其实就是对他的精神历程的叙述。

这个精神，靠什么往前走呢？对史铁生来说，其中特别重要的，是思想。不是作为名词的思想，不是现成的东西，是动词，是自己去思，自己去想。用什么去思想？不是理论、观念、逻辑、方法，是用心。心思，心想，思想两个字，本来就都是以心为底。这思想的起点在哪里？起点就是切身的问题，是不脱空的。空来空去的思想，没有摩擦力，徒具思想的形式而已；而史铁生所思所想，始终跟切身的问题血肉相连，跟生死的疑问纠结辩难。这思想能够走到哪里？它有终点吗？没有，怕是活多久就要想多久了。"有谁把人间的疑难全部看清，并一一处置停当了吗？"那么写作呢？"正是一条无始无终的人生路引得人要写作，正因为这路上疑难遍布，写作才有了根由，不是吗？"（《诚实与善思》）所以个人的写作不会枯竭，人类的文学不会死亡。

在史铁生的作品中，有一部分读来十分艰难，因为他叙述得就很艰难，更因为他想得艰难，思得艰难。想明白一点点，精神就往前走一点点。想明白一层，精神就往上进一层。这个精神的历程漫长而曲折，进三步退两步，爬上去再掉下来再爬上去，但正因为这样不堪和艰难，才显出尊严、庄严和崇高。到后来，就能够从容观物、从容观我，就能够爱己爱人爱世界甚至爱命运，就能够由狭隘而恢宏，就能够将一己的生命放在天地宇宙之间而不觉其小，反而因背景的宏大和深邃而显现出生命的宏大和深邃。

一九九一年发表的《我与地坛》，是史铁生影响最为深广的作品，它浸润和洗礼了那么多读者的心灵。这一万多字，不仅仅是史铁生在地坛待了十五年的结晶，更是他的精神历程上进到这一层才得以写出来的；仿佛自然而然地呈现在我们眼前，其实在这之前已经磕磕绊绊、跌打滚爬地走过了异常艰险的来路。

生命有它的来路，也有它的去处。你想让你的生命怎么样，这是庄严的欲望。史铁生在小说（如一九八六年的短篇小说《我之舞》和一九八七年的中篇《礼拜日》）里描述过心灵的激情和精神的伟力所产生的生命舞蹈，昂扬若狂，震颤心魂。爱情也是一种欲望，也是生命的一个去处。在现实的爱情生活中，史铁生是幸运的。我们读《希米，希米》这首献给妻子的诗，开头是："希米，希米／我怕我是走错了地方／谁想却碰上了你！"走错了地方，这不过是平常的经验，可是史铁生说的也许是：他降生到这个世界上，又遭遇这样苦难的命运，这本是个错误；但是意料之外的相遇和爱情，却使得这个错误变得可以承担、可以经历。在《扶轮问路》里，史铁生写道，想到这句诗的时候，还想到了梵高信中的话："我是地球上的陌生人，（这儿）隐藏了对我的许多要求"，"实际上我们穿越大地，我们只是经历生活"，"我们从遥远的地方来，到遥远的地方去……我们是地球上的朝拜者和陌生人。"

四

"死不过是一个谣言"，这是史铁生《永在》这首诗里的一句；借用这句诗来说，预言未来文学的死亡，也不过是一个谣言。史铁生的辞世，激发出潜藏在许许多多普通心灵中对于文学的珍重和感念，这不是悲观的信息。对于史铁生个人来说，死亡也许确实是解脱的"节日"。在这个"节日"，许许多多普通的心灵以表达对史铁生文学热爱的方式，表达了对于

好的文学的真诚渴求。对于文学来说,这个"节日"就应该包含对这些心灵的承诺、对责任的费心承担。史铁生《节日》的前两句是:

呵,节日已经来临
请费心把我抬稳

从短篇看莫言
——"自由"叙述的精神、传统和生活世界

一

莫言是个有巨大创作体量的作家,他创作上特别引人瞩目的滔滔不绝、汪洋恣肆的叙述特征,也只有给以相当的篇幅,才能得到淋漓尽致的发挥。所以,读莫言要读他的长篇,读《酒国》《天堂蒜薹之歌》《丰乳肥臀》《檀香刑》,尤其是《生死疲劳》。

但是,如果不读他的中篇和短篇,损失未必就比不读他的长篇少。按照一般的理解,篇幅的有限,会"节制"叙述。对于莫言这样一个给人通常印象是"不节制"的作家来说,这就形成了一种"张力",产生出不同于长篇的"艺术性"。这肯定有些道理。但我以为更重要的,还不在这里。

就个人的感受来说,我觉得莫言在写中短篇小说的时候更"自由"、更"自在"——长篇小说篇幅大,但总有一个基本的目标和流程,即便流量巨大如莫言,可以拓宽流域,甚至有时冲毁了堤岸也无妨,但无论如何总得完成自己规定的流程。人们常常不经意地把长篇小说比喻成有一定长度的河流,是有道理的。偶有例外,恰好证明常态如此。但中短篇小说,特别是我这里要谈的短篇小说,是没法笼统地以河流做比喻的。也就是说,比起长篇来,它可以没有"流程""堤岸"的限制,可以做到更"自由"、更"自在"。很多作家更多地感受得到短篇的限制,而较少地感受短篇的"自由",是件很遗憾的事。莫言获得了这种"自由",由"自由"而"自在"。他这样不受限制的时候,我们更容易接近和感触到他文学世界发生和启动的原点，或者叫作核心的东西。

二

莫言的创作始于一九八一年，在最初的尝试摸索阶段，他颇为拘谨地写了几个可以被认可、得以发表的短篇。庆幸的是这个阶段只有短短的几年，20世纪80年代中期的先锋文学潮流和域外现代主义及其之后的文学的影响，给中国当代文学带来巨大的冲击和变化，莫言是受益者，也参与其中；但对莫言来说更有意义的，不是和同代作家共同分享了潮流和影响，而是解放了自己，开始发现自己。我的同事刘志荣把莫言的这一经验过程简练地概括为"经由异域发现中国，经由先锋发现民间"①。我愿意再加上一句：经由别人发现自己。就是说，读福克纳和马尔克斯，不是为了努力地让自己也写得像福克纳和马尔克斯，而是经过他们的启发，把自己从既定的观念和形式里解放出来，发现自己对世界独有的价值，并且发现把这个世界展现出来的自己的方式。"读了福克纳之后，我感到如梦初醒，原来小说可以这样地胡说八道，原来农村里发生的那些鸡毛蒜皮的小事也可以堂而皇之地写成小说。"②这是一种根本性的"恍然大悟"，比起同代有些作家着迷的形式因素（这当然也非常重要，对莫言也重要），认识到原来自己的来路、自己的经验、自己的世界就是丰厚的文学资源，可以而且能够以自己的方式将其转化成自己的文学，这才是意义重大的。

经过三十年的写作，这个世界已经被鲜明醒目而扎实牢靠地标记在了文学地理的版图上，它的名字如今知之者众："高密东北乡"。起初，这个名称悄悄出现在一九八五年四月完成的两个短篇小说里：《秋水》和《白狗秋千架》。这两个作品，分属于莫言创作中的两种类型。《秋水》是传奇性的，那里面的生命张扬、狂野，在世俗的羁绊之外自创天地。"我爷爷"杀人放火，逃来此地，成了"高密东北乡"最早的开拓者——如今回头去看，

---

① 刘志荣：《莫言小说想象力的特征与行踪》，《上海文化》2011年第1期。
② 莫言：《福克纳大叔，你好吗》，见《老枪·宝刀》，上海文艺出版社2000年版，第5页。

我们以"后见之明",或许可以看出作者自己当年也未必清晰地意识到的"象征性":莫言要像他的先辈开辟蛮荒之地一样,开辟和建造文学上的"高密东北乡"。这一家族历史传奇类型的创作,很快就由一九八六年的中篇小说《红高粱》大刀阔斧、壮丽绚烂地铺展开来,达到一种极致的表现。此后仍屡有新篇,蔚然而成浓墨重彩的传奇系列。另一种类型,写的是现实世界,而这个现实世界,是莫言自小就感知和体验、无比熟悉的生活世界。《白狗秋千架》开篇,写久在外地的"我"返回家乡,这个"回去"的行为,或许正"隐喻"了莫言文学自我发现的回归之路:没有"回去",就不会有"高密东北乡"。在早期的部分作品里,这个世界的某些侧面被突出地描述出来:沉重、阴郁、冷漠,周遭遍布残暴、不义、狰狞,人在其间艰难地挣扎着存活,悲怆而发不出一丝声音地呼喊。对于这一类型的短篇,读过之后就难以抹除它们在心灵上的疼痛印记者,不在少数。与《白狗秋千架》同一时期的有《枯河》,稍后有《弃婴》,20世纪90年代初有《飞鸟》《粮食》《灵药》《铁孩》等,而一九九八年发表的《拇指铐》则堪称这一类作品中的杰作。

　　如果你读过一九八七年的《弃婴》,四年之后读过《地道》,那么,二十二年之后看到长篇小说《蛙》就不会觉得莫言是一时起意"抓到"了"计划生育"这么个"题材":这不是外在于自身的"题材",也不是灵光一现"抓到"的,更不是所谓的为了迎合外国人的"口味"而刻意"设计"和"选择"的。这是生命面对生命的痛苦,经过漫长时间的煎熬,最终才得以转化出来的文学形式。《弃婴》最后说,"我"突然想起日本小说《陆奥偶人》的结尾:作者了解了陆奥这个地方的溺婴习俗后,偶进一家杂货店,见货架上摆满闭目双手合十的木偶,落满灰尘。作者联想,这些木偶,就是那些没及睁眼、没及啼哭就被溺杀在滚水中的婴儿。而作为《弃婴》的作者,"我无法找到一个这样的象征来寄托我的哀愁,来结束我的文章。"[①]许多年后,我们在《蛙》里看到了震撼人心的一幕:民间艺人郝大手为姑姑捏出来二千八百个栩栩如生的泥娃娃——乡村医生姑姑在"计划生育"的年代里毁掉了二千八百个孩子,姑父郝大手用泥土

[①] 莫言:《弃婴》,见《白狗秋千架》,上海文艺出版社2009年版,第322页。

塑造出这些未能出生的生命，姑姑把这些泥娃娃偷偷供奉在三间厢房里，烧香，下跪，祝祷。

《枯河》和《拇指铐》，是莫言短篇中最让我痛切不已的两个作品。《枯河》里的那个男孩，在人世彻骨的寒冷中慢慢死去了，死前的记忆，不仅是这个世界的不公和残酷；他从父亲、母亲、哥哥那里也得不到丝毫温暖，反而是更大的暴虐和更深的伤害。他带着对人世的绝望的恨，在黑夜里离去；他脸埋在乌黑的瓜秧里，用布满伤痕的屁股迎接第二天鲜红的太阳。百姓们面如荒凉的沙漠，父母目光呆滞犹如鱼类的眼睛，看着他的屁股好像看着一张明媚的面孔，"好像看着我自己"①——莫言就是那个被伤害的孩子。十三年之后我们又遇见了一个绝望的孩子，他叫阿义，给重病的母亲抓药回来的路上被无端铐在大树上，路过的人搭理或者不搭理他的呼叫，却没有一个人救他脱离绝境。他心里想着等待草药的母亲，自己咬断了拇指挣脱指铐。挣脱的喜悦降临的时刻，死亡也随即降临到这个被折磨得到了尽头的柔弱生命身上。不同于《枯河》中的男孩，《拇指铐》中的阿义是个满怀着爱的孩子，在生命的尽头，他看到从自己的身体里钻出一个赭红色的小孩，撕一片如绸如缎的月光包裹起中药，飞向铺满鲜花的大道。从两根断指处，洒出一串串晶莹圆润的血珍珠，落在玛瑙白玉雕成的花瓣上。"他扑进母亲的怀抱，感觉到从未体验过的温暖与安全。"②

莫言作品中的孩子有一长串儿，以一九八五年的中篇《透明的胡萝卜》中浑身漆黑的男孩最为人知。这个从头到尾一言未发的孩子，有着超常的忍受肉体疼痛和精神痛苦的能力，同时又有着超常敏锐的感受能力。这些不同作品里的孩子，好像是同一个孩子的变体，或者更明确地说，这些不同的孩子，都是莫言童年的变体。这一系列的作品，是从莫言自己刻骨铭心的实感经验中生长出来的，携带着自己生命来历的丰富而真切的基本信息，以文字赋形，造就出自己独特的文学。

---

① 莫言：《枯河》，见《白狗秋千架》，上海文艺出版社2009年版，第185页。
② 莫言：《拇指铐》，见《与大师约会》，上海文艺出版社2009年版，第186页。

三

在以上所说的这两种类型的作品之外,莫言还另有魅力非凡的创作——而这另外的创作,才是我个人更为偏爱,也更想讨论的。

将一个作家的创作划分类型,本来是为了一时说话的方便;但方便也可能生出麻烦。细究起来,类型之间的交叉、重叠、牵扯,你中有我,我中有你,同出一个人之手,一定是剪不断、理还乱的。只能大体而言。我所说的另外的创作,叙述的是日常形态的民间生活世界:不那么传奇,但总有传说和闲言碎语流播其间;是现实的,也充满了苦难,但没有那么极端的压抑和阴冷,苦难里也有欢乐,也有活力,甚至是长久不息的庄严生机;是人间的,但也时有鬼怪狐仙精灵出没,与人短暂相接,似真似幻,虚实莫辨。

这样的作品,占了莫言创作的多数。我前面说莫言创作的"自由"和"自在",最充分的表现,是在这样的创作里。

怎么才能够获得写作的"自由"和"自在",不是件一下子就可以解决的事。先锋潮流和外国文学的影响,是解放的力量,但受益者也可能从一种束缚里解放出来,又陷入另一种束缚而不自知,搞不好解放的力量和形式同时也就变成了束缚的力量和形式。要不为所迷所惑,免受新的束缚,得从根本上找到自己——不仅要找到构建自己的文学世界的"材料"意义上的深厚实感经验,同时还要获得自己的构建方法,以活生生的形式,把活生生的实感经验变成活生生的文学。

莫言从民间生活世界里发现的,不仅是文学的"内容",也不仅是文学的"形式",更重要的是他的文学得以成为属于他自己的自由自在的精神形态。中国的民间太广大了,各地的情况千差万别,不能一概而论。"高密东北乡"居齐地,齐地民间自有一种发达的"说话"(叙述)传统。孔子"不语怪力乱神"(《论语·述而》),在鲁或许可以作训诫、成规矩,在齐地民间就不可能作为守则;鲁国的圣人孟子也不喜欢人胡乱说话,"此非君子之言,齐东野人之语也"(《孟子·万章上》),齐东野语这个成语就是这么来的。讨论莫言的民间,应该具体到齐地的民间来谈。

这种没有条条框框的、随性的、活泼的、野生的民间叙述，其特征、风气和绵延到今天的悠长传统，里面有一种可以汲取和转化为"小说精神"的东西；传统的中国小说，本来就是"小说"，不是"大说"，不是"君子之言"。

二〇一〇年夏天，复旦大学中国当代文学创作与研究中心和哈佛大学东亚系联合召开了莫言文学研讨会。我发言谈莫言"胡说八道"的才华，这种"胡说八道"渊源有自，沟通了民间叙述（包括日常生活中老百姓东拉西扯的"业余"闲话和民间说书艺人的"专业"讲述两个方面），接续了中国小说的伟大传统（这个传统融合了民间叙述的源流和文人创造的个人才华），给当代文学带来了"自由""自在"、生机勃勃的"小说精神"。莫言从一个喜欢听故事、讲故事的孩子，到一个沉迷于中国古典小说的饥渴的阅读者，最终成长为一个写现代小说的作家，他文学的来路历历在目。他有一篇题为《学习蒲松龄》的小说——这个标题多么"不像"小说的名字——不足千字，写的是：我有位祖先贩马，赶着马群从淄川蒲家庄大柳树下路过，给蒲松龄讲过故事。得知我写小说后，祖先托梦来，拉着我去拜见祖师爷。见了蒲松龄，我跪下磕了三个头。祖师爷说："你写的东西我看了，还行，但比起我来那是差远了！"于是我又磕了三个头，认师。祖师爷从怀里摸出一支大笔扔给我，说："回去胡抢吧！"我谢恩，再磕三个头。①借着描述这个三跪九叩的梦，莫言向融会了民间叙述和中国小说传统的家乡先贤致以最深的敬意；与此同时，也把自己放到了一个源远流长的伟大传统传人的位置上，把自己的文学创作放到了一个继往开来的位置上。能够得到这个传统的认可——"还行"——那是莫言的骄傲；得到这个传统的指点和激励——"回去胡抢吧！"——更是增添朝向"自由""自在"的胆量和信心。

《草鞋窨子》出现在一九八五年，在莫言同一时期的作品中，也许受到的关注不如那些趋于极端性的写作那么多。但这样的作品在放纵张扬的极端和凄苦压抑的极端之间的开阔地带，展现出宽广深厚、自有其丰富性的民间生活，日常，本色，朴野有致，烂漫无羁。草鞋窨子就是编草鞋的

---

① 莫言：《向蒲松龄学习》，见《与大师约会》，上海文艺出版社2009年版，第296页。

地窖，冬天有一些闲汉来取暖，凑在一起自然就说些闲话。爱说的，爱听的，多是奇闻逸事，鬼怪狐精。鬼怪里面有一种会说人话的"话皮子"，我小时候常常听人说起，但一直不知道这名字怎么写，读莫言这篇小说才知道原来是这三个字，也才明白了为什么叫这个名字。《草鞋窨子》虽然写了"话皮子"、蜘蛛精、大奶子鬼、抹了中指的血七七四十九天成了精的笤帚疙瘩，却还不能说这就是篇谈鬼怪的作品。不仅因为还有更多的篇幅谈了别的，更重要的是，所有这些都是作为这个民间生活的有机组成部分而出现的，融入了这些普通百姓的生活形态之中。莫言写的，正是这种生活形态和生活世界。小说里出现的人物，各有自身的艰难和苦痛，这些艰难和苦痛并不是他们生活的全部，与精神生活的需求、想象和创造交织在一起，才构成完整的世界。

但也毋庸讳言，莫言是喜欢谈狐说鬼的。《奇遇》《夜渔》《嗅味族》等短篇，都是以第一人称叙述神秘难解的经验。阿城说他听过的最好的一个鬼故事，是莫言讲的。有一次回高密，晚上走近村子，涉水过村前的芦苇荡。不料人一搅动，水中立起无数小红孩儿，连说"吵死了吵死了"，莫言只好退回岸上。第二次蹚到水里，小红孩儿们又从水中立起。反复几次之后，莫言只好在岸上蹲了一夜，天亮才涉水回家。[①] 我们不妨猜测，在莫言的世界里，这种神神鬼鬼的事情，要比我们以为的更加真实。莫言对人的知识和理性不能理解的另一个世界，是心存敬畏的；现代人把这叫作"迷信"，而鲁迅早就说过，"迷信可存"[②]。因为"迷信"源远流长，联通着人的精神"本根"和"神思"，完全铲除了，民间生活的完整性就被破坏了。莫言"高密东北乡"的文学世界里，好在还有鬼怪们的一席之地，它们活泼地参与到了民间世俗生活之中。

民间的历史和现实中不乏奇人奇事，或许真实的存在是一个层次，进入口耳相传、代代相传的传说中是另一个层次，如此才能获得更长久的生命力和愈加非凡的魅力。今天网络语言流行的"某某早已不在江湖，江湖上还有某某的传说"，意思庶几近之；由传说而进入文学，又是一个层次。

[①] 阿城：《闲话闲说》，作家出版社1998年版，第93页。
[②] 鲁迅：《破恶声论》，见《鲁迅全集·第8卷》，人民文学出版社1981年版，第28页。

莫言也喜欢写"高密东北乡"的奇异之人，稀罕之事，《良医》《神嫖》就是。更有意思的还不是单写某个或某些传说，而是写传说的同时也写出了传说的生成过程。一九九八年的《一匹倒挂在杏树上的狼》就展现了这样的过程。深更半夜一匹狼跑进村庄，被打死后挂在杏树上，天亮后男女老少都来围观——此地狼早就绝迹，人们或许只在连环画上见过狼的样子。从哪里来了这匹狼？闯过关东的章大叔绘声绘色，从狼的断尾巴讲起，讲了一个他和这匹狼之间的冤仇故事。这匹被章大叔在长白山铲断了尾巴的狼，用十三年的时间，翻山越岭，千里寻仇，来到了高密的一个小村庄。这样的故事，能信吗？那就要看讲述的功夫了。虽然不断有人疑问，章大叔都能一一解释，疑问反倒成了让讲述更加可信、完美和精彩的助推器，让人听得更加如痴如醉。小说不仅让我们看讲述的内容，而且同时让我们看讲述本身。传说也正是由这样的讲述而产生的。章大叔的讲述充分施展了语言的魔力，语言综合了现实经验和离奇想象，综合了真和假、实和虚，综合了个人的私心和集体的意愿，甚至综合了它自身的处处破绽和天衣无缝，留下这么一个语言的过程，留给读者去判断和感受。

莫言当然是一个对语言有多方面特殊敏感的作家，二〇〇四年的短篇《普通话》，聚焦于普通话和方言土语之间的博弈，在角力的过程中透视语言内含的权力关系，叙述不同语言权力之间的竞争、冲突和此消彼长。而语言使用者的命运也随之兴衰起伏，为此而付出的代价沉重得超乎一般人的想象。莫言审视现实中不同语言的交锋，目光尖锐冷峻；而不论说普通话的人还是说方言土语的人，他们的遭遇，都让人内心疼痛不已。

四

"自由""自在"地写作，使莫言的小说呈现出多种多样的面貌。有时下笔千言，离题万里，但三兜六转，又回到了本题，如二〇〇三年的《木匠与狗》；有时惜墨如金，不铺展不声张，或者无头无尾，或者无过程无因由，却蕴蓄了千言万语，如二〇〇五年的《小说九段》。有时小说写得特别"像小说"，有时小说写得特别"不像小说"，又有时"既像又不像"，似乎本该是分属不同文体的文字，现在却共处在一个文本空间里，让你觉得是随兴所至,天马行空;但同时它们凑到一起又是因缘际会,随物赋形,脚踏实地而来。我是很喜欢那些"不像"和"既像又不像"的小说的作品,如一九八七年的《猫事荟萃》,一九九八年的《蝗虫奇谈》。我们之所以会觉得"像"与"不像",是因为心里有个小说的成规、标准、观念,而这些成规、标准、观念是怎么形成的,其实大有反省的余地。这是个大问题,只好另外再讨论。但成规、标准、观念是可以松动、改变、丰富的,甚至可以去冒犯、破坏、重建,这样小说才会有新的活力和长久的生命。

最后稍带几句似乎是题外话的想法。莫言获得诺贝尔文学奖之后,马上有人提出中学语文课本应该选他的作品,有关方面的反应也很快,说正考虑选用《透明的胡萝卜》。这当然是莫言最好也最有声名的作品之一,但中篇的篇幅,课本自然是要节选的。我对节选总是带有难以克服的偏见。有一次王安忆跟我说起,《大风》特别适合选入中学语文课本,我太赞同了。这未必是能代表莫言文学突出特征的小说,但却是很"像小说"的小说。篇幅短小合适不说,语言、结构、意义、情感,用中学语文教材的苛刻条件来衡量,也绝无不符合的地方,在此向课本编写者推荐。

人人都在什么力量的支配下

——读莫言《生死疲劳》札记

一

《生死疲劳》写中国农村半个世纪的翻天覆地，折腾不已，非有大才如莫言者不办。以文学写历史，文学如果孱弱、驯服、低眉顺目，就只能是服侍历史。这样的服侍我们见多了。我们也见过了一些对历史使性子的，往往不过是在服侍的时候使性子，小性子而已。我们何必读这样的文学，而不直接去读历史？可叹我们也未必有多少写出来这五十年生死疲劳的历史书可以一读。那文学就更不必对那些概念化的、官样化的、空洞的没有血肉的历史叙述摧眉折腰。莫言放笔直干，让西门闹堕入六道轮回，投胎转世变驴、变牛、变猪、变狗、变猴、又变人，一而再再而三地介入和见证人间的纷纷扰扰、争争斗斗。叙述滔滔不绝，以充沛的能量，极尽夸张想象之能事，酣畅恣肆，穷形尽相。

二

莫言的"极写"，夸张和想象，却不离历史和生活的真实。小说的起点是西门闹"土改"时被杀，然后才有人畜轮回。现在的年轻人是闹不清"土改"是怎么回事了，这让我记起以前读过的两个人当时对此的记录。

一个是张中晓，20世纪90年代出版他50至60年代写的《无梦楼随笔》，思想文化界才突然发现了当年这么一个年轻的思想者。一九五一年，他贫病交加，在绍兴乡下给胡风写信，说到当地"土改"的情况。

另一个是沈从文，他随同北京的工作团到四川"土改"，一九五二年一月的一封家信里写道："今天是四号，我们到一个山上糖房去，开一个五千人大会……地主多已穿得十分破烂，看不出特别处。一般比农民穿得脏破，闻有些衣服是换来的。群众大多是着蓝布衣衫，白包头，从各个山路上走来时，拉成一道极长的线，用大红旗引路，从油菜田蚕豆麦田间通过，实在是历史奇观。人人都若有一种不可理解的力量在支配，进行时代所排定的程序。"①

"时代所排定"的这项"程序"，在莫言的小说中还只是开始。大幕揭开，好戏连台。

三

第二部第十七章《雁落人亡牛疯狂，狂言妄语即文章》，时间已是"文革"初期，写的是农村集市上的游街示众，"打倒奸驴犯陈光第！"的口号经过宣传车上四个大功率高音喇叭的放大，"成了声音的灾难，一群正在高空中飞翔的大雁，像石头一样噼里啪啦地掉下来。……集上的人疯了，拥拥挤挤，尖声嘶叫着，比一群饿疯了的狗还可怕。最先抢到大雁的人，心中大概会狂喜，但他手中的大雁随即被无数只手扯住。雁毛脱落，绒毛飞起，雁翅被撕裂了，雁腿落到一个人手里，雁头连着一段脖子被一个人撕去，并被高高举到头顶，滴沥着鲜血。"②随后，混乱变成了混战。

这一段落如此下笔：写"宏大的声音"震落大雁，写大雁遭群众撕扯疯抢，写疯抢的人群互相伤害……其情其景，何种词语堪用？贪婪的、野蛮的、惊愕的、痛苦的、狰狞的、嘈杂的、凄厉的、狂喜的、血腥的、酸臭的、寒冷的、灼热的……平息之后，"原先万头攒动的集市上闪开了一条灰白的道路，道路上有一摊摊的血迹和踩得稀烂的雁尸。风过处，腥气

---

① 沈从文：《致沈虎雏、沈龙朱》，见《沈从文全集·第19卷》，北岳文艺出版社2002年版，第267页。

② 莫言：《生死疲劳》，作家出版社2006年版，第133页。

洋溢，雁羽翻滚。"①

再过几章写西门牛杀身成仁，人性更是不堪形容。这头牛的能力本足以反抗，却绝不反抗；不反抗也可屈服，却绝不屈服。如此就只能忍受众人的鞭抽，被另一头牛拉断鼻子，被火烧焦烧臭皮肉。惨痛酷烈，人的不忍之心却荡然无存。

四

西门闹第三次投胎，转世为猪，其时人民公社正大养其猪，可谓恰逢其盛。小说的这一部写得颇有歌舞升平的气象，月光下常天红试唱《养猪记》华彩唱段，时代的景象（幻象）和意念（妄念）跃然而出：

> 第一句台词是"今夜星光灿烂"，第二句是"南风吹杏花香心潮澎湃难以安眠"，第三句是"小白我扶枝站遥望青天"，第四句是"似看到五洲四海红旗招展鲜花烂漫"，第五句是"毛主席号召全中国养猪事业大发展"，接下来就连成了片："一头猪就是一枚射向帝修反的炮弹小白我身为公猪重任在肩一定要养精蓄锐听从召唤把天下的母猪全配完……"②

"草帽歌伴奏忠字舞"可谓神来之笔：公猪爬跨到母猪的背上，啦呀啦的草帽之歌轰然而起，全无妒意的母猪互相咬着尾巴，围成圆圈，在草帽之歌的伴奏下，围着交配的猪跳舞。

这头位在全猪之上的公猪，技能、力量、智慧，都不可以"凡猪"视之。时光推移，它逃出人的管辖，到一个沙洲上的一群野猪中间称王；后来爆发一场人猪大战，流落后又独自复仇，最终勇救儿童而身亡。桩桩件件，不可以常理度之。

天下可有这样的猪？当然是小说家的夸张与想象创造了这样一头猪。

---

① 莫言：《生死疲劳》，作家出版社2006年版，第133页。
② 莫言：《生死疲劳》，作家出版社2006年版，第307页。

但你也别以为小说家言就全不可信,就全是无稽之谈。

如果你读过王小波的《一只特立独行的猪》,就不会觉得莫言是瞎扯了。王小波写的可是散文,不是小说。他在云南做知青时喂过这么一头猪,已经四五岁了,长得又黑又瘦,两眼炯炯有光。"吃饱了以后,它就跳上房顶去晒太阳,或者模仿各种声音。它学会汽车响、拖拉机响,学得都很像;有时整天不见踪影,我估计它到附近的村寨里找母猪去了。"后来它学会了汽笛叫,而汽笛一叫干活的就收工回来。"以后我在甘蔗地里还见过它一次,它长出了獠牙,还认识我,但已不容我走近了。这种冷淡使我痛心,但我也赞成它对心怀叵测的人保持距离。"①

五

《生死疲劳》的核心当然是写人,不是写畜生。小说里那么多人物,纠缠复杂,经过那么长的时间和那么多的事件,男男女女,恩怨情仇,难解难分。这些人物,不说也罢。

唯有其中的一个,蓝脸,与众不同。他是全国唯一的单干户,试图活在时代之外。群众集体在太阳下热闹地劳动,他在月亮下孤单地侍弄他的一亩六分地。当然为了保住他的单干,他必须付出代价。月光下他的两只眼睛射出忧伤而倔强的光芒。他挥动竹竿驱赶毒蛾,用这种原始而笨拙的方式保护自己的庄稼。他死的时候埋在自己的土地里,墓穴里撒的是这块土地出产的各种粮食。

《生死疲劳》里的人物,活得多么闹腾啊。随着时代的变化,闹腾层出不穷,人生的戏剧使人目不暇接。小说的叙述太闹、太密、太多、太快、太曲折、太剧烈、太悲惨、太惊心动魄。这半个世纪的历史,不就是这样?这半个世纪的人心,不也是这样?

可是回过头来,看看蓝脸那一小块土地,上面排满了一座又一座的坟

---

① 王小波:《一只特立独行的猪》,见《沉默的大多数》,中国青年出版社1997年版,第164—166页。

墓。算一算，有十几座吧。那岂不是，所有的闹腾都被土地吸收了，最终归于静默，静默连着静默？

莫言没有着意去写这种巨大的静默。但千言万语，所归何处？为什么要有这千言万语啊？难道只是为了热闹而热闹，为了惊心动魄而惊心动魄？在普通人的苦口婆心和佛的普度众生之间，是小说家和小说的大悲悯。这大悲悯连接起千言万语的热闹和最终巨大的静默。小说的台湾版比大陆版多出一个后记，其中莫言说："只有正视人类之恶，只有认识到自我之丑，只有描写了人类不可克服的弱点和病态人格导致的悲惨命运"，才能真正产生惊心动魄的大悲悯。由此而言，书前引的话——佛说："生死疲劳，从贪欲起。少欲无为，身心自在。"——并非可有可无。

沈从文感叹"人人都若有一种不可理解的力量在支配"；莫言也有此问，并把此一问题化为长篇叙述所要追究的核心。有心的读者当然能听到，在叙述的内部回响着这样的声音：半个世纪轰轰烈烈的大戏，人人都是在什么力量的支配下上演各式桥段，跌宕起伏，一个高潮接着另一个高潮？至于什么时候才能够从生死疲劳中解脱，身心自在，恐怕还是下一步的问题。

惩罚和被惩罚，被伤害和伤害别人

这次讲余华的一个短篇，《黄昏里的男孩》，是一九九七年发表的。当年读这个作品的印象，经过二十多年，非但没有被磨灭，反倒在时间的淘洗之后，愈发清晰了。20世纪90年代，我和陈思和老师等编选《逼近世纪末小说选》，这个短篇编在第五卷。

小说非常简单，故事的起因是一个小孩从水果摊偷了一颗苹果，这样的小事一般来说不太可能成为起因，因为通常不会引发故事，不足以推动故事的发展。但余华以相当冷静、简洁的语言，叙述了一个堪称触目惊心的过程。这个过程就是摊主孙福对男孩的惩罚过程。本来这个过程随时都可能终止的，可是却一次一次出人意料地不断往下发展。其情形似乎是，一旦走上了某种轨道，就会顺着惯性不可遏止地往下滑。

小孩因为饥饿偷苹果，孙福抓住他后，卡住他的脖子，让他把吃到嘴里的一口苹果吐出来，一直吐到连唾沫都没有了为止，这是第一个环节；第二个环节，扭断了男孩右手的中指；第三个环节，把他绑在水果摊前，要他喊叫："我是小偷。"直到天黑收摊。

我们不禁要问：这个使惩罚不断发展的轨道和惯性是什么？

小说在叙述孙福惩罚男孩的同时，特别叙述了他所做的道德化表达，对照上述的惩罚环节，他说的是：

"我这辈子最恨的就是小偷……吐出来！"

"要是从前的规矩，就该打断他的一只手，哪只手偷的，就打断哪只手……""对小偷就要这样，不打断他一条胳膊，也要拧断他的一根手指。"

"我也是为他好。"

就是这一类冠冕堂皇、充分社会化的理由，使他的惩罚越来越严厉，越来越残酷。也就是说,能够被普遍接受的道德戒律成为发泄恶和残酷的借口。

到后来,他不再为自己失去一颗苹果而恼怒,倒是心满意足地欣赏和陶醉于自己的惩罚"艺术"了。

这惩罚也真是"艺术"。不仅需要找到最理直气壮地实施惩罚的理由——这理由是现成的,也就是早就有了的"规矩",拿来用就是;而且需要有欣赏这种"艺术"的观众:有人围上来看,孙福就会兴奋起来,就会刺激他继续表演下去。要男孩自己喊叫"我是小偷",当众自我羞辱,是这种惩罚"艺术"中的精华。

惩罚别人是有快感的,换句话说,作恶是有快感的。这种快感也会成为引发和推动恶的力量。孙福的兴奋,和这种兴奋的持续,把这种有快感的施恶的过程展示了出来。

值得注意的是,在整个惩罚过程中,男孩没有反抗,只有接受和顺从。他没有能力反抗:这不仅是说面对孙福,他没有身体的力量;而且面对公共的社会伦理的"规矩",他更没有力量。

惩罚过程结束,故事也就结束了。可是小说到这里出现一个大转折,以极其俭省的文字叙述了孙福的遭遇,掀起过去生活的一角,使读者窥见如泛黄的黑白照片般的似乎已经风化了的苦痛和磨难。

很多年前,孙福曾经有过一个还算和美的家庭,可是生活和命运"偷"走了几乎一切:先是五岁的儿子沉入池塘的水中,再是年轻的妻子跟着一个剃头匠跑了。

从过往的经历,似乎可以解释孙福的"恨",他"最恨的就是小偷"。一个受到伤害的人,伤害郁积,扭曲性情,很容易产生报复的心理和行为,而报复的对象,往往是比自己更无能、无力的人。这样,一个受伤害的人就变成了伤害别人的人。

我不想把这个故事的意义普遍化,但我还是要说,这种情境可能发生在我们任何一个人身上——

我们每个人都可能成为孙福,被生活的磨难所改变,以扭曲的方式,以堂皇的理由,发泄对于生活的怨恨和报复;我们每个人也都可能是那个没有名字的男孩,不知什么时候就会陷入以公共的、抽象的、高高在上的规则为名义的围困当中，接受惩罚，无力反抗，无法辩驳。

还有一种更可怕的情况：那个被折断了手指的男孩，将来会不会也把自己所受的伤害郁积成伤害别人的力量？也就是说，那个男孩，将来会不会变成孙福？这样的人性变态的过程，或轻或重，或隐或显，会不会发生在我们身上？

想到这些问题，我们再来读惩罚过程完成后的一段文字，实在不能平静：

> 男孩向西而去，他瘦小的身体走在黄昏里，一步一步地微微摇晃着走出了这个小镇。有几个人看到了他的走去，他们知道这个男孩就是在下午被孙福抓住的小偷，但是他们不知道他的名字，也不知道他来自何处，当然更不会知道他会走向何处，他们都注意到了男孩的右手，那中间的手指已经翻了过来，和手背靠在了一起，他们看着他走进了远处的黄昏，然后消失在黄昏里。

"内在于"时代的实感经验及其"冒犯"性
—— 谈《兄弟》,并谈《兄弟》触及的一些基本问题

一、"内在于"这个时代的方式,时代的"象"

张新颖:《兄弟》这部小说出来以后,引起了非常激烈的批评;如何评价这部作品,存在着相当大的分歧。我觉得这是个很好的事情。因为有这个分歧的话,可能会使讨论显得更有意义一些。我们在这个分歧的背景下,觉得还有话可说,就来说说我们自己的意思。

首先就是,为什么会有激烈的批评意见。一个作品会引起激烈的批评,这里面一定触及了什么东西。如果无关痛痒,不可能引发激烈的反应。

刘志荣:这半年我很少读评论,还不太清楚批评意见主要针对什么。有没有这样一种可能:许多人因为对小说(尤其是下部)表现的世界不满,反过来把这种情绪性的反应发泄到了小说本身上?这是首先需要区分开来的。其次,这个小说一定要读完上下两部才能做出一个整体性的理解和判断;因为你对上部的阅读印象可能完全不适用于下部;反过来,读完下部之后,你可能会对原来对上部的理解做些调整。

我对这个小说总体评价蛮高的,尤其是下部。从我自己的阅读感受来讲,上部出来的时候,我觉得还在水准线上,但不是很恭维。为什么呢?我觉得上部有两个问题:一是感觉写得太流畅了,所有的东西,都很符合大家对"文革"的想象,叙述一路下来,一切都理所当然、顺理成章,读起来可能很流畅,但这样的文学总是让人有些怀疑;第二个感觉就是余华把读者的心理把握得太透了,作为一个有经验的作家,他已经到了这样

一种程度。就是说,他写的东西读者读到这里会有怎样的反应,他心里完全一清二楚,所以有时候他几乎是在有意识调动这种东西,有迎合读者或者煽情、滥情的成分在里面——而这是严肃的作家首先应该避开的诱惑。读完上部我其实对余华捏了一把汗,因为这几乎就是个危机:叙述光滑顺溜,丝毫没有遇到阻碍,没有一点生涩,对作家来说很可能是致命的。因为这几乎意味着在失去对世界的新鲜的感受,有变成一个熟练但平庸的匠人的危险了。

不过当时我还不想轻率地做出判断,因为小说是对位式的结构,我想等下部出来看看再说。小说的下部出来后,我看了很振奋,觉得下部写得很好,里面有新的东西。好的地方是余华写出了我们这个时代的"象":余华抓住了一个人人心中都有、人人笔下都无的东西。一路叙述下来,便写出了他感受中的我们这个时代的气息、我们这个时代整体的状况,至少是在最有代表性的方面。和上部严肃的感伤语调不同,下部的语调是谐谑式的,诙谐、调侃的语调,这个语调也是对的。他对时代最基本的感受是对的。

这样读下来,我觉得这部小说的下部挽救了上部,下部光彩夺目、卓尔不群、熠熠生辉,彻底提升了小说的水准,也改变了我对整部小说的理解。

张新颖: 我基本上同意这个看法。因为不少人评价这部小说写得很差,在这个差的基础上,认为上部比下部好。但是我跟你一样,正好颠倒过来,我觉得上部还不错,下部写得非常好。下部一定是比上部好的。像你刚才说的,他把握住了这个时代的"象",这就很有意思。他怎么把握住这个"象"的?他通过一种什么样的方式把握住这个"象"的?而且这样的方式跟我们传统的用文学把握时代的方式,有什么不一样的地方?

我有一个想法,这个问题是可以展开讨论的。余华自己说他的这个作品是对这个时代"正面强攻"的作品,他用的这个词不准确。"正面强攻"还是一个比较传统的说法,我认为他作品的意义比他自己说的这个"正面强攻"还要好。他处理时代的方式是一种"内在于"时代的方式。什么叫"内在于"时代的方式?我们以往谈文学和时代,谈到文学要处理这个时代的话，我是站在时代之外的；站在时代之内也至少是站得比这个时代高，对这个时代有一个反省的角度。有的时候知识分子色彩更强一点，我是带着一种批判的眼光，或者思考我要从这个时代寻找什么历史规律等等。"表现时代"和"时代本身"这两个东西有意地拉开了距离。我们以往的观念是，只有拉开了距离才能进行创作。在这个拉开距离的过程中，你要表明你的立场、观点、看法。当然我这样说比较简单。《兄弟》好就好在，它跟这个时代没有距离。没有距离的意思就是说，这个作品本身，还有这个作品的写作本身，以及这个作品的出版、出版以后引起的反应，这些东西都是这个时代的一部分，没有跟这个时代拉开距离。如果用你那个"象"的话来说，这个作品所引发的一系列"现象"，也是这个时代乱七八糟的"象"里面的一部分。

有时候我们会想这样的问题：文学怎么样才能表现这个时代。我觉得有两种方式。一种是高屋建瓴的，我可以站在一种透视的、反省的、批判的角度，这个是我们比较熟悉的方式；另外一种是，你本身先要承认你就是这个时代的一部分，然后把这个时代各种各样的东西，当然包括这个时代本身不好的东西，一块儿呈现出来。假设我们对这个时代不满的话，我们并不是在外面看着里面对里面不满，而是我们自己就在这里面。就像你刚才说的，有很多人对这个作品的不满其实是对这个时代的不满。这个时代是很混乱的，有很多病的，如果把它比喻成人体的话，这个人体内有很多不健康因素。这是一个有很多病的时代肌体。面对这样一个有很多病的时代肌体，我们习惯的是用一个医生的眼光，去看哪里有什么问题。但是我觉得余华用的是另一种方式，他本身是作为一个病的成分出现的。假如这个时代是一个病人的话，这个时代的作品或者这个时代的写作，都是这个病人身体的一部分。

为什么听说一个作品是表现一个时代的，我们差不多本能的反应就是会很讨厌呢？我们讨厌的那个东西到底是什么？仔细想想，我们有时候讨厌的就是那种自以为他是医生，他可以对这个时代做出诊断，或者说自以为他可以跟这个时代拉开距离的态度。其实我们都是处在这个时代的人，都是这个时代的一部分，不管你采取什么样的态度和行为。但是我们，特别是知识分子或者作家，有时候会产生一种虚幻的想法，觉得自己有能力，可以凭借思想的力量精神的力量，或者有时候只是一种稀奇古怪的想法，来拉开自己与时代的距离，或者站得比这个时代高。这种想法其实是未经质疑的。

《兄弟》下部好就好在它跟这个时代是没有距离的。从这个意义上来讲，我觉得它是一个"内在于"这个时代的作品。这个下部里面写了很多乱七八糟的东西，从那个家伙发财开始，到发财之后做的各种各样乱七八糟的事情，以及社会上流行的事情——倒卖垃圾西装、推销保健品、选秀大赛、看韩剧，诸如此类，基本上是20世纪90年代以来中国发生的事情。在这个"万象"里面，也有这个作品，这个作品也是这个"万象"的一部分。

刘志荣： 我先从我的角度来理解你这个"内在于"时代的说法。这个讲法大概还不是"象"的问题，而是说它跟这个时代的气脉是通的。它对这个时代的每一个部分的感觉都是对的，它跟这个时代是息息相通的。

这种气脉贯通当然非常重要，因为和时代不隔。我自己一直有一种感觉，就是这个时代，我们看到那么多稀奇古怪的现象，很多混乱的、不搭调的东西搅在一起——有些东西似乎根本搅不起来的，但就是硬被嫁接到了一块儿，然后出来就是现实。我以前经历过一个笑话——我觉得是笑话，但身在里面的当事人不会觉得是好笑的——有次我跟朋友在五角场附近的湘菜馆吃饭，那天吃得很晚，吃到下午三点的时候，看到他们把服务员叫出来排成一队进行训练。按道理这是一个资本主义的企业吧？但它的管理方式，训话的方式，是让服务员排成一排，唱《走进新时代》，一边唱一边跳集体舞——那些服务员都是一些天真可爱的小姑娘，还是蛮高兴的。但我不知怎么就想起"忠字舞"来，加上墙壁上伟人的各式照片，更不知今夕何夕。类似情况其实蛮多的，很多本不相干的、互相犯冲的东西硬掺到一块儿。我们从20世纪90年代以来，就有很多这种很夸张、很奇怪、有点荒唐的东西，给人一种强烈的时代错乱的感觉。以后给后人们讲起，他们是不会相信的。但就是这样的混乱、荒唐、不搭调、夸张，发生在中国，错乱，却真实。

我想其实很多作家都想把握住这一点，而且多多少少都采用了有点荒诞的方式去描述这些东西。比如说像莫言的《四十一炮》，从那个小孩子喜欢吃肉,到那个肉联厂怎么胡乱地黑心加工,到最后这个小孩子在想象里面如何发出四十一颗炮弹,把仇人打死。还有比如阎连科的《受活》里,那样夸张的表现方法,都是有点荒诞的。但是这些荒诞的表现方法,一直有一点让我不太满意。从实际情况来讲,现实本身就是荒诞的,我们现在的社会本身就给我们提供了非常多荒诞的东西,这些东西随手撷来就是文章,不用太加工的。但是我很奇怪当代作家一直没有把这一点做得很好,没有把荒唐的现实直接地表现出来。包括莫言,阎连科的小说,我都有点不满意,觉得技术加工的痕迹有些明显,而且太过夸张了点,反而觉得把握得不是很好——不用太夸张,现实本身就很夸张。

但是余华的这部小说我看了之后很振奋,尤其是下部,他写的其实是现实,但有一种奇幻的效果——他把这个时代很荒唐的一面把握得非常好,但是这个东西又是通过比较实在的方式写出来的——不失分寸。仔细去看的话,小说里面所有的材料可能都是直接来源于现实生活的;问题是余华对这些很敏感,他把现实中的东西很直接地写出来,很荒唐,但又是现实的——我们这个时代的现实本身,经常就是奇幻的——用严锋和余华讨论中的话来说:我们这个时代最大的现实就是超现实。就说我们现在谈话的这个双子楼,这样的摩天大厦突然之间就在一片低低矮矮的教学楼、办公楼中拔地而起了,在校园里这样突兀。我每次从楼下走过时都觉得不真实,老想起《指环王》中的《双塔奇兵》。

我刚才说余华很敏感,对他来说,这些也许就是妙手偶得的。他也许就是凭着自己的感觉,觉得这个有意思,就去写。写出来的东西就是和时代贯通的,同时又自然地形成了对时代的整体理解——这个理解就是我说的余华抓住了这个时代的"象"。至于你讲的,他是完全"内在于"这个时代,我略略有些不同的看法。"象"总是要对这个时代有所超越才看得出来,完全陷在时代里面其实是看不出来的。当然即使有所超越也要知道自己还在这个时代里面——王国维有名的词句:"试上高峰窥皓月,偶开天眼觑红尘。可怜身是眼中人。"但岂可没有"窥皓月"之心呢?看明白一点,就超越了一点了,自己也会一点点变化,用力的方向也会不一样。

但我也同意你的观点,这部小说不是从一种理论、一种立场、一种外在的观点去透视、批判、反省时代的小说。那一路小说致命的问题在于不是从实感经验中来的，于身不亲，不贴肉，不贴心。而且其理论、立场的优先权并非不证自明，问题更是多多——因为从一个固有的概念出发，很有可能你高高在上的理解和判断，其实是你的偏见，是一种很外在的东西，"气"不通，"象"不对。

所以要讲"象"，就一定要和这种思维方式区分开来。"象"这种思维我也是这两年才稍稍有些体会，很难说清楚，而且体会得还不一定对，还是在具体的语境中来说吧。就《兄弟》这部小说来说，我说这部小说写出了时代的"象"，是说它既是从实感出发、和这个时代气脉贯通的，又能看出它的总体——此之谓得其"象"。它不是死板的理论、教条、概念，而是活的，因为你所得的这个总体里面的主要因素都是活的，会有生有死的。有生有死，就有变化，主要因素变了，时代的"象"也变了，但不是马上就死的东西，而是这个时代还在它就还有生命力的东西。把握住这些活的东西，方能得到一个时代的整体——这些用过去的概念、理论去讲，就讲成"时代本质""时代精神"了，那样就讲死了。不是本质，而是一些因素，时代过去它就变了，有的死了，有的活了，有的由显而隐，有的由隐而显，附庸会蔚为大国，大国也会式微，周流六虚，变动不居。

但既"内在于"时代，又对时代有所超越，也可以是统一的，为什么就不能有一种"内在而又超越"的视点和精神呢？写作《兄弟》下部的余华可能是从感觉出发的——这也对，总是抓住最能让他兴致盎然的东西去写，至少有个好处：不隔。但他也不是完全陷在时代里的。说到这里，差强人意的上部的意义就显了出来，他写当下这个时代其实是有一个参照的，只是这个参照是一个过去的参照。所以多多少少，《兄弟》的下部其实是要从一个对这个时代有所超越的视点才写得出来。我个人觉得余华其实是超越性的一面不足，如果他有一种有生命力的东西，或者一种精神性的东西作参照的话，小说的"象"也就变了。

二、"直接"的能力和"文学化"的阻隔

张新颖：你等于是一下子把要讲的都讲完了，还是要一点一点地来讲。我补充一下"内在于"时代这个说法。"内在于"时代并不是完全认同这

个时代，或者完全混同于时代。他对这个时代也有感知、认识，也有不认同、不妥协，也有反省、批判，也有欢乐和痛苦，但是这些都是在时代里面做出的。他的感知、认识、不认同、不妥协、反省、批判、欢乐、痛苦也把自身包括在内，这是和自以为可以置身时代之外或之上完全不同的。也正是因为里面包含了自身，所以他的感知、认识、不认同、不妥协、反省、批判、欢乐、痛苦，才贴心贴肉，有实感。

你说到"内在而超越"，我对"超越"是持审慎的态度的。"超越"当然是好，但是很危险，因为一搞不好，就和这个时代脱离了，和实感经验脱离了。也许我们可以把它叫作"内在的超越"？我是宁肯要那种不超越的实感，也不要超越的空泛。

刘志荣：我完全赞同你持审慎的态度，但我还是坚持要这个超越的向度，否则会完全陷入时代里去——当然真正的超越一定不是空泛的，而是以实感经验为基础、和生命血肉相关的。再说下去容易空泛，还是拉回来，谈具体的问题。

张新颖：接着说你说的"象"的问题。为什么时代的"象"会进入到余华的作品里，而不在其他作品里？他的作品是"直接地"进去，这个"直接"很重要。我觉得这是一种能力。在我们的文学里面，"直接"这种能力很大程度上丧失了。我们要讨论，"直接"的能力为什么会丧失？我们这个时代，就像你说的，随手抓出来就是一个很好的东西，为什么不随手抓呢？

刘志荣：是，这也是我觉得奇怪的地方。我也想不通到底是什么东西在阻碍。

张新颖：这个就是"文学"啊。"文学"制造了距离，"文学"本身就是距离，"文学"就是使你不能直接表达事物的一种东西。这是我们从20世纪80年代以来培养起来的"文学"的观念和"文学"的制度。我们的作家脑子里面就有这样的东西，有这种条条框框。其实，这个东西也是未经质疑的。

余华写这个下部，怎么会写得这么快啊？哗啦哗啦就写出来了。这个写得快，是很好的，不是说他的态度草率或者什么。因为"直接"，才能快；所以能够如此，就是因为他去掉了那个横亘在中间的东西，那个"距离"，那个"文学"，那个"文学"的观念。为什么有些人强调从"文学"的角度来评价余华的作品，觉得很差？这个"差"，就是因为余华把那个"文学"不要了。也就是说，他"冒犯"了"文学"，《兄弟》的写作"冒犯"了"文学"。我觉得这种"冒犯"是很好的。

他是通过什么样的方式"冒犯"的？通过"直接"把现实放到作品里面的方式。你想，如果你"直接"就把现实的东西放到"文学"里面的话，那还要"文学"做什么？很多作家都会有这样的疑问。"文学"一定是要对现实进行变形，转换，超越……总而言之要进行技术化处理，重新分解、排列、组合。但是有了这些过程之后，"文学"里面的现实就已经不是现实了，已经不是一个"直接"的东西了。余华放弃了这个过程。所以有的人会指责说，写这些东西有什么了不起啊，会指责说，余华不过是从报纸上看到一个什么消息，然后写出来。按理说这是没有什么了不起，但是在我们已经有了"文学"的观念和制度之后，能这样写，这就是了不起的。因为他把中间横亘的东西去掉了。你说为什么"气"是通的，或者"气"是不通的？一个东西阻在那儿——还不只是一个东西，这个东西会连带进来层层阻隔的——它的"气"就是不通的。

刘志荣：那你讲的文学的阻隔，是不是就是指文学的夸张、变形和组织现实那样一种东西？

张新颖：不能这么简单地说。余华的《兄弟》里也有夸张、变形、对现实的组织，我说余华放弃了"文学化"的过程，是说余华放弃了按照未经质疑的"文学"观念来"改造"现实的过程，并不是说余华的小说中就没有文学的处理方式。这里我们可以假设一种简单的区分：一种是把现实"文学化"，重心在"文学化"，"文学化"不仅是手段，而且是标准，是目的；另一种可能的方式是，现实带着它自身的形状进入文学，此时当然也有文学的处理，但文学尊重现实本身的性质和样态。文学不强求现实服从于既定的文学观念和处理方式，因而，不仅是现实本身得以呈现，而且可能因此构建出一种不同于既定文学观念和处理方式的文学。这样也就使现实真正成为文学的资源，反而成就了文学。

前一种把现实"文学化"，之所以会在现实和文学之间产生一种阻隔，是因为"文学化"就是要和生活不一样，不管通过一种什么样的方式。滥情的小说，是通过一种煽情的、挑逗的方式；先锋小说，是通过一些手法来制造一种陌生化的方式；传统的批判现实主义小说，则是要通过建立起一个对现实的整体关照，在这个整体关照的基础上来描写现实，这样一种方式；现代主义小说，也有一种跟现实主动疏离的方式。总而言之，就是这样一些"文学"的方式。当"文学"产生自觉以后——不知道是从什么时候开始的——它就是在逐渐建立它与现实的距离。为什么要跟现实建立距离？它要保持它自己的"独立性"。如果你把这个距离取消了，抹杀了，那还要"文学"干什么？所以现在很多作家提出疑问。这个现实多精彩啊，你去看现实就可以了。如果拿现实和文学作品对比的话，他们认为这样的对比是不公正的，所以总是强调文学是有它的"独立性"的。

三、文学怎样理解"现实"，《兄弟》的叙述

刘志荣：你说得很切中要害，但在这里其实是会遭遇到疑问的。我们有必要把讨论细化一下，这样可能会深入和准确一些。

首先我们要弄清楚自己是在何种意义上使用"现实"这个词的。因为我们很可能遇到这样的质疑："你们所说的'现实'背后是不是也是一种'叙述'呢？不管自己有没有意识到。"或者，"不同的作家都有不同的'现实观'，差距之大，有时几乎不可通约，你们有没有可能是在以某种特定的'现实观'来衡量别人呢？而且，你们现在关注的《妇女闲聊录》《兄弟》表现的现实背后，难道没有依托一些叙述成规吗？"

我想我在使用"现实"这个词时，指涉的不是各种"现实观"、对于现实的叙述等等，而是活生生的生活世界。这个生活世界丰富复杂，很难用某种叙述完全概括清楚，即使把各种叙述加起来，它也总有除不尽的"余

数"。这样理解的"现实"有什么好处？如果说从肯定的一面看，它有成为一个凝固概念的危险的话，那么在否定的一面看，至少会有一个好处：它是一个逼迫人不断打开自己的东西。我们知道，每个作家、每个流派、每个时期的文学在表达自己的感受和经验时，开始时可能都是虎虎有生气的。但时间长了，它可能就形成了一种模式，然后就只能看到自己模式里的世界，这样就僵化了，看不到丰富复杂的世界跟这个混乱的世界里最有活力的部分了。一旦拘泥于自己模式里看到的东西，现实这个东西就要来拆解你了，它就是要让最有活力的东西超出你的视野之外，让你与之失之交臂。你说的很多作家提出的疑问，其实大概是还没有意识到这个——因为说到这里就很清楚：这样理解的现实对于文学的意义，其实是一个否定自己成见的、层层打开的东西。不断打开我们可能自觉不自觉凝滞、固定、僵化的概念和模式，让活生生的东西进入到文学里面来。

具体到《兄弟》这部作品，它其实是用了一些文学的方式，或者说有一些叙事成规的，余华不完全是照搬现实。举一个例子，这部小说里其实有一些有意无意之间的重复。上部中，李光头的爸爸在厕所里偷看女人死了，然后李光头又去看；李光头偷看被逮住，就让他在街上转一圈又转一圈地示众；后来他继父又被批斗、一圈一圈游街、到被殴打惨死；到后来，欺负李光头的那个中学生孙伟的父亲也被游街、殴打、惨死……都是一些重复和对位。李光头葬母的时候一个个去找童铁匠、张裁缝、关剪刀、余拔牙、王冰棍，到下部写李光头的发迹史，他第一次雄心勃勃要去创业，去上海前又一个个去找童铁匠、张裁缝、关剪刀、余拔牙、王冰棍，失败后回来，这些人的反应一个个都写出来；第二次去日本进口垃圾服装，又一个个去找童铁匠、张裁缝、关剪刀、余拔牙、王冰棍，成功后回来，这些人的反应又一个个都写出来……这里面，又是有意识的重复和对位。这种重复在余华以前的《活着》《许三观卖血记》里是很明显的，而且几乎成为小说的结构原则；在《兄弟》里面也很明显，但是不再是小说的基本结构原则，只是在小说的叙事中还是很重要的因素——整部小说的结构原则很明显，就是兄弟两人命运的复调和上下两部两个时代的对位。

如何理解这种重复？余华自己不是强调过小说的音乐性吗？这种音乐性，弄得不好，其实是很容易变得不自然的。但余华的小说，至少在《许三观卖血记》和《兄弟》中，不太让人有这种感觉，《兄弟》中更是几乎化掉了。这种重复，我们过去认为就是句子上的重复，或者是有意识的情节上的重复——比如《许三观卖血记》里面的重复——是一种特定的风格，对吧？我现在的感受和理解深了一步。这种重复其实是一种现实的节律——余华把握住了这么一种东西，这么一种现实的"节律"，或者说是现实的音乐性。现实是有一个节奏的，现实里边不断有重复的东西，每一个时代里面都有自己特定的重复的东西——你看不同的时代分别重复什么样的事情，就可以把两个时代区分开来。我觉得下部比较好的地方，就是把握住了这个时代重复的东西，他把这个东西写出来，这个时代就活了。那你说余华写的这种东西是不是"文学"的东西？我觉得还是，当然也是现实的东西，或者更准确地说，是文学跟现实贴合的东西。它当然不是一个理念把握的、隔了一层的东西，它是直接从现实里提炼出来的，但还是文学的东西。

还可以注意一下这部小说的叙述语调，小说下部的语调是带有一点谐谑式的，所有的句子都有一点玩笑的、漫画的味道。对李光头有点羡慕又有点瞧不起，有点距离又有点关心，所讲述的东西既有现实所本，又不免有些拉扯和夸张，是这么一种语调。这种叙述语调，也不是外在于文学的东西。

所以你讲的，文学为什么会在写作和现实中间形成一种阻隔，我觉得这种阻隔可能还不是文学本性的东西，而是现在这个时代对文学的理解和把握有问题。

张新颖：文学不是天然就有这样一种阻隔。当我用"文学"这个概念的时候，我说的其实就是我们观念里面的那个"文学"。当然我并不认为文学就应该是这个样子的。我为了把问题突出出来，把这个事情说得比较极端。当然，你不能说余华写的不是文学，对吧？

刘志荣：对。他仍然是用了文学的东西的。

张新颖：但是，按照我们通常对"文学"的理解，我们就批评它，说这个东西不好。这个东西为什么不好？因为它里面没有"文学"。

刘志荣：那这是因为大家的文学观念很狭隘。

张新颖：我要讲的就是这个意思。我就是觉得，他这部作品有一种对狭隘的"文学"观念的"冒犯"。

我说余华这个作品是一个"内在于"这个时代的作品，还包含一个意思，这个意思本身就是对"文学"的"冒犯"。因为我们强调的"文学"，是一种超越时代的东西。我们的"文学"观念里面，什么是好的东西？就是超越时代、领先于时代的东西，总之肯定不能是跟时代搅在一块儿的。我认为余华这部作品好就好在，它就是跟时代搅在一块儿的。他没有超越这个时代。他连超越的企图都没有。其实那些试图说超越时代的人，当然也都没有超越，但是至少做出这个样子来了。我们通常批评人会说，你做得不好，但是态度很好，我做出一个反思时代的样子来，也就算了。余华连这个态度都没有。他这就是对整体文学成规的"冒犯"。

我其实很关心能够"冒犯""文学"的那样一些东西。比如林白的《妇女闲聊录》，文学圈里不认可，你能找个保姆随便说说记下来就成了作品，那我也能，这算什么，没有什么稀奇。余华在文学界还是处于一个被普遍认可的地位，他曾经是"先锋作家"，"先锋作家"这个名号很重要，为什么呢？因为先锋特别强调"文学"，特别强调"文学"的"独立"的因素。所以《兄弟》成了文学圈子里的一个事件。如果是一个不会写作的人，一个大家都瞧不上眼的人所写，不会让人这么恼火的。

他写的这个东西当然是文学的，他的那些叙述方式，当然是文学的。

四、我们是用什么来排斥实感经验的

刘志荣：为什么会造成这样一种狭隘的理解？《兄弟》这部小说跟余华以前的作品相比有变化，但还是相通的。这个讲来讲去是现实感受，或者说实感经验的问题。现实感受变了，小说自然也变了——不可能死抱着原来的一套，否则就舍本逐末了——"本"当然就是现实感受、实感经验，但为什么这种东西恰恰是我们现在的文学所排斥的?

张新颖: 应该追问我们是用什么来排斥实感经验的? 如果这样讲, 可能会找出一些原因来。

刘志荣: 这可能就要谈到对形式的理解了——20世纪80年代大家大讲文学的独立时, 形式问题其实是一个突破口。但用力过猛, 其实是有流弊的, 因为对形式的理解有偏颇。然后这个偏颇又慢慢凝固了。

有一次谈起贾樟柯的《小武》, 有人说不喜欢这个电影, 因为这个电影没有"形式"。我当时听了很纳闷, 因为我觉得这个电影形式的东西是很明显的, 虽然它采用的是纪录片式的风格。后来我仔细想, 啊, 原来是大家对"形式"的理解不一样, 虽然同样用了这么一个词。认为这个电影没有"形式"的意思, 大概是指作者本身要赋予"现实"一种形式、一种结构——这个"现实"可能会被理解作"材料"那样的东西, 其实是过去蛮有名的比喻。"现实"的东西是建筑材料, 最后形成的作品是建筑, 作家的心灵在里面起的作用就是赋予这些材料一种建筑形式、一种结构——这样, 作品归根结底是一个心灵的世界, 是一个作家的心灵创造出来的东西。你看得出来, 在这样的理解中, 作者的主体性是很被强调的, 是第一位的。但我所理解的形式, 其实是和这样的理解有距离的, 我是觉得万事万物本身都有一个形式, 一个故事有它本身的形式, 现实也有它本身的形式。不用刻意去外加一种形式, 而是要努力去发现事物本身的形式——在面对世界时, 我们的那个"我", 缩小得愈小愈好。这样, 世界、现实本身的形式才会展露出来, 它精彩的地方也才不至于因为我们的过度介入而被遮蔽。说到这里, 我其实想到了一些古典的教诲, 譬如"外师造化, 中得心源", 譬如"随物赋形", 譬如"如行云流水, 行于所当行, 止于所不得不止", 等等。如果"心源"能和"造化"相通, 也不会成为障碍的, 但要能得这个"源"啊。形式本身其实也不是一种障碍, 而是我们对形式的理解僵化了, 狭隘了, 总觉得要有主体的东西的介入——但其实介入不当, 反而容易成为障碍, 因为是个外加的东西。如果能够消除这种障碍, "心灵的世界"的说法也对, 但这个心灵要是一个开放的、灵活的心灵,开放到能容纳下整个世界，灵活到能随物赋形。

谈到这里，可以讲讲先锋文学的起源了。现在大家都认可，20世纪80年代的先锋文学，其源头可以追溯到"文革"中年轻人的潜在写作——譬如白洋淀诗歌群落的诗歌——那里的。我在阅读这些诗歌时有一种强烈的感觉，这种文学的起源在什么地方？它实际上起源于当时一般人理解的"现实"——也就是那时的流行话语制造的"现实"——的一种很紧张的关系。它看到当时这种话语制造的"现实"和"文学"精心遮掩的东西，就要把它们表现出来。表现出来的方法其实是很夸张的，是一种彻底的颠倒和翻转。你精心遮掩现实的另一面，我就偏要揭示这另一面，而且我把它夸张到很极端。这方面最典型的是根子的《三月与末日》。大家都在讲春天是多么好，春天充满希望，我就非要讲春天灰扑扑的，是一个很残酷的季节，它是一个伎俩，是一个骗局，而且是一个一直在骗人的但大家就是不醒悟的东西。可以看出来，这里是有一个打开的东西的。其实20世纪80年代中期，先锋文学兴盛的时候，也都有一种开放性的力量：马原的小说打开了世界不可捉摸的一面，残雪打开了内心的那个非理性的世界，余华打开了生存的极端图景……但先锋又总是极端的东西，而且在起源的时候，它和流俗见解的关系肯定是疏离的，甚至是紧张的。而这些因素慢慢又沉淀到我们对"纯文学""文学独立性"的理解里面去，最后我们理解的"文学的独立"，似乎便一定是一种对现实的拒斥，而且特别强调那种狭隘理解了的"形式"，其实是反而模糊跟遮掩了先锋文学在起源和兴盛时的那种敞开的因素了，这样凝固化了之后肯定是有问题的。记得好像是阿城在《威尼斯日记》中说道：中国的电影原来不注意摄影，20世纪80年代"第五代导演"兴起之后，又有一种"摄影腔"。文学里的问题其实也一样，譬如小说，原来是不大注意叙事的，但现在，又都有一种"叙事腔"。这些新的"文艺腔"其实是应该化掉的。

这些东西和理解余华的小说也是相通的。余华早期的小说，也起源于跟流俗理解的"现实"的紧张关系。他有一篇很有名的文章叫《虚伪的作品》，里面讲，他对"人们被日常生活围困的经验"感到排斥，所以他偏要揭示这种经验、这种温情脉脉的"现实"遮掩的东西，所以他突出暴力、荒谬。余华早期的先锋小说，如有的评论者所说，其实是有概括出"现实的图式"的因素的，譬如《现实一种》中亲人之间的连续仇杀，譬如《河边的错误》里公安员追疯子过程中遭遇到的荒谬。这些早期作品都是在表现他的感受里跟一般人理解的"现实"犯冲的一些东西。这种紧张到了《活着》《许三观卖血记》里面已经有点松弛下来了，图式的因素也不再那么强烈和极端，但还是有的，只不过变成了他所谓的音乐性的东西——静态的图式变成了一种流动和变化的东西，在残酷中一种肯定性的力量从底下慢慢升起。到了《兄弟》里面，因为要表现的是一种广阔的现实，形式的东西虽然更大程度化掉了，但也还是有的，这个上面已经说过了。

考察余华小说的发展，就会感觉，他的现实感受变了，形式也自然变了，小说风貌也自然跟一开始不一样了。这其实是好事，说明余华一直在打开自己，如果把一开始的形式凝固下来，其实是会把现实感受封闭和冲淡的。而且追溯我们现在觉得我们的文学跟现实发生阻隔的那么一种东西，实际上最初它的起源也是一种冒犯性的力量，一种打开的东西；这些东西发展到后面都被大家接受了，也被狭隘化了，而一旦得到公认，成了主流，被流俗见解凝固之后，就形成了模式和阻碍性的力量。其实应该追溯一下源头，敞开它们起源时的那种开放性的力量的。

张新颖：最初的这个起源，对抗现实或者超越现实，是跟现实形成一种紧张性的关系而建立起来的；不但是跟现实有一种紧张性的关系，和当时的文学观念和形式也同样有一种紧张性的关系。但是随着过程的变化，紧张性的关系，"冒犯"的力量，慢慢就消失了，而且慢慢形成了一种新的狭隘化、凝固化的模式、观念和制度。重要的是有一种关系。现在倒好，你是你，我是我，好像很怕有什么关系，一有关系的话，"纯文学"的"纯"似乎就被现实污染了，文学的"独立性"似乎就受到威胁。文学"超越"于现实变成一种合法化的东西，变成天经地义的，到现在差不多已经成为我们的文学脱离现实的一个借口。比借口还严重，它其实变成了从事文学的人的一种无意识。

刘志荣：是啊。什么东西一旦被公认，成了共识，甚至变成无意识，也就岌岌可危了。

张新颖： 有了一整套关于文学的意识、观念、制度，还有无意识，不保留一个开放的缺口的话，就很容易变成一个见不惯不遵守这一套规矩的维护者。如一个人穿着短裤背心跑到大剧院去看歌剧，那是会被群起而攻之的。

刘志荣： 一个人穿着短裤背心去看歌剧，引得人们群起而攻之，可能还是小问题；一个人要是穿着短裤背心去唱歌剧，那就是大问题了。余华的《兄弟》，被大家群起而攻之，还有林白的《妇女闲聊录》更明显，那就是穿着短裤背心去唱歌剧。其实他们唱是唱得很好的。

张新颖： 但是唱歌剧的人要维护他们这个集团的利益，我们这个集团就是一定要这样，你不能那样；你那样的话，我们本身这个特殊的意义怎么保证？

刘志荣： 制度化这个问题太严重了。按道理，其实最初起源的时候大家都是光着脚的，"文革"时期的潜在写作里面最明显，那时候写作的那些青年，谁不是在摸索，都是灰头土脸的。而且按那时的文学标准、文学制度，他们搞的也不是"文学"——多多就回忆说，他最初看到根子的《三月与末日》的时候，就觉得来气，觉得"这不是诗！""文革"后朦胧诗崛起时，也招致攻击，还不是觉得诗不应该是这个样子。先锋文学当年崛起时得到承认也不是没有阻碍的，残雪的小说当年就发不出来，发出来大家也觉得看不懂，"神经病！"

什么样子的才是文学？其实说文学有个样子就不对了。一有样子就容易固定化，模式化，制度化……包括"先锋"的东西，"为先锋而先锋"，就成了"先锋腔"……还是自然点，该怎样就怎样。

我们由这部小说谈起，大的方面谈得比较多，现在是不是该具体谈谈对这部小说的理解了？譬如这部小说的谐谑式的语调，它和你所说的"内在于"时代的方式，中间的关系怎么解释？

五、谐谑式的语调和时代性的精神分裂

张新颖：我说这个小说是"内在于"时代的方式，并不就是说作者认可这个时代，过渡到你所说的那个谐谑的语调，为什么会出现谐谑的语调？如果你在精神上完全认同所写的东西，就不会出现谐谑的语调；但是，你也不是义正词严地去批判它，因为你并不外在于它，你和它有千丝万缕的联系，甚至于它就是你，你就是它。

谐谑的语调很有意思，余华通过这部作品揭示了我们每个人在这个时代里面的生存方式是什么。我们每个人差不多都是精神分裂的，我们都是这个时代的一部分，我们都对这个时代有不满，但同时也对我们自己不满，对我们自己有嘲讽，有调侃，有谐谑。

我们不像以前那么立场分明。过去我如果觉得这个东西是不好的，那我就跟它一刀两断，势不两立，但现在我们不是这样的。所以，这个时代中的每一个人，差不多都处于这样一个精神分裂的状态。这个分裂不代表一种巨大的、尖锐的撕裂感，并不是说它非常痛苦，我们所有人都这样精神分裂，也可以嘛，好像不是很痛苦；表面上看是如此，但不知道往深里去的话，是不是有一种钝的、绵延的、好像没有但又好像无处不在的痛苦，是不是把这种精神分裂的痛苦消融在日常生活之中而接受下来了。

刘志荣：在下部里面，小说主要提及的刘镇大多数的人物，除了宋钢那样的，都像李光头一样，飞黄腾达了，至少也占了点便宜。从小说的叙述可以注意到，小说上部第一句话就用的是"我们"的叙述，"我们刘镇的超级巨富李光头"怎么怎么样。这个"我们"的叙述，在下部加强了，在很多段落里反复出现。所以小说的大部分虽然貌似客观，叙述者没有直接露面，但其实是一直隐含在小说的叙述之中、隐身在"我们"之中的。我们可以设想这个叙述者，隐身在刘镇的大家伙里面，看着也讲着李光头、宋刚和其他人的故事，语调有点羡慕，有点刻薄。置身其中，又有点不完全认同，可能也占了点便宜，但又不满意……总之，就在"我们"里面，是"我们"的一员，在这样的时代也拿了点东西，但内心的某些地方又有

些瞧不起。所以他用这样一种眼光看别人，也看自己，用这样一种语调来讲别人，也讲自己。略略生动一点描述这种情形的话，他是满脸坏笑地看着他讲述的人物，也看着自己的，满脸坏笑地看着这个时代，也看着自己——这是不是我们这个时代很典型的一种态度？

张新颖：是的。其实我们都既是这个时代的受益者，同时又是对这个时代深怀不满的人，同时我们可能也是在各种知道的或者不知道的意义上的这个时代的受害者。都是很复杂的。从这样一个角度来讲，"内在于"时代所包含的丰富的意义，比超越这个时代要大得多。病人身上所包含的病人的信息，比医生所知道的病人的信息，要多得多。

刘志荣：这个小说的叙述者有点看穿这个时代，也有点看穿自己——看穿了这么一点点后，在谐谑的叙述之外，有种悲凉，虽然叙述者没有太加强调。譬如小说一开始，叙述者就写"我们刘镇的超级巨富李光头异想天开"，打算搭乘俄罗斯飞船上太空游览，但上了太空又如何呢？"李光头坐在他远近闻名的镀金马桶上，闭上眼睛开始想象自己在太空轨道上的漂泊生涯，四周的冷清深不可测，李光头俯瞰壮丽的地球如何徐徐展开，不由心酸落泪，这时候他才意识到自己在地球上已经是举目无亲了。"这很有点彻骨悲凉的味道了；小说的结尾这个情节又出现了，依然有种悲凉，但悲凉的意味隐伏下来，谐谑的东西又增强了，李光头看着夜空，"满脸浪漫的情怀"，说要把宋钢的骨灰放在"每天可以看见十六次日出和十六次日落的太空轨道上"，"从此以后，我的兄弟宋钢就是外星人了"。这种悲凉和谐谑之间的游移，清醒和耽溺之间的摇摆，可能就是叙述者的含混，可能也是作者和我们这个时代的含混。

从小说整体来看，总的效果是偏于谐谑的，但悲凉的东西其实是更彻底的。那么就悲观吗？其实不用。这也就是余华力量的不足了。余华写的这两个时代的人都没有真正的精神生活，都被一些浅表的符号和欲望所左右，欠缺真正的食粮，当然不能不悲凉、虚无。用张爱玲的话说：人吃畜生的食物，到底是可哀的。当然也可能是时代如此。我们这个时代，精神生活本来就隐而不显。

不过隐而不显不等于不存在，所以，如果有从这个角度对这部小说的批评，我也能理解。不过理解了、看到它的意义之后进行批评，和一笔抹杀还是有区别的。在区分小说的世界和小说本身，以及看到了小说的意义之后，也要看到这种谐谑式的语调本身是有局限的。这和那种狂欢式的语调进行对比之后就很清楚，譬如拉伯雷的《巨人传》，那种狂欢语调里面有一种元气充沛的感觉，足以开创一个新时代。谐谑式的语调不知怎么地总是引向虚无。这也可能是当代作家整体上的局限，譬如当代最接近狂欢化叙述的作家王小波，异想天开的想象底里还是悲凉。

如果对比《许三观卖血记》，我觉得余华在《兄弟》里缺失掉了他已经感知到的一个很重要的东西，这是我很为他遗憾的。这个东西在《许三观卖血记》里面是有的，就是他在许三观这样无知无识、几乎类似群氓的人身上发现的一种温暖的力量。很卑微，也不必夸大，但是是有生命力的东西。仔细去看《兄弟》这部小说的话，这方面的力量完全没了，都消散掉了，那么这是怎么回事？

在《兄弟》下部里，人的生存是一种飘浮的状态，跟《许三观卖血记》里面的那种力量不一样。从时代说，也许便是一个时代刚刚展开时积蓄的那么一点能量，哗啦啦一下子挥霍完了，就成了一个很离散、很混乱的状态，全都飘浮起来，乱七八糟起来。这也许是这个"镀金时代"本身的病症。

张新颖：哗啦啦乱七八糟里面可能也有点力量。但是你不知道，它很乱。你不知道它在哪里，没有把它从里面抽出来，但实际上是可能存在的。

刘志荣：是有可能，所以要感知它，把它积蓄起来。当然这可能是苛责作家了。这么一个谐谑式的小说里边，尤其下部，也很难表现那么一种东西。它那样一个语调，挺难放进去的。

张新颖：仔细说起这个叙述的语调，可能还不只是谐谑式的，这个作品也有某种程度上的狂欢性质的叙述。我们都承认这个小说写了这个时代乱七八糟的东西，不要小看这个问题，为什么它能够写出这些个乱七八糟来？你来写写这些乱七八糟试试。从叙述上讲，还是某种程度上的狂欢式语调起了作用。这种狂欢式叙述和呈现出的乱七八糟的世界，里面有有力量的东西。

刘志荣： 总的来说，这两年的长篇，大家说这个好，那个好，但我感觉还是《兄弟》好。尤其我们一开始就提到的它既现实又奇幻的那么一种效果，可能就是我们这个时代本身的东西。

六、写无聊的"冒犯性"

张新颖： 我觉得这个就是我们这个时代本身的东西。而且如果我们换一个角度来理解上部，也会看出一些有意思的东西来。上部写的是"文革"，如果我们不从"文革"来理解上部，而是从我们今天这个时代来理解，上部也有它的好处。你从"文革"的经验过来，你把"文革"的经验和它作对比，会发现简单化的、抽象化的、符号化的东西。但是如果从今天的角度来说，他写"文革"这个写作行为是发生在今天的，这样讲我觉得很有意思——它不是一个针对"文革"的作品，而是针对今天的作品。如果我们也可以用一种谐谑的语调来叙述今天对"文革"的理解的话，就是像余华所写的那样，红袖章，大标语……我们就是这样理解"文革"的。而且不光今天这样理解"文革"，我相信以后的人恐怕也就是这样理解。经历过"文革"的人，在"文革"中所感受到的那种复杂性，以后都会被抹掉。就像我们今天理解纳粹屠杀犹太人一样，纳粹屠杀犹太人是一件历史渊源很复杂的事情，但是我们今天是怎么理解它的？很简单，就是像电影里面呈现的那样去理解。以后我们理解"文革"，也会这样。这样的理解从还原历史的角度来讲是不对的，但是，以后人的理解方式恐怕就是这样的。

当然余华肯定不是这样想的，我觉得《兄弟》里面有很多无意识的东西。他一开始写李光头去厕所里偷看女人屁股，这是一个很无聊的事情，要有多无聊就有多无聊。余华用了那么大的篇幅去写，而且是贯穿整个上部的，这个东西好不好？这个东西好。

刘志荣：对。

张新颖：好就好在他写的是一件很无聊的事情，把一件很无聊的事情贯穿始终。用这个东西来理解"文革"对不对我不知道，但是用这个东西来理解今天，是对的。今天的人就是会对一件无聊的事情投入巨大的精力，从中感受精神上的兴奋，以此取乐；而和当事人李光头用这个东西来换面条吃一样，可以把它转换成一个精神行为，一个娱乐行为，也可以转换成一个经济行为，一个唤起全民津津乐道、人人参与的行为。我们今天全民参与的事情，就一定比李光头偷看女厕所有意义吗？我觉得很多人是上当了，因为偷看女厕所涉及色情，他们都从色情的角度来看。其实他这个行为并不色情。我看到有人说，他写得不美，不够色情，没有挑逗力。那我觉得，如果他写得很美，很色情，很能挑逗读者的欲望，那它就是通俗小说。从这一点上，它超越了通俗小说，他就是写一种无聊的状态。我不知道"文革"的时候是不是这样，但是至少今天肯定是这样。

刘志荣：从你这个角度讲，上部就活了——它写的不是"文革"本身，而是今天的人理解和想象的"文革"。好也罢，坏也罢，这里面其实隐藏着很多有意思的东西——我们这个时代的"无意识"。

这个具体说起来，今天没法展开了。但你说的"对一件无聊的事情投入巨大的精力"，这其实也是可以成为一个正面观察"文革"的蛮好的角度。当时赋予的这个意义是被制造出来的：一件很无聊或者很残酷的事情，如果给你一个意义的符号，同时还有各种煽动性的力量，大家就真觉得它有意义了。

从这个角度也可以提供一个对这部小说的整体理解。我们这个时代，发生了天翻地覆的变化，总的来说是与过去迥然不同了，但在某些很重要的方面，真的发生变化了吗？《兄弟》下部写的那些吸引了全社会注意的那些事情，发财啦，美人大赛啦，真的有意义吗？也就是个符号而已。两个时代的符号变了，但大家追逐符号和欲望的方式没变。我们可能对过去时代引起欲望的那些符号比较敏感。但这些召唤欲望的符号，换个马甲我们就不认识了。《兄弟》中所写的人群，都没有真正的精神生活，主宰社会、召唤起大家欲望的，就是那么一种朝三暮四，换来换去的东西。而且小说中的主人公——兄弟两人，外在的方面有些变化，但性格中基本的东西几乎是没变的。这样，这部小说的整体几乎可以概括为这样一句话："同样的人穿越了两个奇幻的年代"。不管有意还是无意，余华的《兄弟》上下部的对位里可以解读出这么一种东西，这个东西写得好。当然两个时代也有区别，现在的这些符号，后果没那么明显和直接——但其实是有代价的。

从这个角度看，余华这部小说还是保留了一些他最初的那些先锋小说的血脉的，就是把被流俗的理解遮掩的现实的另一面给你看。这部小说描述的李光头的发家史和之后刘镇的改变，不就是知识分子批判的"成功人士"和"新富人"的神话吗？只是余华用一种谐谑的、内在的方式写，不那么生硬，更自如，也更贴切。所以这部小说他是有一些冒犯性的，这是从先锋那里传承下来的东西。

张新颖：他写无聊，"冒犯"了文学要写有意义的事情的认知。花五页篇幅去写偷看女厕所，还说了一遍又一遍，这个是"冒犯"。但这个写无聊本身并不无聊，可能由此而透视时代精神的一面。

刘志荣：这个无聊的东西是跟重复的东西联系在一块儿的。你看好多不断重复的东西，都是一些无意义的东西。如果能从这些重复的东西里面跳开一点，那就变了。每天重复的东西都很无聊。但是大家不觉得，也不觉得这个应该被特别表现。余华这部小说的叙述有些漫画化，但简化和夸张也有好处，可以让一些重要的东西更清楚。

现在大家都觉得《兄弟》是一部传统的小说——所谓传统，就是现实主义的小说。其实从起源上说，现实主义在当时崛起时，也是先锋的，有人这样表述过：真正的现实主义，总是告诉你你所习见的现实不是现实。所以对一个没有成见窒碍的人来说，先锋和现实，这两面都是可以讲通的，真正重要的是要打开我们被重重成见窒碍的心灵。

不过虽然可以对小说做这样的理解，但无论如何，我对上部还是有些保留意见。我是大约从第九章开始有点不满，觉得有点落入俗套，而且是一个能让人看穿的俗套。譬如宋凡平死的时候，从常理来说，亲人埋葬他，宁可用草席卷了，也不可能为了适应棺材把他的腿砍断。这种情节就感觉有点煽情赚眼泪的味道了。

　　有位老师随口谈起余华的《兄弟》时提及毛姆的《刀锋》，《刀锋》里大家伙也是沉溺在欲望与虚无中。但有个人物不是，就是小说中的拉里，这个人物是以维特根斯坦为原型的。《兄弟》第一段，余华就写到很悲凉的那个东西，这第一段写得很好，余华肯定是想了很长时间，但就到此为止吗？如果余华的力量更大一些，视界更宽更深一些，小说的"象"会变的。但说起来容易，实际上是需要一点一点积累、一点一点进步的。

时代，亡灵，"无力"的叙述

——读余华《第七天》的感受

《第七天》[①]一出，质疑和批评的声音旋即又起；情形如同当年的《兄弟》，特别是《兄弟》下部的遭遇。余华已经变化了，读者还苦苦怀念20世纪90年代写《活着》和《许三观卖血记》的余华，甚至怀念80年代的先锋作家余华。这充分说明"经典化"的力量，先锋文学早就被各种理论和文学史叙述"经典化"了，《活着》和《许三观卖血记》更被广大的读者群"经典化"了。读者在"守"余华，不想余华却在"破"自己。"破"不是破坏，毁弃，完全不要以前的自己，而是挣脱束缚，脱去一层，再脱去一层，往前走一步，往更阔大的天地走艰难的一步。

这一步，把文学带进了当代社会乱象丛生的现实中，带进了与这个时代纠缠不清的复杂关系中。

一

说到现实和时代，似乎每个人都觉得很熟悉，都能认识当下的现实和自己的时代。其实，不那么容易。

譬如说，对《第七天》的批评中非常集中的一个方面，是说它串联了许多当下的新闻。这个说法很值得讨论。老实说，余华所写的那些东西，如拆迁等等，其实不是新闻，这些东西就是我们的日常生活。什么是新闻？

[①] 余华：《第七天》，新星出版社2013年版。

不经常发生的、意外发生的东西才叫新闻。天天都在发生,就在我们周围,今天发生了明天还发生,这样的东西已经不是新闻了。

我们今天这个时代已经变成这么一个奇怪的时代,在这个时代里发生再奇怪的事情都不是新闻了。如果你一定要把它说成是新闻的话,整个这个时代本身变成了一个巨大的新闻;而处在时代当中的每个人,处在这样一个巨大新闻当中的每个人,他们身边发生的事情,只不过是这个巨大新闻里面的日常生活。

我很理解为什么还把那些东西当作新闻。虽然在不断地重复发生,可是我们还是不能适应把这样的事情当作日常应有之义来接受,正常的理智和情感还是不能不一再地感受到震惊。换句话说,这些东西纵然变成了我们日常生活的一部分,改变了我们的日常生活,可是我们还是不能接受、不愿接受这样的日常生活。

我讲这些,关心的重点不在于对事件是不是新闻的分辨,重要的是,处在这样一种现实当中的人,怎么来理解今天这个时代。余华把这些东西当成日常生活来写,其实触及了这个时代的一些我们远远没有讲清楚的东西。

我还要说,这些东西不仅仅是我们当下的日常生活,而且还是有一定时间长度的日常生活,或者说,有一定历史的日常生活。拆迁这样的事情,上演多少年了?贾樟柯早期电影《小武》里面的镜头,墙上大大的"拆"字,画个圆圈——有点时间感的人,记忆里都还有这个画面吧?不一定是贾樟柯电影镜头的画面,我们自己在现实中不是曾经常常遇到这样的画面吗?这其实是当代的历史。把延续到当下生活中的历史当作"新闻",当作意外,一方面表明我们的意识还没有从持久的震惊中恢复过来;另一方面,其实暴露出的是对这个时代的认识缺乏整体性的反省。把延续到当下生活中的历史当作"新闻",这样的"新闻"做法和意识,从不好的一面来说,是抹杀个体的记忆,模糊整体的历史。

还有一种议论说,余华为什么要写这么多,涉及拆迁、爆炸、卖肾、鼠族、死婴、墓地价格疯涨、骨灰盒和坟墓的等级、地质塌陷、食品安全等等;仅食品安全,就提及毒大米、毒奶粉、毒馒头、假鸡蛋、皮革奶、石膏面条、化学火锅、大便臭豆腐、苏丹红、地沟油——像是串联,像是罗列，而每一项都没有"深入"下去。为什么不抓住一项——比如就写一个拆迁的故事，或者就写一个上访的故事？抓住一项，那就非常容易处理成"特殊事件"。可是，这些东西，都不"特殊"，都是当代日常生活的构成部分，都是普通的事件。余华立意要写时代，就是要把很多人以为是"特殊事件"因而意识上把它和时代整体隔离开的东西，放回到时代里面去，放回到很多这一类事情不断发生的时代里面去。

二

接下来的问题是，处在这样一个时代当中的人，他的感受是什么。不用问别人的感受，我们就问我们自己的感受。这个感受是指，你每天从大街上走过，穿过各种各样的空间，遇到各种各样的已经不是新闻的新闻；你不断地看到一些事情，不断地听说一些事情，你耳闻目睹种种怪现状——可是你无能为力，你无能为力到像一个幽灵、一个影子一样。有人说余华的语言没有力量，其实不仅仅是语言没有力量，主人公整个人都没有力量。在今天，一个平常人，持有日常观念、日常生活方式的人，基本上都是没有力量的人。我看到一个网友说每个人活得像行尸走肉一样，话很刺耳，也很痛切。余华把一个正常人在当代社会里的那种无力感和无可奈何表达出来了，他把这种感受具象化为一个死人的感受，表达出来的绝望是非常痛切的。一个亡灵，或者一个影子，他在这个现实当中不占有任何具体、实际的空间，他也没有能力去占有这个实际的空间；你在这个现实里面不占有具体的空间，就没有办法对这个社会现实发生有效的作用。这样的一种无力感，不只是这个人的，而是这个时代很多人普遍的状况。

在现实里不占有具体的空间，用一个词来说，就是"无地"；活着的时候"无地"，那么死了呢？《第七天》写的就是一个死了的人七天的活动，因此而创造出一个特殊的空间，即生死的边界地带。他游荡在生死的边界地带，最后来到了"死无葬身之地"的地方。我们会想到鲁迅的《影的告别》，影子要告别到哪里去呢？"然而我终于彷徨于明暗之间，我不知道是黄昏还是黎明。我姑且举灰黑的手装作喝干一杯酒，我将在不知道时候的时候独自远行。"其实没地方去的，"我不如彷徨于无地"，"我将向黑暗里彷徨于无地"。① 我们有时候会把鲁迅的这句话，变化成"无地彷徨"，仔细想来就会意识到，"无地彷徨"不如"彷徨于无地"。"彷徨于无地"是说有这么一个地方叫"无地"，可是"无地"是一个什么样的地方？余华写出了一个"无地"之地——"死无葬身之地"，这是一个特殊的空间，在这个空间里面的人是（只剩下）骨骼的人，他们有自己特殊的感受和行为。不同于鲁迅笔下影子孤独、骄傲、决绝、自我放逐的知识者形象，《第七天》里的杨飞，一个普通的名字，一个普通的人，他是被现实"非正常"地轰炸出现实空间的；而这个时代的"非正常"死亡者，不是一个，是一群，他们来到了"死无葬身之地"，自我悼念者的聚集之地，他们有的是同伴，他们组成了一个集体——骨骼的人群。

切斯瓦夫·米沃什在《从日出之地到日落之处》中，写下这样的诗句：

> 尊敬的旅客，您来自哪个永世？
>
> 谐谑的永世。所以都忘记了恐惧。
> 后代只记得滑稽的事例。
> 死亡，死于创伤、绞刑或者饥饿
> 都是死，但是荒唐事每年卷土重来。
> ……
> 尝试设想另外一片土地，却不能。②

作者在《第七天》中"设想"了"另外一片土地"：它写的其实是一个亡灵的世界，现实不过是亡灵残留的记忆，他们在彻底告别这个世界之前努力追溯的记忆；现实世界不过是死后世界的倒影，这样的倒影将越来越模糊，终至消失。

---

① 鲁迅：《影的告别》，见《鲁迅全集·第2卷》，人民文学出版社1981年版，第165—166页。

②〔波兰〕切斯瓦夫·米沃什：《从日出之地到日落之处》，杨德友译，《名作欣赏》2013年第5期。

三

亡灵的叙述，决定了小说语言的特殊性。我读完以后非常独特的感受是，这个小说是用诗的语言来写的。诗的语言，不仅仅是说余华在语言上的讲究，更重要的是说，这部小说的语言内部，整体上有巨大的张力，这种巨大的张力是在生与死之间的关系中产生出来的。

比如，从句子层面来说，一个或几个句子，一方面带来巨大的冲击和震撼，同时又把这种冲击和震撼的力量有意"减弱"一下、"分散"一下，甚至"玩味"一下。如此一来，语言的意思就不是只朝着一个方向的，这是一层；还有另一层，这种有意的"减弱""分散""玩味"，反过来又增强了冲击和震撼。举一个例子：杨飞在爆炸中身亡，但余华没有去写血肉横飞的场景，而只是写了他脸部器官的位移："奇怪的感觉出现了，我的右眼还在原来的地方，左眼外移到颧骨的位置。接着我感到鼻子旁边好像挂着什么，下巴下面也好像挂着什么，我伸手去摸，发现鼻子旁边的就是鼻子，下巴下面的就是下巴，他们在我的脸上转移了。"[①] 这本该是惨不忍睹的恐怖景象，却通过一个死人的感受来写，没有鲜血的强烈刺激，没有尖锐到不堪忍受的痛感，有的只是"奇怪的感觉"；倘若这样"奇怪的感觉"和"鼻子旁边的是鼻子"的叙述引起滑稽的反应，甚至引发笑声，也并非不正当。

——事实上，这样的语言正是在恐怖和笑声之间的语言。恐怖和笑声之间的语言，不是随随便便写下的。这样的语言同时也要求读者有相应的体会能力。

小说叙述通常忌讳成语，余华似乎忘记了这一条，或者，他故意冒犯了这一条。他的成语是怎么用的呢？我也举一个例子：在第一天，杨飞去殡仪馆，大厅里的一个服务人员招呼他，这时候出现了一个成语："他的声音里有着源远流长的疲惫"[②]。作为一个阅读者，一般不会注意这个

[①] 余华：《第七天》，新星出版社2013年版，第4页。
[②] 余华：《第七天》，新星出版社2013年版，第8页。

句子，正像我们也不会注意这个服务人员。等到我们读到书中的第七天，等到我们读完整本小说，等到杨飞知道——我们也才知道——这个服务人员就是他苦苦寻找的父亲，倘若这个时候我们能回过头来重新看到这个句子，才会明白余华一开始就写下的这句话，明白这个人的"疲惫"，明白这个人的"疲惫"为什么是"源远流长"的。倘若明白了这些，就会意识到，用"源远流长"来形容"疲惫"不仅仅是别致的词语搭配和修辞，这句话的意义是结构性的——与整部作品的结构相合。

四

《第七天》这部小说其实包含了余华以前各个阶段作品的元素。在当代作家当中，很少有人像余华这样，创作阶段如此分明，余华的创作通常被划分为三个阶段；也很少有人像余华这样，对已经"经典化"了的先锋文学表示极大的不满，特别是考虑到他自己就是先锋文学的重要代表作家，这更显出他此后"破"的勇气和信心。可是，在《第七天》里，我们可以看到先锋文学留下来的东西；也可以看到《活着》《许三观卖血记》那个阶段的东西，比如这个人物和他的养父之间动人的故事；更可以看到《兄弟》里文学与现实之间展开的关系。

但这个包含的意思不是重复，这部作品又和以前所有的作品不一样。就像一个人的五十岁包含了他的二十岁、三十岁、四十岁，但是五十岁毕竟是五十岁，不是二十岁，也不是四十岁；还有一层意思是，五十岁同时包含了二十岁、三十岁、四十岁。在这部作品里面，有余华从这种包含中新发展出来的东西。

我特别想说的一点是，他继续调整了《兄弟》中已经展开的文学和现实之间的关系。我们现在的一些人，包括我自己在内，从20世纪80年代成长起来，脑子里的"纯文学"观念太重。我们把文学理解成一种封闭的、纯洁的、不和什么东西发生关系的东西。可是如果文学和什么都不发生关系的话，它自己是什么？这个时代是很难叙述的，我们回过头去看看，从《兄弟》到《第七天》，余华不断试探文学、文学传统、文学艺术与现实、时代、个人之间的纷繁复杂的关系，有得失是自然的；我个人认为，这种不断的调整和探索特别难能可贵。当年我就说《兄弟》下半部好,今天我更想说,它的好还是没有被充分认识。在我们的现实里,李光头是一个有力量的人,《兄弟》写出了现实的"活力",但这个"活力"是什么样的"活力",我们并没有很好地分析;杨飞是一个没有力量的人,《第七天》写出了他的无力和时代的"死气",可是这种"死气"正是在"时代"的"活力"之下出现,并且弥漫开来的。有人在感受、利用、享受着这个时代的"生龙活虎""生机勃勃",可是也有像杨飞那样的人,他们看到"空中没有鸟儿飞翔,水中没有鱼儿游弋,大地没有万物生长。"[1]

他们没有力量,因为他们有爱——现实竟能创造出这样的逻辑。他们热爱生机,热爱生活,热爱他们爱着的人,为了抚慰这群有爱的亡灵,《第七天》创造了一个超现实——死亡——的乌托邦,就是在"死无葬身之地","我惊讶地看见一个世界——水在流淌,青草遍地,树木茂盛,树枝上结满有核的果子,树叶都是心脏的模样,它们抖动时也是心脏跳动的节奏。"[2]

善良而温情的余华翻转了"死无葬身之地"通常的含义,他翻转的力量来自爱:没有力量的爱,或者,因为没有力量才具有伟大力量的爱。

---

[1] 余华:《第七天》,新星出版社2013年版,第108页。
[2] 余华:《第七天》,新星出版社2013年版,第126页。

《马桥词典》随笔

《马桥词典》让我想起帕斯捷尔纳克的话,出自他早年的论文《几个原理》:"任何真正的书,都是没有首页的,它像树叶的喧闹声一样,只有上帝知道她诞生于何处,她伸延开来,滚动过去,犹如在有宝藏的密林中,在最黑暗的、令人震惊和失措的瞬间,滚动着,一下子通过所有的顶端发出声来。"

《马桥词典》出自韩少功之手,但韩少功并没有自命为一个世界的创造者,这是使这部作品的内涵有可能趋向无限丰富的一个必要保证。因为任何个人创造的世界都是极其有限的,那种曾经时髦的文学创造世界的狂妄说词不会一直时髦下去,大概可以算是一个明证。词典这种形式,暗含了韩少功的态度:他放弃了那种以一己的观念去统摄一个世界的做法,他不想把这个世界修理得整整齐齐,在每一个地方都打上自己的烙印,以此来显示个人的存在和能力——不仅小说家习惯于此,日常生活中我们每个人又何尝不是如此——他选择了词典这种形式,也就是选择了一种对世界的谦恭的态度。在这种态度下,世界才会尽可能地完整呈现出来,世界的枝枝蔓蔓才可能不遭受刀砍斧削之刑被保留下来,世界的暗角才有希望透进些微光亮。

一个词语的捕捉者,一个词典的编纂者,在保持对历史文化必要的谦恭品质的同时,能够有什么样的作为呢?也许我们这样说不能算夸大:韩少功通过《马桥词典》,使一种处于普通视野之外的,安于黑暗、边缘、孤绝状态的,民间的、无声的词语,发出了声音。韩少功不能不借助于规范的、普通的语言进行诠释,这种无可奈何的做法也正是一条主动进取的途径:如果我们不说是向规范和普通的语言的挑战,平静地说,也是交流吧；马桥的词语多少有些以屈就的方式向处于中心和主导的言语系统显示了自己的存在，但你必须同时注意到，它的存在的独特性和不可全然化解的顽固。任何的诠释都有诠释不尽的地方，都会有诠释的"余数"，平常我们把这些"余数"不经意地忽略掉了，但面对《马桥词典》，我们却必须注意这样的"余数"。注意规范的语言无能为力的地方；即使词典的编纂者小心翼翼地保护着马桥的词语，使其不被一种处于有利地位的强势语词所扭曲和损伤，我们也需留意二者之间的摩擦痕迹，否则便等于否认了马桥词语的存在。

有时候我们发现韩少功的思绪一下子飘离了马桥，中国环境的马桥一下子被置换成世界环境的中国。这使我们有理由把《马桥词典》首先看成《马桥词典》之外，也不妨把它看成一部隐喻性的作品：它探讨的是处于不利地位的语言和文化的问题，特别是这种语言和文化的表述和被表述的问题。在世界文化环境中，中国有时就是马桥。

一种处于边缘地位的语言和文化所遭受的不公正待遇，并非只是被排斥那么简单。在今天所谓的后现代文化环境中，它面临的往往是另外一种屈辱：脱离原先的语境，使它变质。在我们的电视综艺节目中，我们常常会看到方言土语被变成了调笑的佐料，同时，方言土语本身也就是可笑的了。当中国的苦难在一个西方同情者眼中变得"精彩"起来的时候，它就被当成了"审美对象"，而不是具有表述功能的言语事件。文化研究提醒审美化的危险，强调作品、言语、文化不仅只有在其语境中才能被最好地理解，而且，也只有在与具体的、与地域群体相关的语境中，才能体现出其最独特的价值，并找到在世界上应有的位置。这也就是反对使一个言语事件审美化和滥情化的理由。在对《马桥词典》的阅读中，不要使它成为猎奇的对象，不要使阅读变成一种文化消费行为才好。

韩少功说："不是地域而是时代，不是空间而是时间，正在造就出各种新的语言群落。"但是《马桥词典》处理的主要是一定时间跨度内的地域语言现象，它的突出特征主要是由相对隔绝的空间造成的。虽然我们不能把时代性的因素排除，作者强调的却是隐身在规范的普通用语之外的一个言语暗角。是不是可以说，《马桥词典》记录的，主要还是一个相对静止的世界中而不是处在剧烈变化过程中，词语相对稳定的意义或相对缓慢的迁延？韩少功的话提示了我们，使我们感觉到语言群落的形成。在时间和空间之间，在时代和地域之间，应该有一场搏斗，甚至是战争。譬如说，在时代的压力下，地域的语言是怎样进行抵抗，怎样妥协，怎样接受和消化时代强力的？地域怎样在它的语言里记下了自己最终的失败和沮丧？它是怎样藏匿起又时不时会闪现出自己的隐痛的？

在这样一部基本上是平静叙述的词典中，我们仍然能够感觉到韩少功对马桥的感情。马桥和马桥的词语，是已逝青春岁月的模糊证据，韩少功以词典这种坚实的形式，使这份模糊的证据确定下来。它写的是马桥而不是"我"在马桥的生活，所以它不是知青小说，它藏起了那份情绪，却又会在不经意间流露出来。在"懒"等少数几个词条里，我们本来已经看到了当今时代对词语的改造，但韩少功显然对此难以接受，这些变化往往只会引发他的忧愤。"从他们多少有些夸张的自我介绍里，我发现了词义的蜕变，一场语言的重新定义运动早已开始而我还蒙在鼓里。我所憎恶的'懒'字，在他们那里早已成为一枚勋章，被他们抢夺，争着往自己胸前佩戴。"韩少功似乎失去了词典编纂者的耐心，情绪激动地一下子罗列了诸多词汇，"懒是如此，那么欺骗、剥削、强霸、凶恶、奸诈、无赖、偷盗、投机、媚俗、腐败、下流、拍马屁等等，都可能或者已经成为男人最新词典里的赞辞和奖辞——至少在相当一部分男人那里是这样。"这也正是时代和时间正在造就的新的语言群落，但韩少功在他这部"个人的"词典里不想多化力气。20世纪90年代重访马桥，所闻所见也多半不会唤起一种平静的好心情。

不管怎样，马桥的词语仍然在变化，而且，像马桥之外的其他地方一样，正在以加速度趋变。韩少功没有人为地把马桥封闭起来，所以我们不可能考索马桥词语的最初源头，也就是说，我们找不到《马桥词典》的第一页，同样也找不到《马桥词典》的最后一页。在超出"个人"的意义上，《马桥词典》是一部无限的书，我们不知道词语的变化、增生、消亡的最终会到哪一步，这是不是一件令人忧虑的事呢？如果它朝向"懒"的方向发展，这部无限的书就会叫我们寝食难安。

博尔赫斯曾经设想，一本无限的书，如果烧起来，它的火也就是无限的。

行将失传的方言和它的世界
——从这个角度看张炜《丑行或浪漫》

一

中国当代小说家的语言自觉，近些年来渐成一种"小气候"。其间说不上有多少"共识"，不同作家的思想见解和创作实践往往互相矛盾、彼此辩难、冲突不已，但它们却表露了一个共同的前提：对文学来说，通行的现代汉语/普通话的不足，以及写作者在其中所感受到的限制。

也就是说，一个需要共同面对的问题，"抓住"了一些以各自不同的方式来面对它的作家们。

这样也就容易明白，我在这里所说的中国当代小说家的语言自觉。一方面，指的不是个人的语言修养和语言能力的提高，这通常是在对现行标准充分承认的前提下进行的，它的意义是个人的，而不是语言的；另一方面，指的也不是作家的语言哲学观念，譬如说在"第三代"诗人那里，"诗到语言为止""语言即世界"一类的观念产生过重要的影响，也波及小说界，但这样的语言哲学观念可以在抽象的层次讨论，可以在不涉及具体创作、不涉及具体语言种类（如现代汉语）的层次上讨论。在这里，重要的是中国小说家在现代汉语/普通话的写作实践中各自的困惑、反省和"突围"之道。

从这个意义上来看当代文学，其特殊的价值和与其相对应的要害问题，就有可能会逐渐显现。我们至少应该注意到贾平凹小说的语言意识和实践，莫言汪洋恣肆的"胡说"，李锐坚持多年的对现代白话传统的质疑性思考，韩少功的"准词典式"写作，张承志作品文体的异质因素。说到张承志，我们更多地着眼于他的精神立场和他的文字所承载的内容，往往忽略了他语言上与标准的现代汉语／普通话之间的巨大差异，以及由此带来的文体上的独特魅力。

我还愿意提到刘震云，他的《故乡面和花朵》《一腔废话》，有强烈的语言追求，但这种追求不怎么被当回事，作者的苦心不被了解。这种语言追求的前提也就是那个需要共同面对的问题，刘震云自己的说法是："汉语在语种上，对于创作已经有了障碍。这种语种的想象力，就像长江黄河的河床，其功能在很大程度上沙化了，那种干巴巴的东西非常多。生活语言的力量被破坏了。这种语言用于以往那种'新理想'的创作，即使是夸张一点，也足够了。但是像《一腔废话》这样的，想用这种语言表达一种非常微妙的状况，就非常捉襟见肘，非常不够用。""一个作家存在的意义是什么？无非是对一种语种的想象力负责。这需要一个过程。我们的语言在沙漠里待得太久了。"①

我同意这个意思，不同意在表达这个意思的时候对"语种"这个词的用法。因为一说到"语种"的问题，就说到了根子上，而"语言的沙漠化"不是根子上的问题。还用那个比喻来说，长江黄河的河床，不是一开始就沙漠化了。但我非常认同"生活语言的力量被破坏了"这一基本判断，更为"对一种语种的想象力负责"这一自我认同的"野心"而感奋。

"生活语言"——当代小说创作中还有多少"生活语言"？王鸿生在对一个年轻作家的批评中敏锐地指出，小说的语言是"瘫痪的语言，无根的语言，没有故乡的语言。它无法脱离情节要素而自立，也没有生命的质感和自然的气息，更不会焕发某种经由地域文化长期浸润而形成的韵致和光泽。主导这种语言的力量，既不是痛苦的人生经验，也不是参悟不透的命运玄机，而是被竭力掩饰着的肤浅的说明冲动……人、事、理均处在一个真正的'缩减的旋涡'之中，'生活世界'在这旋涡里宿命般地黯淡下去，

---

① 刘震云：《在写作中认识世界》，见《中国当代作家面面观——寻找文学的魂灵》，春风文艺出版社2003年版，第147页。

逐渐堕入'存在的遗忘'。"① 在我看来，这种批评完全可以在更大范围内针对某类创作的一般情形而言，而不仅仅是对个别作家；反过来说，之所以会导致这种状况，导致"小说之死"，恐怕也不仅仅是个别作家的问题。

二

在另外一个意义上，即使是优秀的小说家，他作品的语言也可能是"没有故乡的语言"的。余华曾经表达过类似的感受：对他这样在南方小城镇长大的人来说，用普通话写作，差不多就是用一门外语写作。也就是说，他的"生活语言"与"写作语言"差不多是两种不同的东西。只不过，余华把这门"外语"掌握得很好——这主要是靠他个人的能力，但不能指望大多数作家都有这样的能力。更根本地说，不能指望靠这样的个人能力来掩盖、弥合"生活语言"和"写作语言"之间的差异、断裂和不可通约性。

我们可以想象这样的过程：对于一个"生活世界"的语言与普通话差别很大的作家来说，写作在某种程度上变成了"翻译"："生活世界"—"生活语言"—"写作语言"。但从"生活语言"到"写作语言"的转换，是写作者在暗中完成的，读者看到的只是最终的纸面结果。

这个被掩藏起来的环节困难重重，其中当然包含了无法克服的问题。一个"翻译者"的无奈、妥协、挫折，或者他的得意、喜悦、胜利，都藏在了纸面语言的背后。

我这样想象的时候，预设了面对这个问题的是一个好作家，他为了自己的忠实而甘愿去经受这个艰难的过程。但即使是一个这样的好作家，时日既久，他也会慢慢习惯了写作和"写作语言"，习惯了用"写作语言"来描述和思考，甚至当他思考的时候，在他心里响起的不再是方言的腔调，而是普通话的声音。这个时候，他的写作可能就发生了相当大的变化，他不再需要把"生活语言"转换成"写作语言"，他不再需要去暗中经历这个痛苦的"翻译"过程，他胜任直接用"写作语言"来打量、描述、分析"生

---

① 王鸿生：《小说之死》，见《中国当代作家面面观——寻找文学的魂灵》，春风文艺出版社2003年版，第497页。

活世界"。他已经成为一个富有经验的好作家,可以把那个困难重重的环节抛弃了,不用再理会多余的"生活语言"。

当这样一种并非和"生活世界"相生相伴的"写作语言"来"深入生活"的时候,"生活世界"就不能不面临被缩减、删改、戏弄、强暴的威胁;还有比这更糟糕的,是"写作语言"的极端自负把写作完全变成了"写作语言"的自说自话和自我表演。它似乎是在"写生活",却对"生活世界"视而不见,"生活世界"也就只有堕入"存在的遗忘"。

当然还可以设想另外的情形:一个作家的生活和他的写作自始至终都是隔绝的,这样他的写作从一开始就不需要"生活语言",他不需要在错综复杂的关系中纠缠,他可以用写作建造一个无所指涉的孤立世界。这不在我们讨论范围之内。

这样想来,几年前的《马桥词典》就是一部了不起的作品。韩少功把通常写作过程中被暗中"翻译"乃至粗暴省略的"生活语言"从纸面的背后写到了纸面上,而且放到中心聚光的位置。通行的标准语言通过对"马桥词语"扎根其中的"生活世界"的描述,使这些方言土语得到有效的阐释。"马桥方言"不是韩少功的方言,他是一个外来者,也就是说,"马桥方言"不是韩少功的自然语言,他需要去弄明白,需要有意识地去体会,需要用他的语言去"翻译"。这个"翻译"的过程和性质,与我们上面讲的把自己自然语言的某种方言"翻译"成"写作语言"的过程和性质正好相反:韩少功的"翻译"凸显了方言,以及"生活语言"的独特性、差异性和丰富性,而另一种暗中的"翻译"则把这些东西牺牲掉了。因为它需要"写作语言"的胜利,需要"写作语言"驯服"生活语言"、方言不能够进入公共流通领域的个性,以保证写作的进行。

但是,《马桥词典》仍然留下了不可克服的矛盾,这是韩少功的身份、方式和与这种语言的关系决定的。尽管外来者韩少功对这种语言保持了足够的谦逊和尊重,尽管他把"马桥词语"放到了中心的地位,这种方言仍然无法获得充分的主体性。这不仅是说阐释总不可能尽善尽美,用通行的现代汉语/普通话来阐释方言一定会留下阐释的"余数";更根本的是,阐释进行的时候,是通行的现代汉语/普通话在说话,而不是"马桥词语"在说话,"马桥词语"只能被动地等待着被描述、被揭示、被凸显。

它是在中心,可是它不是充分的主体。

三

那么,方言能够自己说话吗?它不需要经过"翻译"就能直接进入到文学写作中?

一八九二年,松江人韩邦庆创办文艺期刊《海上奇书》,他自己的小说《海上花列传》就在上面连载,一八九四年出版完整的六十四回单行本。孙玉声《退醒庐笔记》记载了他和作者的一段对话:"余则谓此书通体皆操吴语,恐阅者不甚了了;且吴语中有音无字之字甚多,下笔时殊费研考,不如改易通俗白话为佳。乃韩言:'曹雪芹撰《石头记》皆操京语,我书安见不可以操吴语?'"①

韩邦庆这话说得理直气壮,毫不掩饰为人的狂傲和文学上的抱负。这部作品虽然并未风行于时,三十多年后却被新文学的开山人物胡适奉为"吴语文学的第一部杰作"。一九二六年亚东图书馆出版标点本《海上花列传》,前有胡适、刘半农序,两人合力推举。胡适说,"方言的文学所以可贵,正因为方言最能表现人的神理。通俗的白话固然远胜于古文,但终不如方言的能表现说话的人的神情口气。古文里的人物是死人;通俗官话里的人物是做作不自然的活人;方言土语里的人物是自然流露的人。"②"死人"/"活人"的对立当然是胡适典型的"五四"式思维和判断,"古文里的人物是死人"正确与否这里不论,但通俗的白话和方言土语的区别的确意义重大,关乎"神理"。"神理"这个词出现在小说的《例言》里,胡适是接过来顺着用的。

刘半农强调"地域的神味",与胡适说的"神理"相通;但刘半农比胡适更敏感、更明确地指出了普通白话(通行的小说"写作语言")与方

---

① 孙玉声:《退醒庐笔记》,见《中国近现代通俗文学史·上》,江苏美术出版社2001年版,第34页。

② 胡适:《海上花列传·序》,见《胡适文集·4·胡适文存三集》,北京大学出版社1998年版,第408页。

言土语("生活语言")之间的不平等关系,以及人们对这种不平等的"习惯",对因此而"牺牲""地域的神味"的"习惯"。刘半农是这样说的:"假如我们做一篇小说,把中间的北京人的口白,全用普通的白话写,北京人看了一定要不满意;若是全用苏白写,那就非但北京人,无论什么人都要向我们提出抗议的。反之,若用普通白话或京话来记述南方人的声口,可就连南方人也不见得说什么。这是什么缘故呢?这是被习惯迷混了。我们以为习惯上可以用普通白话或京话来做一切文章,所以做了之后,即使把地域的神味牺牲了,自己还并不觉得。"①

新文学重要人物的郑重其事,显然不单是就作品论作品,而是从中国新文学的整体建设着眼的。胡适在序里就很明白地说:"如果这一部方言文学的杰作还能引起别处文人创作各地方言文学的兴味,如果从今以后有各地的方言文学继续起来供给中国新文学的新材料,新血液,新生命,——那么,韩子云与他的《海上花列传》真可以说是给中国文学开一个新局面了。"②

遗憾的是,这样一个"新局面"并未出现;不但如此,就连这部作品本身也一直挣不脱失落的命运。以至于许多年后,对这部"失落的杰作"情有独钟而对它的命运耿耿于怀的张爱玲,费时费力,不仅将它翻译成英文,而且把它改写成国语。"我等于做打捞工作,把书中吴语翻译出来,像译外文一样,难免有些地方失去语气的神韵,但是希望至少替大众保存了这本书。"③

韩邦庆和胡适说的"神理",刘半农说的"神味",张爱玲说的"神韵",到底是什么呢?为什么用方言就能表现出来,用普通白话就会失去呢?

从晚清就已经开始至"五四"而大张旗鼓推进的中国现代语文运动,

---

① 刘半农:《读〈海上花列传〉》,见《半农杂文·第一册》,星云堂书店1934年版,第245—246页。本文据上海书店1983年影印本引。

② 胡适:《海上花列传·序》,见《胡适文集·4·胡适文存三集》,北京大学出版社1998年版,第412页。

③ 张爱玲:《〈国语海上花列传〉译者识》,见《国语海上花列传》,上海古籍出版社1995年版,第2页。

目的是创造和规范一种统一的"普遍的民族共同语言",它不仅反对文言,而且要超越方言。虽然文言的因素、方言的因素都可以利用,但它们只能作为这种新的现代普遍语言极为有限的零星资源而被吸纳,整体性的取向是被排斥的。方言的多样性、差异性,特别是它的土根性,正是需要克服和牺牲的东西。

早在20世纪之初,章太炎就对各种脱离语文的根本、建造新语文的设想持反对意见。他反对的不是现代语文的建设,而是极力主张要"有根柢"地达成这种建设。他身体力行,从当今的民间语言入手,博考方言土语的古今音转、根柢由来,从古语今语中探求古今一贯之理,以应将来现代语文之用。一九〇八年,撰成《新方言》,序中说:"世人学欧罗巴语,多寻其语根,溯之希腊、罗甸;今于国语顾不欲推见本始,此尚不足齿于冠带之伦,何有于问学乎?"又说,"读吾书者,虽身在陇亩,与夫市井贩夫,当知今之殊言,不违姬、汉。"[①]刘师培在《新方言》后序中也说,"委巷之谈,妇孺之语,转能保故言而不失。"又说,"夫言以足志,音以审言;音明则言通,言通则志达。"并寄希望"异日统一民言""有取于斯。"[②]

且不说这一思路与中国现代语文运动的主流相违,单是这"推见本始"的工作,繁难艰深,与在现实的压力和危机中急迫地想拿出应对性方案的历史情境格格不入。大势所趋,现代白话文应机运而生,随时代而长。

语言的"神理""神味""神韵",是与语言的"根柢"紧密相连的。之所以说方言是有"根柢"的语言,一方面,"但令士大夫略通小学,则知今世方言上合周汉者众。"[③]另一方面,方言又是当今"生活世界"的语言,是"生活语言"。两方面——语言的"根柢"和生活的"根柢"——合起来,可以说方言是有历史的活的语言。虽然中国现代语文运动一开始就倡导并长期致力于言文一致的目标,但时至今日,"写作语言"和"生活语言"

---

① 章太炎:《新方言序》,见《章太炎全集·第7集》,上海人民出版社1999年版,第3页、第5页。

② 刘师培:《后序一》,见《章太炎全集·第7集》,上海人民出版社1999年版,第135页、第134页。

③ 章太炎:《汉字统一会之荒陋》,《民报》1907年第十七号。

的分离仍然是创作中令人困扰的问题。

四

就这样,我们遇到了张炜的《丑行或浪漫》,一部用登州话创作的长篇小说。

登州地处山东半岛东端,武周如意元年(公元六九二年)置州,明洪武九年(一三七六年)升为府,一九一三年废。废后很长时间里,当地百姓仍习惯沿用旧称。祖父生于一九一六年,一生不理行政区划的变更,不顾登州府在他出生之前就没了的现实,开口还是登州府如何如何。

登州话和普通话之间的距离,与吴语和普通白话之间的距离,当然不好比;《海上花列传》的对白吴方言区以外的人读不懂,《丑行或浪漫》的语言却并没有给山东半岛以外的人造成多大的障碍。这当然主要是因为普通话本就以北方方言为基础。但北方方言的区域十分广阔,各地语言的个性和彼此之间的差异,被笼统地"超越"了,产生出在这之上的、清除了"土"性的普通话。各地方言是"土"的,但没听有人说普通话"土",因为普通话在"上边",离"土"远;方言呢,不仅就在"土"上,而且还有扯不断的长长"土根"埋在土里。登州这块悠久之地,它的方言"土根"自然也深;登州自古至今又一直是一块生机盎然的活泼之地,它的方言也不僵滞,也不拘泥,也不顽固,倒是根深叶茂,生机盎然,活活泼泼。

张炜怎么会用登州方言创作一部小说呢?《海上花列传》主要是用方言写对白,张炜的这部作品里不仅人物说话用方言,整个作品的叙述都顺从着方言的声韵气口,渗透着方言的活泼精神。他是怎样走到了这一步?

简单回答这个问题。对于一位有二十多年的创作历史,并且贡献了中国当代文学极为重要作品的作家来说,他的文学语言经验,不可不谓丰富;他的绝大部分作品,是用规范的现代汉语写成的,而且,用通行的标准来衡量,也无法否认作家出色的语言才华。也就是说,他完全可以一直就用这样的语言写下去,规范,而且规范得才华出众。但是,随着民间生活世界在他的创作中越来越深入、越来越充分地展现,民间语言的因素也越来越突出地融入了他的作品中,譬如中篇小说《蘑菇七种》,长篇小说《九月寓言》等。民间语言因素的融入,拓开了一个创作的新境界。这样一个新境界有着特殊的吸引力,吸引作家再进一步地走下去。

陈思和用"民间"的理论重新梳理20世纪中国文学史的一种走向,是90年代以来中国现当代文学研究的一个重要创见。[①]随着创作实践过程中不断出现新现象,提出新问题,对这一理论的阐释有可能进一步深化。文学表现民间,是依托语言来实现的,一、用规范的现代汉语/普通话来表现民间;二、用融入了民间语言因素,但整体上仍基本规范的现代汉语来表现民间;三、用民间语言来表现民间。三者显然处在不同的层面上。不仅是语言的层面不同,而且不同类型的语言所内含的视角、价值立场、选择倾向也不相同。

用民间语言来表现民间,民间世界才通过它自己的语言真正获得了主体性;民间语言也通过自由、独立、完整的运用,自己展现了自己。它本身就是一种语言,而不只是夹杂在规范和标准语言中的、零星的、可有选择地吸收的语言因素。

张炜登州出生、登州长大,登州方言是他的"母语",他让这片土地的"生活语言"上升为他自己的"写作语言"——更准确地说,是他自己的"写作语言"下降为这片土地的"生活语言"——事情就是这么简单。

与语言的位移同理,文学里的真正民间,更准确地说,不是把民间上升为文学,而是把文学下降到民间——事情就是这么简单。

五

现在,我们应该到作品里面来看看这个登州方言的世界了。

主人公叫刘蜜蜡,她抗暴抗恶,踏上出逃(外力逼迫)和寻找(内心渴求)的坎坷长路,在大山旷野间奔跑流浪,二十多年后与当年的俊美少年重新聚首。小说的线索就是这个丰硕健美女人的生命传奇。

[①] 陈思和:《还原民间——文学的省思》,台湾东大图书公司1997年版。

但是，线索串起的，却是一个阔大的生活世界。如果在这部作品里只读到一个人或几个人的故事，就把这部作品读小了。事实上，这个宽阔的生活世界比书中哪个人物都重要。所有的人物，都是这个生活世界的活生生的表现。这样也许就可以理解，为什么作者在写到刘蜜蜡之外的人、事、物，或者与刘蜜蜡关系不大的各种情形时，也总是兴致盎然，涉笔成趣。

譬如，刘蜜蜡第一次出逃，寻找启蒙老师——也是她深爱的一个男人——雷丁，得知雷丁跳河被枪打死，深更半夜在野外仰天大哭。接下来写，白天，河两岸红薯掘出来了，成堆成簇晒着太阳；村子家家做南瓜饼，"人说吃多了这样的饼身子就会长得圆鼓鼓的，从屁股到大腿胳膊，再到乳房。河边姑娘小伙子在正午的庄稼地里干活，被太阳晒得舒心大叫。他们相互夸着，小伙子说：'瞧大腿像水桶似的，妈耶吓人''哎呀胖成了犊子哩，保险你一冬不瘦。'姑娘红着脸说：'你才是犊子哩，没遮没拦胡咧咧。''那边过来的更胖哩，哎呀我看清了，多大的婆娘哎。'刘蜜蜡听到议论，就索性走到了地中央。年轻人见了赶路的主动搭话，还掏出兜里的花生和杏子给她吃。'我来帮你们做活吧。''做吧做吧，头儿不在怎么都行。'蜜蜡挨近的是两个小媳妇，就问她们：'快有孩儿了吧？'一个摇头说：'没呢。不歇气吃酸杏儿的时候才是哩。'另一个接上：'也有的到时候撒了泼吃辣椒，一口一个大红辣椒眼都不眨。'她们啧啧着，都说这是早晚的事儿：'那些不懂事的男人哪，像小孩儿一样怪能闹腾，早晚有一天嘭嚓一声，让咱怀上了。'几个人哈哈大笑。小媳妇说：'男人们真有办法，能让咱爱吃酸和辣什么的。'另一个说：'那得看是谁了。如果是俗话说的盐碱薄地，就生不出根苗了。'最后一句让蜜蜡瞪大了眼睛，长时间不再吱声。有人问她：'大妹妹咱多句话儿：你有了婆家还是没有？''没有。''哟哟，快许下个吧，大奶儿喧蓬蓬的，日子久了也不是个法儿呀。'"[①]

所引的这一段（其实只是一个长自然段里节选出的一小部分，全书的段落大都很长，像没有停息的生活世界）并不是作品里特别突出的部分，

[①] 张炜：《丑行或浪漫》，云南人民出版社2003年版，第154—155页。

单从字面上看,方言土语的性质也不是特别强。我多少有些随意地挑选一段能够体现作品一般情形的普通文字,正是想说明这个方言民间世界的一般情形。

在作品里,我们会遇到诸如"窝儿老""懵了瞪""书房""张口叉""上紧""囉咦""来哉""砸了锅""郎当岁""白不浏剌""泼揍""老了苗""撒丫子""脱巴""酒漏""不喜见""坏了醋""搅弄""迂磨""悍气""物件""饿痨""泼皮""人家老孩儿""主家""骚达子"等字词。从写到纸面上的字词来看,其中有的是北方方言区共有的,大多是登州一带独用的;但即使字词是共同的(这一类在作品里不少见),说话的"气口"也绝不相同。也就是说,在方言里,声音比文字重要,有不少方言是有音无字的;说到"气口",就更见方言的精细微妙、源远流长了。一种地方"气口"不仅发散当时当地生活的气息,而且更能够上接古音古韵,所以有时特别有力和生动。

更进一步说,在乡村民间世界里,语言(也就是方言)远比文字重要得多。费孝通在他的名作《乡土中国》中指出,在传统的中国乡土社会,语言即已足够,哪里用得着文字?"这样说,中国如果是乡土社会,怎么会有文字的呢?我的回答是中国社会从基层上看去是乡土性,中国的文字并不是在基层上发生。最早的文字就是庙堂性的,一直到目前还不是我们乡下人的东西。我们的文字另有它发生的背景,我在本文所需要指出的是在这基层上,有语言而无文字。"[①]"言为心声",乡野的"心声"存在于乡野之民的语言里。文学表现民间,如果不能贴近这语言,也就与"心声"隔了、远了,自然也就与民间隔了、远了。

我们从方言的角度来看《丑行或浪漫》,注重的不是一些特别的字、词、句,而是这样一种语言浑然一体的自然表达所呈现出来的一个整体性世界的精神。

回头看上面摘引的那一段叙述。这短短的一段,从食物(红薯、南瓜饼、花生、杏子)说到身体(屁股、大腿、胳膊、乳房),从身体说到怀

[①] 费孝通:《乡土中国 生育制度》,北京大学出版社1998年版,第22—23页。

孕生殖（男人们"怪能闹腾""嘭嚓一声，让咱怀上了"；生出"根苗"），转换顺畅，语意天成。这里说的是乡村生活的基本内容，突出的是它"天然"的性质。一个现代的城里人也会说，饮食男女是人生的基本内容——这之间有什么不同吗？

对于一个现代人来说，饮食男女，不论哪一项，都是个人的、个体化的。这首先是因为，一个现代的身体是私有的、个体的；而在这里，在这片乡野民间，身体的本性还没有脱离生活领域，没有彻底个体化，没有和外界分离，这与现代那种狭隘意义和确切意义上的身体和生理截然不同。在这里，身体的因素被看作是群体性的，同一切自我隔离和自我封闭相对立，同一切无视大地和身体重要性的自命不凡相对立。它的体现者不是孤立的生物学个体，也不是私己主义的个体，而是人类群体，并且是生生不息的人类群体。身体的因素具有积极的、肯定的性质，在这样的身体形象中，主导的因素是丰腴、生长、繁殖和兴旺，而且带有一种从本性发出的欢乐。①

刘蜜蜡健壮丰硕，女性特征突出，这一点在作品中屡屡彰显；这样的女性身体，也许只有在大地之上的民间世界里才水灵俊秀，在气韵生动的方言描述里才生气勃发。民间大美，绝不是一个孤立和隔绝的概念，这其实是对与之相联系的整个生活世界的积极肯定，是对人类繁衍不息的生命过程的积极肯定。说句实在话，也只有身心被民间精神充分浸染过的作家，才敢写《丰乳肥臀》这样的作品，像莫言，像张炜：莫言写得放肆而大气磅礴，张炜写得深蕴而意远情长、光彩照人。大地之上的身体，与各种现代空间/房间里的身体是不一样的。现代的人体观念，或者更进一步说，时尚的人体观念，与这种民间观念的悬殊差异，反映出来绝不仅仅是所谓的"审美"观念的变化，而是人、身体与整个生活世界关系的重大变化。韩少功在他的长篇作品《暗示》里，谈到了他称之为"另一个无性化时代"的"骨感美人"："这些超级名模们在T型舞台上骨瘦如柴、冷漠无情、面色苍白、不男不女，居然成为当代女性美的偶像。骨瘦如柴是一种不便于劳动和生育的体态，冷漠无情是一种不适于在公共集体中生活的神态，

---

① 参见钱中文主编：《巴赫金全集·第六卷》，河北教育出版社1998年版，第22—24页。

乌唇和蓝眼影等等似乎暗示出她们夜生活的放纵无度和疲惫不堪，更像是独身者、吸毒者、精神病人以及古代女巫的面目。体重或三围看来已经逼近了生理极限，她们给人的感觉，是她们正挣扎在饿死前的奄奄一息，只是一片飘飘忽忽的影子，一口气就足以吹倒，随时准备牺牲在换装室里或者是走出大剧场的那一刻。"显然，韩少功并不想克制自己，他认为这些"身体自残"的超级模特，"表现为她们对生命正常形象的一步步远离"①。刘蜜蜡"泼吃""泼长""大白脸庞喜煞人""大奶儿暄蓬蓬""大腚""浑实"，这样的"大水孩儿"与现代美女是两个世界的人。

　　与身体因素的积极肯定性质结为一体的，是刘蜜蜡整个生命传奇的积极肯定性质。刘蜜蜡所遭受的种种骇人听闻的折磨、虐待，所经历的种种非同寻常的艰难苦痛，足以摧垮一个人的生命意志，毁坏一个人对生活的基本信念。但刘蜜蜡没有。在刘蜜蜡漫长的流浪生涯中，我们强烈感受到的，是生命的趣味不熄、不灭，是生活的世界活泼无尽。她甚至感受到一种她未曾明了的"幸福"，她想："我这辈子就在野地里跑哩，一直跑到'有喜'。"②生命和生活世界都会遭受大恶的强暴摧残，但这里的生命和生活世界都没有转化为消极的否定性质。刘蜜蜡胜利了，但这种胜利不是个人的胜利，是生命与之紧密相连的生活世界的胜利，是民间积极肯定的精神的胜利。方言叙述了这种胜利，方言也分享了与之紧密相连的胜利。

六

　　《丑行或浪漫》的第三章《食人番家事》、第五章《河马传》，集中呈现了这个生活世界里的坏和恶，而且是大坏大恶。

　　在我们的文学中，常见的是小奸小坏；而且，似乎是要写出人物复杂的思想在起作用，常常坏也坏得压抑，坏得不彻底，坏得鬼鬼祟祟，总之，坏得不"爽"。复杂性似乎在于，好人也不真那么好，坏人也不见得多么坏。

---

① 韩少功：《暗示》，《钟山》2002年第5期。
② 张炜：《丑行或浪漫》，云南人民出版社2003年版，第145页。

面目模糊差不多就是复杂性了。

《丑行与浪漫》抛弃了这种所谓的复杂性，却并没有走向简单、教条和僵化。作者敢放笔直写大坏大恶，而且有能力把坏和恶不当成一个本质性的定义来演绎，而是当成一种同样丰富多彩的生命现象来叙述。坏和恶是一种生命现象，而且有些时候具有强大的生命力。所以，我们在这部作品里看到的坏，坏得有活力，坏得有感情，坏得有追求；坏得趣味横生，坏得花样翻新，坏得淋漓尽致；还有，坏得满足，坏得快乐。

大坏大恶，就是要这样坏和恶得没有限制，没有好和善作为一个对立面。没有好和善的意识，同时也就是没有坏和恶的自我意识，坏和恶得不知道什么是坏和恶。

在一个乡野小村，再坏再恶又能如何？能有多大的人物啊？这样问就似乎不太懂得中国乡村社会了。小油矬和他父亲老獾，那是一人之下众人之上的人物；什么叫一人之下众人之上？伍爷呢，当然就是"皇帝"。这个道理伍爷的"军师"二先生说得明白："使上了'缩地法'，把一村缩成一国，差不多也就是皇上了。"[①]这样一来，至高的权力就保证了坏和恶的蓬勃发展，保证了坏和恶充分施展的舞台空间，甚至保证了坏和恶的艺术性，保证了坏和恶的持久魅力。想想看吧，伍爷巨大的身躯，像大河马一般丑陋，可是这具丑陋的躯体似乎有着领袖般的超凡魅力（Chrisma），有着似乎无穷无尽的能量。从民间权力运作显影特殊时期的现代社会政治风云，当然非作者本意，但读者未尝不可以得其某种"神似"之处。

坏和恶其来有自，作品追究了历史。但像这样的历史追究，恐怕只有民间的视角和方言的叙述最适合担当。老獾讲家史，说："世上人叫咱'食人番'呢，咱这支人嘴里一左一右有两颗尖牙，后来一代一代下来大荤腥没了，尖牙也就蜕成两颗小不点儿萎在嘴里，你照着镜子擎着灯扒拉着看吧，一看就知道了。"[②] "伍爷为什么对咱好？他也是古谱上寻不着的人口，用一个假'伍'藏住了身哩……（口）里边一面一颗小獠牙。你当这是怎么？

---

① 张炜：《丑行或浪漫》，云南人民出版社2003年版，第174页。
② 张炜：《丑行或浪漫》，云南人民出版社2003年版，第88页。

这是要在人堆里啃咬哩。"①

特别有趣的是二先生为伍爷写了一部"传书",自然从上溯几代写起,来龙去脉交代清楚;一路下来,写到传主伍爷,"十五岁长成街上霸主,大小童子皆为身边喽啰。歹人闻其声而色变,常人观其行而规避。大小村落,泱泱民间,莫不知虎门又添豹子,苍天再降灾星。先人既老,兵权私授,上级倚重,根红苗正。君不见督都来视,执手而行,酒过三巡,声色俱厉……吾虽年长十岁有二,或可为伍爷记叙日常行止,收拾一路碎银……吾半生觅得病妻一枚苟延残喘,幸得伍爷关爱方获一分活趣,不至轻生。吾平生所见伟人多乎不多,身材宽大声如洪钟者仅此一例。且不说治理保甲技高一筹,设文臣置武将以逸待劳,平日里安卧榻上身覆朱红缎被,大街上一片升平井井有条。真正是以静制动,运筹帷幄,决胜于千里之外。其人声势远播,恩威并举,毗邻如上村之头黑儿来见,每每弓身低眉,乃畏惧之状。凡强力之士必有余兴存焉,俺伍爷虽日理万机,仍旧异趣盎然令人惊骇。本传书依据不为贤者讳之原则,在此慎记传主瑕疵一二,以承续太史公之遗风。"②以下所记"余兴""异趣",无非"袭人妻女"之类。

二先生写"传书",对方言土语,虽终不免夹杂一二,整体却是极力回避的。一是因为,为"伟人"作传,当然不能用村语野言,须得"高雅"之文才相般配;况且,"传书"为古已有之的体裁,有它自身的原则、模式和要求。二是因为,二先生是有文化的人,"有书底子",这一优势——意味着特殊的资格和权力,意味着乡村的"文治"——的明显标记,就是和那些无知乡民说话不一样,且会写字作文。这部"传书"实在有些妙不可言。它歌功颂德,阿谀逢迎,文过饰非,却又从记叙中透露了真实生动的历史信息;它满篇陈词滥调,随处可见各类文体的混合杂交,却在新的组合和拼接中碰撞出了或大或小的缝隙和裂口,得以透过它们窥见被掩藏的图景;它有时老谋深算,有时却轻率放肆;它可能刚刚说皇帝穿着新衣

---

① 张炜:《丑行或浪漫》,云南人民出版社2003年版,第114页。
② 张炜:《丑行或浪漫》,云南人民出版社2003年版,第208页。

服，马上又接口说皇帝没穿衣服；它常常一知半解，不懂装懂，可是，这一知半解和不懂装懂反倒可能一语中的，一针见血。

在《丑行或浪漫》这么一部方言之书的里面，放进了一部戏仿的"伟人传"，堪称神来之笔。作者写大坏大恶，对这部"传书"借力多多。同时，在方言的大地上，我们又可见别样语言的奇观。

七

在《丑行或浪漫》里，一如在《九月寓言》和张炜其他一些中短篇小说里出现的人物，大都有非常独特的名字，这几乎可以说是张炜小说的一个特殊记号。这样的记号，可以算作作家个人化风格的一部分；但其根底是非个人化的，是民间生活世界和民间精神的自然标记。

张炜讲过这样的事："三十年前有这样一个小村，它让人记忆深刻：小村里的很多孩子都有古怪有趣的名字。比如说有一家生了一个女孩，伸手揪一揪皮肤很紧，就取名为'紧皮儿'；还有一家生了个男孩，脸膛窄窄的，笑起来嘎嘎响，家里就给他取了个名字叫'嘎嘎'；另有一家的孩子眼很大，而且眼角吊着，就被唤做'老虎眼'。小村西北角的一对夫妇比较矮，他们希望自己的孩子能高一些，就给他取名'爱长'。"

张炜把这称为"自由命名的能力"。

这种"自由命名的能力"是依托生活世界、靠方言来实现的。

这种"自由命名的能力"并不仅仅表现在取名字上，而且表现为对置身其中的生活世界的自主性。譬如说，《九月寓言》里写的"忆苦"、《丑行或浪漫》里写的"辩论会"，本来都是政治意识形态的仪式，但是这种自主性却把它们变成了集体共同参与的节日性活动。意识形态的因素没有被完全消除，但却在整体上充分民间化了。这种自由的自主性把这样的仪式改造成了平凡日常生活之外另一种戏剧化的生活，而且人人都不同程度地参与其中。

可是，这种"自由命名的能力"，这种自主性，正在逐步丧失。

我们也许可以想得到"三十年后的小村怎样了"——"满街的孩子找不到一个古怪有趣的名字——所有名字都差不多。……不仅这样，当年的

'紧皮'、'爱长'、'嘎嘎'、'老虎眼'们，他们自己也不喜欢别人叫原来的名字。显然他们认为那是一种羞愧。"①

这种"自由命名的能力"的丧失，背后是"自由命名的语言"的丧失，是生活世界的完整性的丧失。

方言已经没有办法统一乡土农民的生活。今天已经很少有乡村集体活动——集体劳动、集体娱乐，方言的集体场域不那么容易见得到了。方言和方言的语境、方言和方言的大地之间那种天生的默契和亲密无间的交融没有了。说方言的农民们，即使他们没有背井离乡加入涌向城市的"民工潮"里，即使他们还留在生长的土地上，那片土地也已经大大不同了。在现在这片加速变化的土地上，他们只是一个个孤单无助的人，孤单无助地对付生活的重压，孤单无助地面对越来越普通话化的世界：不仅是教育的彻底普通话化，而且生活也越来越普通话化，就连娱乐也是。娱乐内容是普通话化的，娱乐形式是家庭化、私人化的。普通话化，简单一点说，也就是现代化在语言上的变体。偶尔在某类电视节目里听到方言，可那样的方言只不过是点缀，是调味品，甚至是被嘲笑的对象。他们的语言不断遭受剥夺，他们生活世界的完整性不复存在。

20世纪产生了重大影响的语言学家索绪尔在《日内瓦大学就职演说》中讲道："语言不会自然死去，也不会寿终正寝。但突然死去却是可能的。其死法之一，是因为完全外在的原因语言被抹杀掉了。"譬如说，把普遍的共同语强加给说方言的人，就有可能抹杀掉方言。索绪尔继续说，"在这种情况下，只有政治的支配是不够的，首先需要确立文明的优越地位。而且，文字语言常常是不可缺少的，就是说必须通过学校、教会、政府即涉及公私两端的生活全体来强行推行其支配。这种事情，在历史上被无数次地反复着。"②

不过方言还会持续存在下去吧？但又能持续多久呢？如果方言活泼泼

---

① 张炜：《世界与你的角落》，见《中国当代作家面面观——寻找文学的魂灵》，春风文艺出版社2003年版，第31页。

② 参见〔日〕柄谷行人：《日本现代文学的起源》，赵京华译，生活·读书·新知三联书店2003年版，第198页。

的精神没有了，与这活泼泼的精神共生的生活世界没有了，只剩下一个声音的躯壳，除了做一种语言的"标本"，被当作一种语言的"遗迹"，还有什么活生生的意义？

由此而言，《丑行或浪漫》生气灌注、自由流淌的方言及其神理、神味、神韵，是否行将从生活的大地上失传？这部作品是不是登州方言和这个方言生活世界的绝唱和挽歌？

我很疑惑。

也许不是这样，也许我们对方言及其生活世界所内含的积极肯定性质估计得太不够充分，也许这样的积极肯定性质会创造出新的生命活力？也许这样的积极肯定的性质——而不是整体性的贬黜、否定、对立——会引导我们去重新寻找与悠久之根柢相沟通的新的方式，重新建立生活、语言、写作之间息息相通的联系？

如果文学不是"上升"的艺术，
而是"下降"的艺术
——谈林白《妇女闲聊录》

一

先是在《天涯》上读到一部分，接着是在《万物花开》的附录，现在，它已经完全独立、自足，它就这样，自个儿在这里了。

一开始，我们或许只是把它当成有趣的"民间语文"吧；当林白告诉我们《万物花开》的部分素材自此而来，我们就不能不考虑个人创作和民间叙述之间的关系了。林白说闲聊录和《万物花开》的关系，大概相当于泥土和植物的关系。当时我看到这句话就觉得高兴，但隐隐又有点儿嫌林白说得还不足，我在心里反驳说，闲聊录不仅是泥土，它本身同时还是植物，还是花开。我们的认识不能到这里为止：在民间的泥土上生长个人的植物和花朵；民间本身就植物繁茂，四野花开。也就是说，如果能够更彻底一些，闲聊录就不可能仅仅是"素材"，更不会只是个人创作的"附录"。

我猜想，这样的想法林白那时大概就隐约有了，只是还需要一个明确、清晰起来的过程。毕竟，从《一个人的战争》到《万物花开》，已经是长长的一段行程，林白还能走到哪里去？到这个时候，真是能够考验一个作家的天分、力量和勇气。长期在个人幽暗的空间里摸索、挖掘，有一天，开了一扇窗，新的空气、阳光和可以从窗口眺望的景象，一下子带来对一个广阔世界的新鲜感受，在这个时候，一些新的因素就出现在她的文学里了。我说的考验，也就在这个时候出现了。很多作家拒绝这种考验，他们就停留在这里，你不能说他们的文学里没有活泼的生活和广阔的世界，但那样的生活和世界只是在窗边和门口感受的生活和世界，他们不会走出自己的房间。在我们的文学中，多的就是这样的窗边文学和门口文学，当然，我不否认，在这样的位置上有时候也能够感受到清新的风和视野可及的多样风景。但在这个时候，林白却被强烈诱惑着离开窗边、跨过门槛，走进了辽阔的世界之中，表现出性格里的彻底性。

有了这样的彻底性，才有了这样一部独立的《妇女闲聊录》。

那么，文学呢？

作家走进辽阔的生活世界，如果还一直带着文学的矜持和艺术的优越感，就不可能真正投身和融入其中。他没有对世界充分敞开，世界也不会向他充分敞开。我们说文学来源于生活，所以作家向生活世界学习，看起来是种低姿态；但我们又相信文学高于生活，所以他面对生活世界的时候不可能不带着文学的矜持和艺术的优越感。他要从生活世界中提炼出精华，把它"上升"为文学和艺术。这个根深蒂固的观念，仔细追究起来非常有意思，会暴露出很多似是而非的问题。在这里我们不能深究，但不妨换个方向思考：如果文学不是一门"上升"的艺术，而是一门"下降"的艺术呢？如果文学放弃了它面对辽阔生活世界的矜持和优越感，它会失去什么，又将得到什么？

《妇女闲聊录》至少是一次尝试，尝试把"上升"的艺术改变为"下降"的艺术，从个人性的文学高度"下降"到辽阔的生活世界之中去。我想，这样的改变不仅对于林白本人是意义重大的，而且也深刻地触及了当代创作的某些根本性的问题。

二

马克思在《路易·波拿巴的雾月十八日》中论述复辟时代的法国农民，说："他们无法表述自己；他们必须被别人表述。"爱德华·萨义德把这句话放在《东方学》的扉页。我在这里也借用这句话，来讨论底层表达和民间叙述的问题。

无论从压迫他们还是从解放他们的意义上，底层民众长期以来被认为没有能力表述自己，他们被称为"沉默的大多数"。沉默，就是不说话。

可是，他们真的不说话吗？

当"说话"这个词换成"表述""表达""叙述"的时候，似乎就有理由把他们描述成"沉默"的了。也就是说，虽然他们说话，可是他们说的话够不上"表述""表达""叙述"的高度，他们的说话不"规范"，没有太大的"意义"和"价值"。说得更直白一点，就是，他们的话不是话。

那么，谁的什么样的话才算是话？是谁怎么规定了怎么样说话才"规范"，才有"意义"和"价值"，才够格称得上是"表述""表达""叙述"？

关于表达的权力机制在漫长的历史中被建构起来，并且不断地被建构、调整、巩固着。在这一整套复杂的大系统中，文学更是通过对其"特殊性"的强调，被视为非同一般的"表述""表达""叙述"的话语，只有少数具有特殊才能的人才可能掌握和使用这套话语。越是强调"特殊性"，它的排斥性就越强；排斥性越强，"特殊性"也就越突出。文学为什么总是喜欢讨论"什么是文学，什么不是文学"之类的问题呢？其中的一个秘密就藏在这里。

我想《妇女闲聊录》也会面临这样的问题。它打破了那种农民不会说话、只能由别人代他们说话的假设，让一个到城里打工的妇女直接开口。这一开口，就滔滔不绝，神色飞扬。她讲现实境遇、留存在个人记忆中的历史、村庄里的人与事、当地的风俗和事物，散漫无际，却也像流水和风一样，浑然天成。文人作文，师法流水和风，"随时随处加以爱抚，好像水遇见可飘荡的水草要使他飘荡几下，风遇见能叫号的窍穴要使他叫号几声，可是他依然若无其事地流过去吹过去，继续他向着海以及空气稀薄处去的行程。"（周作人《莫须有先生传序》）真正能够达到这个境界的文人，恐怕少而又少；不是文人的木珍，倒庶几近之。她不是文人，不要作文；她开口说话，也并不关心"规范""意义"和"价值"，她本就是闲聊而已。

闲聊而且是妇女闲聊，东家长西家短，陈谷子烂芝麻，柴米油盐酱醋茶，养猪贩牛生孩子，说出来就被风吹走了；林白却把它们整理成文字，而且要让这样粗俗的东西登上文学的大雅之堂，这不是冒犯吗？这当然是冒犯。对于那些把自己封闭在"特殊性"的圈子里，反刍着优越感和艺术性的文学之辈，太需要冒犯了。如果能够冒犯出一个缺口，连通真切的生活和辽阔的世界，那就太好了。

在我有限的阅读中，我并不能举出几部当代作品来，使我能够像读《妇女闲聊录》时那样真切地贴近当代中国的农村、农民，能够真切地感受到那些以各种各样方式活着的人的心——虽然"木珍们"并没有直接讲述他们的心灵史。当代中国的农村，早就不是隔绝封闭的所在，一个像王榨这样小小的村落，也没有办法外在于中国整个社会急剧变化的大格局。这部看似"无所用心"的闲聊录，所包含的复杂信息并非可以等闲视之。譬如，开放了的农村在社会形态上几乎可以说是全面溃败，从这里就能够看到形形色色光怪陆离的"现代"表现。这个问题和"大势"，在 20 世纪 30 年代至 40 年代就困扰着沈从文这样的文学家和他的文学；今天愈演愈烈的形势，明里暗里更是困扰着文学，要求着文学。文学可不应该是没有知觉的、迟钝的，或者，文学不应该装作不知道存在着这样的困扰和要求。

在我有限的阅读中，也并不能找出几部作品来，像木珍的闲聊那样朴素、自由、鲜活。木珍说话时，我们虽没见她的样子，但从她的讲述里就看得出她是眉飞色舞；当今文学的叙述，唉，如果该达到眉飞色舞的状态就能够达到眉飞色舞的状态，那我们的文学就会有魅力得多。

这样的文学对生活世界有一种谦逊的态度
——从迟子建的小说《草原》谈起

一

看到《草原》这个名字,我就喜欢。

这两个字指向一个苍茫、旷远的世界,对小说里的"我",叙述故事的人,更是具有非凡的吸引力。你看他要到草原出差,意识里不自觉地出现的,就是马的意象,他要说个事,动不动就用马来比喻——

说到过去,"我毕业时,东北那些曾经无比辉煌的大工厂,正像衰朽不堪的老马一样,一匹匹地倒下。"

说到眼下,"火车是正午出发的,它向着西北方向,像一匹吃足了草的老马,缓缓地行进着。"

这两个比喻还是说心外的事,说到自己心里的事,说到出差赶上中秋节的心情,那比喻就见出神采了:"在我眼里,中秋节就像一匹雪青色的骏马,它落脚到草原上,才有神韵。我仿佛已经被它飘逸的棕毛给拂着脸了,满心的激动。"

三匹出现在比喻中的马,很强烈地呼唤着、预示着一匹真实的马的出现。果然,也是顺理成章,天驹出现了。然后,就会有马的主人的故事,一代代草原牧民的人生与命运,一个阔大的草原生活世界。

这是一个奇妙的过程:比喻呼唤出真实。这是在小说文本内部发生的事情;在小说文本和生活世界之间,其实也存在着这样一种呼唤的、暗示的、延续的关系。

我说我喜欢《草原》这个名字，是因为这个名字暗示着这个名字之下的作品，最终是指向比这个作品大的生活世界。

这是什么样的名字？和《边城》，和《呼兰河传》，是一类的。我倒并不是暗示迟子建有什么野心，而是说，这样的名字，隐含着一个作家的小说世界的性质，还隐含着一个作家的小说世界和一个更广阔的生活世界之间的关系。我要说我个人喜欢的，是这样的文学世界的性质，和这样的文学世界和生活世界之间的关系。

这个说起来有点复杂，只能简略地勾勒一下。文学作品，就其内在要求而言，应该具有自身的统一性，它自身就应该构成一个完整的世界；然而，从另外一个层次而言，任何文学作品自身都不是完整的，它植根于它从中诞生的更大的世界。这样一来，对于完整的理解，会产生两种倾向：西方的文学传统倾向于把要表现的内容绝对局限于作品里，作品自身就是一个完满的世界；中国的文学传统则倾向于强调作品和生活世界之间的延续、转化、声息相通，相对于作品的完整性而言，还存在着一个更大更完整的世界。

在这个问题上，我们很难辨析清楚，当代中国的文学创作和观念，究竟是在多大的程度上无意识中延续着中国文学传统的倾向，以及究竟是在什么程度上有意识地受到西方文学传统倾向的强烈影响。但借助有关完整性的两种倾向确实可以区分两种类型的作家。

一类追求和强调作品内部的整一性，这也就意味着，如果一部作品自身就是完整的，那么它同时也是封闭的，自足的，不需要与它之外的世界形成关系。这种类型的作家通常相信个人的独创性，相信叙述和虚构的力量，也就是说，他们认为可以通过个人独特的创造性，通过叙述和虚构，来创造出一个独立的、纯粹的文学世界。

另外一种类型的作家则要谦卑一些，他们相信文学有其出处，这个出处并不仅仅是个人的创造性，也并不仅仅是由叙述和虚构构造而成。这个出处比他们的作品更大也更完整，我们或者可以把这个出处叫作生活世界。他们的作品和这个生活世界之间是相通的，这也就意味着，作品不是封闭式的完整，甚至可以说，相对于生活世界来说，作品永远也不可能是绝对自足式的完整的。

迟子建的文学是有出处的文学，正像沈从文、萧红的文学是有出处的文学一样。从完全自足的艺术品的意义上来说，常常会觉得他们的一些作品是不够精致的，不够完整的，那可能恰恰是因为他们的文学带着其出处的鲜明痕迹和独特气息。把原生的痕迹和气息去除干净，割断与它从中产生出来的生活世界的紧密联系，那就成了摆在博物馆里的艺术品。他们的文学，不是这样的博物馆里纯粹的艺术品。打一个不太恰当的比喻，他们的一个个作品，可以看成是一块块矿石，粗糙，但是有质地。特别是一块又一块矿石之间都可以联系起来，而且共同指向一座富矿——它们的出处。从这个意义上说，既可以把他们的每一个作品看成是独立的，也可以把他们全部的作品看成一部大作品，由同一座富矿的出产。从《北极村童话》到《树下》，一直到《额尔古纳河右岸》，再到眼前的《草原》，读迟子建的小说，会自然地觉得，这就是那个作者写的小说。这就是有出处、反过来又指向那个出处的缘故。

按照道理来说，所有的文学都应该有其出处，实际却不是这样。在当代文学中，我们会看到精致的黄金制品，这种制成品的含金比例，应该比矿石高吧；但是这一件黄金制品和那一件黄金制品有什么关系、它们都是从哪里来的，完全看不出来。一件黄金制品的含金量可能会超过甚至大大超过一块含金的矿石，但是恐怕永远也比不上一座金矿。

有出处，才让人信任。

二

这就又谈到信任的问题。

迟子建是一个让人信任的作家。实际生活中我与迟子建并没有很多交往，但她的作品却能产生出让我信任的品质。似乎我们现在几乎不用信任这样的词来谈论作家作品，不知道这是因为信任这样的品质，无论是在实际生活中还是在文学创作中，都越来越稀罕；还是因为，无论是在实际生活中还是在文学创作中，信任都越来越没有用，因而也就不可能成为一个基本的评价标准和出发点。

从20世纪80年代以来，叙述越来越成为小说创作的焦点，怎么叙述越来越成为非常多小说家用力的方向，这差不多成了大家都很焦虑的一件事。叙述得自觉当然比叙述得蒙昧好，叙述当然是小说的一个基本问题，无论如何讲究都是应该的，甚至是必须的；但随之而来的，则是如何叙述的机心。这样那样的机心，在二十多年来的当代小说中随处可见，甚至愈演愈烈。

一有机心，即无信任。

首先是作家不相信他要写的本身即是好东西，认为要加入个人的机心（个人的创造性之类）才能够使它变为好东西。也就是说，不信任感一开始就存在于写作的内部，存在于写作的过程中。

接下来，读者在阅读作品的时候，自觉或者无意识地感受到机心的存在，就产生出了隔。读者看着作者在那里耍花枪，耍得高明，叫一声好，也就如此而已，信任感是没有的。说句刻薄的话，有些被叫好的作品，也就是耍花枪耍得高明的作品。当然，耍得高明也非常不容易，对比一下那么多耍得不高明的，就应该叫好了。

作者从他个人的创造性出发，要设计他的叙述，要设计他要叙述的东西，要设计他的叙述有可能会产生什么样的反应和效果，在这个过程中，读者也被设计了。被设计的读者当然不会信任设计他的作家和作品。

中国当代文学在写作和阅读之间没有形成良性循环，责任并不全在于读者对文学的离弃。任何时代的人都需要文学，需要他们信任的文学，而不主要是通过文学来欣赏机心。机心、聪明、眼花缭乱、所谓的个人创造性，在文学之外已经可以看到太多了，何必到文学里来看。

要使读者信任，作者首先要信任。信任什么？在沈从文、萧红、迟子建这样的作家那里可知，是信任他们的文学从中产生的广阔的生活世界。他们的自信来自他们相信，相信那个大于他们个人——大于个人的创造性、大于对叙述的设计——的生活世界。

他们的文学对生活世界有一种谦逊的态度。这是一种越来越不多见的品质。

贩夫走卒的精神生活

我记得几十年前有过这么一个提倡,说文学,对强者要关心他们的灵魂,对弱者要关心他们的生存。其实不管有没有这个提倡,多少年以来我们的文学大致就是这么个路子。例如底层文学,往好里说,也是关心人的生存的文学。这里面有个问题是,引车卖浆者之流,贩夫走卒、农民、下岗工人、打工妹,他们就没有精神世界吗?心灵、精神、孤独、对话和沟通,是某些人或某类人的特权吗?

我读刘震云的《一句顶一万句》,最深的感受有两点,其一就是他写的这些人物,卖豆腐的、剃头的、杀猪的、贩驴的、喊丧的、染布的、开饭铺的,还有提刀上路杀人的,他们的精神活动是如此饱满和剧烈,以至于影响、改变和左右着他们的生存和命运。精神活动不是生活的点缀、升华、结晶,当然更不是附庸风雅的装饰、饭后的甜点。对于这些最普通的人来说,精神活动就是生活本身的活动,就是生活,就是生存和命运。

比他们"高级"的人,能够把精神和生活、生存分开,他们不能。为了找到一句知心的话,或者为了诉说一句知心的话,他们在茫茫人海中、在茫茫大地上,奔走一生。"高级"的人会觉得夸张了吧?但就是写到这个程度,才写出了真正的精神世界,写出了精神能量的生生不息,写出了精神活动的严肃和壮阔。上下两部分别叫《出延津记》《回延津记》,分别写杨百顺和牛爱国,两位都是固执得有些一根筋的人,心有所求,脚不停步,百折不回。他们的精神生活也一样丰富复杂,一样波澜壮阔。

陀思妥耶夫斯基写普通平凡人物剧烈的精神活动,曾经备受责难,托尔斯泰甚至也为此批评陀思妥耶夫斯基——这是不是暴露出托尔斯泰到底还是贵族?20世纪40年代天才小说家路翎的创作,被向林冰等人批评,说写的是工人，人物的衣服是工人的、面孔是工人的，而灵魂是小资产阶级的——好像是说只有小资产阶级才有灵魂和思想。路翎回忆与胡风的探讨时说："我说我的意见是，不应该从外表与外表的多来量取典型，是要从内容和其中的尖锐性来看。工农劳动者，他们的内心里面是有着各种的知识语言，不土语的，但因为羞怯，因为说出来费力，和因为这是'上流人'的语言，所以便很少说了。我说，他们是闷在心里用这思想的，而且有时也说出来的。我曾偷听两矿工谈话，与一对矿工夫妇谈话，激昂起来，不回避的时候，他们有这些词汇的。有'灵魂''心灵''愉快''苦恼'等词汇，而且还会冒出'事实性质'等词汇，而不是只说'事情''实质'的。当然，这种情况不很多，知识少当然是原因，但我，作为作者，是既承认他们有精神奴役的创伤，也承认他们精神上的奋斗，反抗这种精神奴役创伤的，胡风便大笑了。"

刘震云也注重语言，他取的方向却与路翎的语言突破方向大为不同，但根底上对普通民众繁复剧烈的精神活动的描述则是相通的。简单地说，是要写出他们"闷在心里"的"思想"，以及这种思想和精神活动与他们的经验、生存和命运不可分割的关系。路翎在中国现代文学史上是孤独的，刘震云这部作品被炒热大概不成问题，但刘震云的那些与"知识分子"相左的想法，书写的那些贩夫走卒的精神世界，会引起人们多大多深的共鸣，就很难说了。

我读《一句顶一万句》，另一个颇深的感受是，刘震云写这个世界发生的事情，你认为事情是这样发生的，其实不是。要搞清楚原委，就得把事情重新叙述一遍。这造成了小说叙述上不断回环往复的特性，有音乐效果。这种语言叙述有音乐的效果？好，不争论，继续说。"这些年杨百顺经历过许多事，知道每个事中皆有原委，每个原委之中，又拐着好几道弯。"原委又藏在哪一层哪一道弯里呢？这个就不是那么容易知晓了。所以这个世界其实不是单层的，是好几层，你以为的是一层，其实是另一层，另一层又有那么多弯弯绕。事情的发生是有因果关系的，一环扣一环，但不知道怎么到后来，前因却可能完全不搭后果。刘震云写因果关系写得认真，一丝不苟，到后来却因不是因，果不是果。这个话题很有意思，也很大，这篇小文章里就不说了。

孙甘露和《千里江山图》

一

孙甘露的长篇小说《千里江山图》一出，即有被争相阅读之景象。人们初始的反应，是惊讶，大呼意外。

出乎谁的意料呢？当然是大多数读者。孙甘露先锋小说家的形象太深入人心了，以致难以想象另外的样貌。

那会不会也出乎作家本人的意料呢？这就难说了。我不能代作家来回答，但很有兴趣猜测，或者说，胡思乱想。

形象这个东西，是一时一地建立起来的，即便得以流传久远（譬如写入文学史），也无法据此推断这个人的此前、此后，甚至当时。当然有不少人终生致力于维持一种形象，这是一种自觉；有人有这样的自觉，另外还有人有别样的自觉。

别样的自觉就是，形象或者身份，就是形象或身份；哪怕是极好极高的，也别被它限制住，别被限制住人的丰富和变化。

从前有一个邮递员，在20世纪80年代中后期文学探索实验的浪潮中跻身先锋，而且在先锋中也卓然独立。我们因为读了他的小说而知道（更多是想象）了这个作者，顺理成章地以先锋作家来标记他；但对于这个人自己来说，我们能因此而认定先锋写作就比骑邮政单车穿行街巷的十年青春更重要吗？后一种身份可以覆盖前一段生命吗？

后来，这个人几乎离开了创造纸上语言王国的个人活动，去办了一份大受年轻人追捧的都市时尚周报；再后来，更是到机关做起了具体烦琐的日常工作，在各种牵扯纠葛中付出实际的努力，做成实际的事情。从《访问梦境》式的精神漫游，到脚踏实地的腾挪游刃，要说意外，这些足够让不少人意外了吧？

所以，《千里江山图》也不是孙甘露第一次让人意外。而常常让人意外的人，他自己未必是意外的。外人意外的是形象或身份等的变化，而他本人未必意外的原因是，他还是这个人，人的能量在不同时机有不同的外化形式，而能量一直在；即使是不同的形式，其间也未必就能截然区分，内里说不定有千丝万缕的联系，乃至曲折的贯通。

就譬如，邮递员的职业生涯和《信使之函》之间具有最表面的关联，可谁又敢说，表面的就不是深刻的呢？而现在，我更愿意想象的是，当年那个从一个街区拐进另一条街区，从一个弄堂穿到另一个弄堂的送信人，在他散漫无羁的思绪里，会不会有一刻，或者有许多时刻，把自己假设为一个侦探，一个隐蔽战线上的情报员，一个只有自己知道自己在做什么的孤独英雄？他读了很多书，着迷于外国文学和艺术，可即便如此，他也一定看过那个年代大家都看过的革命历史题材的小说和电影，而其中最有吸引力的，是特务和反特务相关内容。

我当然不至于说他那个时候就在为写《千里江山图》的谍战做准备，甚至连无意识的准备也算不上。我得谨慎一点，只是说，他如今写了这么一部长篇，不是特别奇怪的事；说得夸张一点，说不定写作这么一个故事，变相地实现了他的一个梦想。

要是你觉得这样扯太虚了，我就再说稍微实一点的。还是譬如，由于职业性的穿行游荡，他的心里存了一张路线图，年长日久，会比一般人更熟悉也更敏感于城市的空间，它的布局，它的建筑，它的街道，它的联通和它的阻断，它的隐秘角落，它的各种气息——这一点还可以再追加上少年时不断在这座城市里搬家的经历；而随着时代的变迁，他身在其中的城市也就有了层叠的痕迹，细密的皱褶，不是一眼看上去那么表露无遗，他身历的历史，他身历之前的历史，附着于这座城市，在一个对它熟悉、与它亲和、敏感于它的神经末梢的人眼里，就变成了蕴藏许许多多内容的空间。这些年，孙甘露与多方合作，策划设计了一些城市文化地标以及相关的系列活动，这种能力还真不是凭空而起的。这种能力也被用在了《千里江山图》上，为一个故事设计它所需要的城市空间，大空间，小空间，明空间，暗空间。

二

啰唆了这么多,还没有落到这部新作上,挺让人着急,我自己也急。已经有不少慧眼先见,我再重复,意义不大。我读时和很多人的感受一样,拿起来就很难放下,强烈的吸引力持续始终——谈论能达成这种阅读效果的作品,远了,不切题;近了,就被它吸进去了。不即不离,难。

先说语言。不再是"汉语中的陌生人"的语言,而是熟悉的现代汉语,控制适度的陌生化;多短句,及物,简洁,不凝滞。

这就带出了节奏,快,急促。这个"比缓慢更缓慢"的作家,这一次,叙述速度快起来了。先锋时期,他的语言绵长不尽,形成极强的韵律感;如今,他的语言干净、利落,句与句之间的切分,仿佛敲击的鼓点,敲打出紧迫的节奏。所以你读得快,拿起来放不下。

这是整体上的感受,细究起来,这样说也有问题。我知道很多人读这本小说,读着读着,会回过头来往前翻,越到后面,往前翻的次数越多。这就是说,第一次读的时候,可能漏掉了什么。小说的语言简洁清晰,但清晰不是透明;说这样的语言及物、指实,但及的什么物,指向哪种实,还需要分辨;话里有话,旁敲侧击,声东击西,歪打正着,正说,反说,闲说,都需要琢磨。谍战小说嘛,用这样的语言,才对路。就是简单的文字,也有复义、歧义、真义,也有玩味的空间。所以,是我们熟悉的现代汉语不假,却不是一览无余的,叙述的行进过程中,他时不时就会提醒你一下,前面有什么东西你还没完全明白。

你本来是被紧迫的节奏带着急切地阅读,但又不得不停下来往前翻找匆匆读过的段落、章节,这样一来,这种节奏就不是一冲到底的。暂停,回头,重新发现,回味。这个时候,就渐渐升起了回旋的韵律。有人把小说读了一遍之后,又重新完整地读一遍,第二遍不那么紧张了,节奏还在,但分明多出了属于全篇的旋律,回环往复,不绝如缕。

这样的效果还跟叙述的密度有关。密度,就是信息量。我们都读过一些没有多少信息量的小说,好像文学与信息无关似的;我们也读过一些有一大堆散乱信息的作品,好像是堆放物品的仓库。正如许多人注意到的那样，这部作品的作者无疑做了大量的功课，接触和搜集了那个时空五花八门的杂乱信息。但这一大堆信息还得经过消化变成自己的知识，这些知识还得再经历一个复杂的过程，投射进作者自身的感受力、经验、直觉、感情、想象，变成作品的有机分子，并且活跃起来，加入对叙述的推动中。这个过程多少有点类似作品中一个人物的经历：凌汶到广州查考牺牲了的丈夫的踪迹，一步一步走进实地，眼前所见的一点一滴，终于唤醒了她对一张照片已经模糊的记忆。等到那张照片在她脑海里清晰起来，和身处的情境互相对照，意想不到的真相豁然显现。也就是说，一张旧照片所含有的信息，其中最关键的部分，到这个时候才泄露出来。岔开来说一句，这一章的叙述极具张力，当凌汶心里一点一点清楚明白起来的时候，她个人的命运也正一步一步走进越来越深的黑暗。

还有叙述的难度。难度的产生，一个重要的原因是智力这一要素的限制。我之所以要提到智力，实在是因为，我们的文学大多时候是忽视智力的，至于以智力为核心因素、能够给阅读带来智力上的愉悦的作品，太少了。这一点我只点到为止，免得伤人。《千里江山图》当然不只是写智力博弈，更是要完成一件不可能完成的任务，叙述一个不可能的故事。这不仅缺不了智力，而且必须让它在发挥到极限的条件下登场，并且有始有终，终成可能。

三

很遗憾我不能具体分析情节、人物、关键节点，否则就涉嫌"剧透"，尤其对于谍战小说，这简直是重罪。我就另外转述个小故事吧。

这个故事是好几年前我听孙甘露讲的，读《千里江山图》，又碰到了它，只是稍微改头换面了一下：

金先生最爱明四家，做梦都想要一幅"仇英"，行里都知道。有一天，有人上门，拿来一幅仇英的小画，金先生喜之不尽，特地约请沪上书画界的一位行家，一起鉴赏。行家细细观摩，然后说，这幅画是假的。既然是假的，当然不收。售画人离去，行家也告辞。金先生多了个心眼，让人跟着，看见这位行家拦着售画者横竖要买。金先生大怒，这快赶上明抢了。

第二天，金先生让人捎话给行家，愿意加价一倍。

小说里，这故事是陈千里和易君年第一次碰头，易君年讲的。陈千里没有犹豫，说，"那幅画是假的。"易君年接口，"那位行家自己画的。"

这个故事有几个值得玩味的层次，还有一个层次是小说里省略掉的：现实里，这幅画既经某位名公收藏，有了"背书"，以后流传，大有可能是越来越真了。

我不是要说这个故事在小说里面的作用，而只是说，小说的作者如此乐道这个故事，不是没有缘由的。他自己写了一个大故事，其中的层次、转折、真伪之辨，自然比这个故事复杂得多，也惊险得多，其间的门道，却多有相通。

四

但《千里江山图》只是一个好看的故事吗？这个故事展开的主要地点是上海，我前面说过，作者为一个故事设计了它所需要的城市空间。话可不可以反过来说，作者是为了写这个城市，才设计了这样一个故事？

也许很难找到别的什么，比得上一个谍战故事更方便、更适合表现这个城市的了。谍战人员超出一般人的限制，不仅频繁出入各种场所、人群，而且他们必须比一般人更敏感于自身所处的周遭环境，必须具有更强的细致入微的观察力；他们不断转换身份，也意味着他们不断转换眼光打量这个城市，感受这个城市；他们深入探查这个城市的秘密，而他们自身的秘密也是这个城市秘密的一部分；他们称得上这个城市最灵敏的感官，而且他们要把自己的感知转化为实际行动，为这个城市的运转不息加入看不见的力量。

叙事学区分作者和叙述者，那也就是说，小说家有两个身份、两个名字，正如间谍。而如果小说家写谍战小说，差不多就是间谍写谍战小说了。小说家间谍不为别的，只为找到他特殊的发现。大家都知道的无须劳动间谍，无须劳动小说家。

孙甘露写他生于斯、长于斯、成于斯的这个城市，我在朋友圈看到《千里江山图》的责任编辑李伟长引用作家的说法：把写上海比作写一位爱人，

"它有一个所有人都知道的名字，但还有一个名字，只有你才会这么称呼它，写作就是找到这个特殊的名字。"

与此对应，是不是可以说：孙甘露有一个大家都知道的名字，但还有一个名字，只有上海才会这么称呼他。如果你觉得不知所云，就当它只是一个玩笑好了。

知道我是谁
——漫谈魏微的小说

一

有那么几年,说起来是20世纪90年代的事了,和几位师友编小说年选,整天让小说搞得头昏脑涨。忽然有那么一会儿,读到《一个年龄的性意识》,那么短,那么尖利又那么平实,还那么不像小说,感觉真不错,应该编进当年的选本里。好长时间我一直以为当时选了这篇小说,直到不久前想再看看,一本一本翻《逼近世纪末小说选》,没找到,还惊讶了好半天。现在已经回想不起来为什么最终没有编进去了。

这是我第一次读魏微的小说,而且,往后好几年,就没读过她的作品。这往后的几年,正是20世纪70年代出生的女作家成了关注的热点,有些热闹的时候,我却兴致盎然又苦不堪言地做另外的事情去了。今年夏天读魏微的长篇小说《流年》,一下子就读了进去,久违的愉快阅读经验好像又回来了。

其实这几年我也常常逼自己读小说来着,但通常的情形是,读了个开头,就坚持不下去了。例外的情况不是没有,但不多。我就想,是我的问题吧?又想,是小说的问题吧?到底问题在哪儿呢?理不出个头绪来。可是魏微的小说怎么就读得那么有味儿呢?好,大问题想不清楚,就从这个具体的问题想想,想到哪儿说到哪儿。

二

《一个年龄的性意识》发表在一九九七年第5期的《小说界》上,这个杂志正在推出一个名为"七十年代以后"的专栏,刊出出生在20世纪70年代的新人作品。《一个年龄的性意识》好像有些低调"宣言"的性质;低调是低调,骨子里却是强硬的,不肯妥协和苟同,突出区分和差异——"代"的区分和差异。里面有这样的段落——

> 我和小容是同龄人,我们站在我们文字的废墟上,一点点地长高了。我又想起了我们看录像的那天下午。
> 我能够想象着在她家的阳台上,倚着栏杆,和她说话的情景。
> 我们说起了林白、陈染等女性小说。她们是上一辈人,长我们约十岁。她们至今仍在乐此不疲地写同性恋、手淫、自恋,带有强烈的女权主义倾向。
> 小容懊恼地说:"不是不能那样写,然而总有地方让人觉得不对劲的。"我说:"她们是激情的一辈人,虽疲惫、绝望,仍在抗争。我们的文字不好,甚至也是心甘情愿地待在那儿等死,不愿意尝试耍花招。先锋死了,我们不得不回过头来,老实地走路。"小容说:"她们是女孩子,有着少女不纯洁的心理。表现在性上,仍是激烈的、拼命的。我们反而是女人,死了,老实了。"
> 那是吉庆路一带的房子,有小街,隐隐约约能看见灰尘。小贩刚挑了两箩筐青菜过来,上面泼了水,哩哩啦啦撒了一路。

这里面虽然不是没有情绪化的东西,但总体的特征是反省式的。反省"她们"与性,同时也反省"我们"与性。其实是为了弄明白"我们"与性,才去想"上一辈人"的"她们"与性的。更准确地说,这个反省是文学性的反省,也就是,"她们"怎么"写"性,"我们"怎么"写"性。

这有什么意义呢?

说这个话的时候,"我们"还刚刚处在写作的起点上。这个起点是,

"我们"得写出"我们"自己的东西来。不是说"我们"自己的东西就是性，这个"她们"早在"我们"之前就写了，而且以此确立了文坛上的位置；同样写性，别人的路不是"我们"的路，"我们"不能"耍花招"，"得老实地走"自己的路。

这个起点可不是自动就到了脚下的。在到达这个起点之前，已经走了一段路，而且并不容易走，"大约也是一路上厮杀呐喊过来的，带有点无端报复的性质。""对于我们不熟悉的性，真是有太多的话要说……性成了一种支柱，甚至不能不写。""激情以另一种方式恣意地表达出来——虽病态，也有它不得已的道理。为了免受伤害，我们也只能这样。"只能哪样？"我们终于在文字里找到了一种解决方式。我们在自己的笔下和异性谈恋爱，窃窃私语。我们在自己的笔尖下跳摇摆舞，尖叫，做各种怪异动作，活蹦乱跳又快乐不已。"

这个描述，本来是小说里的人说自己最初的那些文学"习作"的，不过你却可以在多个20世纪70年代出生的女作家的作品里得到验证。而且，在魏微的这篇小说发表之后，一些引起广泛争议的同龄作家的作品，也在不断地一次一次地验证这个描述。这多少可以从一个方面解释她们为什么动不动就要写到性。这里面有动人的东西，从类似于"厮杀呐喊"的反抗报复冲动里流露出来；但这文字的性爱，终究是虚幻和本末倒置的，她们也许并不真的像文字表现出的那样热衷于性，这甚至是她们并不怎么熟悉的东西。有一次听人闲聊，说别看那个小说老是写性，其实作者不懂，光看写的总是那么些胡乱的动作就知道。我登时有悟，觉得这人目光如炬。

也许她们自己并不知道，她们那些成为关注热点的写作，是处在一个自觉的文学反省起点之前的东西。我这么说不是有意要抬高魏微在同龄作家中的位置，她也经历过同样的阶段，只是，这样的阶段和经验只构成她写作的"前史"，我们也只能从她对这一阶段的自我叙述中略有所窥。而在不少作家那里，我们却可以直接面对这类性质的作品；魏微之所以能够对这样的阶段和经验进行自我叙述，我想是因为她多少有些脱离和克服了这一阶段和这种经验的制约，她多少可以分身来打量自己，也就是说，她逐渐地却是较早地获得了反省的能力，从而确立了一个自觉的起点。

有了这样一个自觉的起点，写性或者不写性，就不是问题了。就魏微来讲，非常有意思的是，她以这样一个篇名如此醒目的作品开始为很多人注意，还以为她要就此放纵突击，没料到她却不怎么写这个年龄的性了。因为这已经不是问题了。她通过对"我们"怎么写性这一文学写作"前史"的反省，脱离和克服了以性为"支柱"、"甚至不能不写"的被强制状态，到达一个起点：这个起点不是接下去"我们"怎样写性的起点，而是"我们"怎样表达"我们"、"我们"怎样从事文学写作的起点。

三

人往往容易产生一种错觉，以为当一个新作家或一代新作家出现的时候，会自然而然地带来一些新的因素。特别是那些自我标榜为"另类"或被别人贴上"另类"标签的作家，常常能够造成新奇异样的震惊和迷惑，人们不假思索地认为他们很"特别"。不过，他们是不是写出了只有他们自己才有的感受和经验？他们是在写别人没有写过的东西吗？假如这是过于严格的提问的话，那就退一步问，他们追求写他们自己、追求写别人没写过的东西吗？他们愿意建立这样的意识吗？

20世纪90年代中后期以来的青年文学，好像有一大批作品写一代（或者已经不止一代了）新人的新生活。他们在一个新的时代，进出穿梭于新的空间场景，以新的姿态和方式进行新生命的活动。写这些，难道不是写他们自己的感受和经验吗？这不是中国文学里以前未曾有过的东西吗？

这当然不好做一个整体的肯定或否定，但其中一个很明显的倾向是，对"新"和"特别"的"另类"追求，其实是和一些人不一样，但要和另一些人一样；和一种生活不一样，但要和另一种生活一样；和一种文化不一样，但要和另一种文化一样；和一种文学不一样，但要和另一种文学一样。这另一些人，就是目前他们还不是但渴望是的人，这另一种生活、文化、文学，就是他们目前还没有置身其中，但渴望置身其中的生活、文化、文学。有些时候他们会产生一些幻觉，以为自己已经是渴望成为的那群人中的一员了，以为自己已经置身于他们倾心的那种生活、文化、文学中了。他们以奔跑的姿态来表达他们的向往，同时表达对他们脚下现实的否定。他们激烈地不认同他们其实真正置身其中的人群、生活、文化、文学，他们反抗，挣扎，惊世骇俗，你还以为他们要成为他们自己，要成为他们个人，其实他们只是要成为另一类人而已。

他们绝不想成为他们自己，绝不想成为他们个人，他们极力抹去和掩饰自己的历史和现实特征，而以一个全新的面貌出现。你不知道这些另类生活的人是从哪儿冒出来的，关于他们的文学回避这一点是一点儿也不奇怪的（陈思和老师曾经在一篇文章里探查追索他们的成长史，但这样的内容只是他们当中的一两个偶尔不小心泄漏的[①]）。这样的文学写酒吧、咖啡馆、俱乐部，写乱性、吸毒，在很大程度上并不是因为这就是他们自己的生活，而是因为这是另一类人的生活，而且另一类的文学已经写过这样的生活。他们没有勇气去写别人没有写过的，他们写的，一定是他们所倾心的那种生活、文化、文学中已经有的。

我们在上面提出了文学起点这个说法。如果说，对于一个写作者而言，一个自觉的起点应该是写出自己的东西来，那么，这个我们老是挂在嘴边的"自己的东西"，到底是什么呢？差不多每个作家都声称他写的是"自己的东西"，在这一点上，"另类"的文学也不例外。可是，我们还是应该继续追问一下，"自己的东西"到底是什么呢？

维·苏·奈保尔，二〇〇一年获诺贝尔文学奖。在很多年前的某一天，他正在为英国广播公司编辑一个文学节目，一个来自特立尼达的男子来见他，说："我叫史密斯。我写性。我也是一个民族主义者。"他的性是微温、毛姆式和椰子汁式的；但民族主义却十分进取。女人摇晃如椰子树；她们的皮肤是人心果色，她们的嘴巴内侧是切开的星苹果色；她们的牙齿白如椰子仁；当她们做爱，她们的呻吟声就像劲风中的竹林。这位作家抗议英语强加在他们身上的东西。这使奈保尔回想自己的写作历程。奈保尔十八岁之前生活在特立尼达，读英语文学长大。当他想自己写东西时，他绝望地意识到他自己的那个社会，那个不重要的小地方，遥远，杂乱，"没有形状"。"要我把在特立尼达熟悉的生活写进书中，似乎是不可能的。就像风景要等到艺术家把它画出来才开始显得真实一样，没有被写过的社

[①] 陈思和：《现代都市社会的"欲望"文本》，见《谈虎谈兔》，广西师范大学出版社2001年版。

会也显得没有形状和令人难堪。"英语文学给了他视野,可"那视野是外来的;它削弱我自己的视野,不能给我勇气去做一件简单的事,例如提到西班牙港一条街道的名字。"

其实就是这么简单的事。你装作很自然,自然到没有意识地写出了棉花俱乐部或三里屯某些酒吧的名字,可是你不敢写出你成长的家乡小镇或某条城市弄堂的名字。当然,如果这条弄堂是在上海的淮海路,那就是另一回事了。

20世纪90年代以来的某些"另类"写作,其实是社会总体想象的一个组成部分。这个总体想象指向域外、接轨、全球化,指向俗话所说的"现代"。对于自身的现实,已经不是不满因而要改变它,而是根本就不想认识自身的现实,而渴望用另外一种全新的现实来整个地替代它。这个总体想象不仅影响政治、经济、文化等各个领域,而且日益深刻地渗透进人们日常生活的方方面面,甚至于以欲望的方式。在文学上,出现了一种所谓国际化写作的渴望和实践。这其实是非常虚幻的,但问题是,真实已经沦落为一个不再有效的概念。如果说它还没有完全作废,那恐怕也只是在沉浸于虚幻中的人宣称虚幻就是真实的时候。

魏微写过一篇叫《乔治和一本书》(《小说界》一九九八年第5期)的小说,里面起到很重要作用的这本书,是风行一时的《生命中不能承受之轻》。在同龄作家的作品中,你会发现,她对于外国作品,主要是欧美作品(不仅是文学,还包括音乐、电影等)的穿插引用非常普遍频繁,而且,恐怕也是时髦的。这种"互文性",是一种特别表面化但同时也特别醒目的国际化写作的标识。可是魏微在这里开了一个玩笑,一个善意的调皮的玩笑,但也不妨看成一个严肃的反讽,或者是一个多层涵义的寓言。名字叫乔治的香港人,生活在北京,是个花花公子。他引诱女生的方式是拿英文版的《生命中不能承受之轻》来念。当他念到托马斯式的性爱指令"脱!"的时候,便好像由此获得了在现实中发出"脱!"的命令的能力,而且,这时候,每一个被他成功引诱的女人眼睛里都会流露出崇拜的神情。可是终于有一次他失手了,原因是那本英文小说找不到了,整个过程他慌张失措,甚至整个人都垮了下来。

什么是自己的东西什么不是呢?什么是自己的现实、自己的能力而什么不是呢？什么是虚幻的什么是真实的呢？什么时候虚幻不是真实呢？什么是外来的视野削弱了自己的视野，以致没有勇气去做一件简单的事呢？瞧瞧这个家伙。

四

　　说了那么多纠缠不清的话之后，现在，终于可以谈谈《流年》这部长篇了。想到这部作品，我自己的心情会一下子好起来。

　　《流年》写的是一个女孩的童年记忆，她在江淮之间的一个小地方，名叫微湖闸的水利管理所，和爷爷奶奶度过了人生的最初时光。那是在20世纪70年代，小女孩从出生到五六岁之间的光景；20世纪80年代，当她变成一个少女时，也曾在暑假回去过两次。当她回头述说过去的人和事，已经是三十岁的人了。从这个意义上说它是一个"光阴的故事"，名字叫作《流年》，也好；不过我读的时候，强烈地感觉到它应该就叫《微湖闸》，这个具体的、清晰的、实实在在的地方和它所包容的人、事、物，要比那个抽象的、模糊的、有那么点文人气的时间感慨更好些，更让人踏实和放心。后来我才知道，小说最初在二〇〇一年《收获》的长篇增刊发表时，名字就叫《一个人的微湖闸》。花山文艺出版社二〇〇二年出版单行本，从销路考虑，改题《流年》——这当然是个一厢情愿的想法。

　　魏微是个用字俭省、简洁的人，可是这一回，她以第一人称叙述一个五六岁小女孩的经验，竟然写成了一部长篇。对有的作家来说这未必是多么值得特别注意的事，可对魏微，这个"写很少的字"的人（几年以前，她在一篇名为"看得见风景的阳台"的短文里，曾这样说起自己），就不一样了。她写得伤怀，感恩，显见是动了深厚感情的。可这感情，又是平静的，通达的，自然节制的。就像一个人细说家常，那感情就在家常里藏着露着，不必单挑出来明说，也不必刻意掩饰压抑。什么是家常啊，那里面真是什么都有了的。

　　家常，或者用魏微用的词，日常生活，就不同于故事。这个小说写的不是故事，也就是说，它不是线性展开的，不是时间性发展的。一般我们说一部小说的发展如何如何，这部小说的构成不是发展式的，而是通过一点一点的累积，逐步建构成小说的空间。一些平行的、互不相干的人物、事件、场景，一些声音，某种气味、阳光、阳光里的灰尘，诸如此类，琐屑、断续、没有逻辑。可就是这些，点点滴滴，呈现出微湖闸的世界。也许我们可以想象，微湖闸的世界是小的，日复一日的生活是枯燥的；可是，在魏微的叙述下，在那样生活在那里的人——譬如杨婶——的安排调理之下，"竟变得如此辽阔，生动，细微。"

一个孩子的眼光看到的世界，是表面的，局部的；而我们成人，总是在探求深入的东西，总是要把握完整的世界。可事实怎么样呢？不知道是不是可以这样说，我们每个人，甚至没有例外，当我们越来越远离孩童时代的时候，我们就过着越来越表面化、越来越分裂破碎的生活。关于这一点，还有什么疑问吗？我们今天的生活，不就是破碎、分裂、表面化的例证？为什么我们总是要探求表面的背后、渴望完整地把握世界，还不就是因为我们总是在表面上，总是在破碎分裂中？

说到这里，我多少有点明白我为什么喜欢这部小说了。它呈现了一个完整的世界。完整，是什么意思？让世界完整起来，这是一个多么不可能的恒久的内心冲动。怎么可能呢？可是这部作品，借助一个孩子的眼睛和心灵，以一种看上去似乎是表面和局部的感知，呈现了一个完整的生活世界。这样说也许不太容易让人明白，可是，咳，就是这样了。

我喜欢这部作品还因为它明白人情物理。明白了，就是能接受，能容得下世界，能产生感情，能爱，甚至能怜悯。明白人情物理还可以说成是明白日常生活，更恰切地，与其说是我们明白了日常生活，还不如说是日常生活使我们明白了。

当然，这是一个成年人的作品，你可以说一个人经历世事沧桑之后，她回头看去，明白了自己的童年经验；可是我更愿意反过来说，是她童年感知、认识的人和事，以及所有的一切，是她童年的完整的世界，帮助成年的她明白了，明白了记忆中的世界和现实里的世界。

五

按照"成长史"的顺序，《一个人的微湖闸》之后，是短篇《姐姐和弟弟》(《作家》二〇〇〇年第 7 期),再接下来也是一个短篇,《乡村、穷亲戚和爱情》(《花城》二〇〇一年第 5 期)。

《姐姐和弟弟》写的是少女阴郁的青春期,在这一时期,她和家人互相折磨,特别是,她对深爱的弟弟常常没有缘由地施以暴力。这一完全无法自我控制的对弟弟的折磨,同时也伤害和折磨着她自己。小说题记中说,"在我们每个人心中,都有一条蛇。"作品就写了这条蛰伏在我们内心不知什么时候会醒来的"蛇"。

虽然可以按照"成长史"的顺序把这几个作品勾连起来,但它们不是成长小说,《一个人的微湖闸》不是,《乡村、穷亲戚和爱情》也不是。它们之所以能够联系到一起来看,是因为它们共同构成了一个人从哪里来到哪里去的基本历史因素。这是比个人的成长更广泛和深厚的东西。从这个意义上讲,《乡村、穷亲戚和爱情》这个不长的短篇,分量其实是重的。

个人与家族、家族与土地之间的联系,并不是个令人愉快的话题。城里的孩子像冷淡、生疏乡下的穷亲戚一样本能地拒绝这种血脉亲缘,时间久了,你以为这血脉就冷却了,睡着了,甚至没有了;可是有一天,或者就是某个瞬间,它一触即发,它在你身上复活了。这时候,你就有了感情,甚至,你产生了爱情。这篇小说发掘了个人身上累积沉淀的历史因素,并且复活了对它的复杂感情。但这却并不是现代人廉价的感伤浪漫和田园怀想。不,不是。这爱情不为人知地在心里擦出火花,又令人疼惜地熄灭了。因为,个人是无力的。写出这种无力来,有些冷酷,但是诚实。因而那爱情,虽然短暂,也是诚实。

上面曾经说到 20 世纪 90 年代以来社会总体想象的指向,这个指向是只向前不向后的,而且,它随时不断地抹去身后的痕迹。它也会制造怀旧的潮流,但那抽空了历史真实的怀旧不过是又一种虚幻的新景象。它愿意你看到的社会,总是最新的社会;你看到生活,总是最新的生活;你看到的人,总是最新的人——你看到的你自己,当然也是最新的你。可是,社会、生活、个人、感情,实际都是累积的、沉淀的,都有历史的痕迹和层次。魏微的小说,包括这里很遗憾没有谈到的其他一些作品,能够让人看到社会、生活、个人、情感中累积、沉淀的痕迹和层次。我想起她江苏同乡诗人卞之琳的诗,《水成岩》,水都沉积成岩石了——"'水哉,水哉!'

沉思人叹息/古代人的感情像流水,/积下了层叠的悲哀。"现代人呢?很现代很现代的现代人呢?

六

文章就要结束了,发现谈的魏微的几个作品,都是第一人称的。这个第一人称的"我",有时候是"我们",带来一种自然的亲切感。当然,这个"我"其实是几个不同的"我",处在几个不同的层次上。作者的"我",小说的叙述者"我",小说里的人物"我",有区别有差异,但也常常重叠着,混合着,交叉着。真要分得清清楚楚,恐怕很难,而且没有必要。这样的作品,探究和叙述自己的东西,想告诉自己也告诉你"我"是谁,虽然不可能全弄个明明白白,但有心读,差不多就能知道、了解个大体,心里也就踏实了。

这个"我"到底是谁呢?在上面曾经提到的那篇短文《看得见风景的阳台》里,魏微说,她也许会写上十年、十五年,她会走过许多城市,会在一些城市生活下来,生活于市井中,结交不多的市民朋友,亲热地打着招呼,然而他们"不知道我是谁"。[①]这话有那么点孩子气,可它的确也是一个成人的内心语言。读到这里我心里笑了一下,我想到了崔健的歌,至少它们字面上相像:"我要从南走到北/我还要从白走到黑/我要人们都看到我/但不知道我是谁……"但崔健是20世纪80年代的个人英雄,魏微呢,是人群中的人,是她自己却并不孤立于现实、人群、日常生活之外。她自己知道"我"是谁,这个"我"有时候会隔着一点距离看人们的生活,看自己的生活,发觉自己是热爱生活的,发觉生活的蛊惑力,发觉泪水汪在眼里。

---

① 魏微:《看得见风景的阳台》,见《"七十年代以后"小说选》,上海文艺出版社2000年版,第478页。

周嘉宁《密林中》序

好多年以前，周嘉宁问过我对她小说的看法，我说，好。具体怎么说呢？没有下文。她大概觉得我这样回答太空洞，甚至是敷衍吧，至少很无趣。二〇〇八年，她送我《天空晴朗晴朗》，扉页上附了一句话："真希望你看完以后，除了'好'，还能说些别的！"

这次《密林中》要出书，她让我写篇短序，仿佛怕为难我似的，邮件里做了些解释。其实，她不知道，我很高兴写几句话，也趁机"能说些别的"。这些年我远远地看着她往前走，真是觉得，她比我当初说好的时候，写得更好了。

嘉宁当然不需要廉价的称赞，我也不必随口乱说。

说起来，周嘉宁写作的时间也不短了，似乎一直深陷在她这一代人的经验里面。这一代人的经验当然首先是个人的经验，想象和虚构也是基于这样的经验。读她的文字，会强烈地感受到文字和个人之间的关系。这种关系，才是写作发生、进行和持续的理由。我之所以要提出这一点，是因为有大量的写作，我们从中看不到它和写作者之间有什么关系，看不到写作的必要性和启动点。倒不是说作品里面要有"我"，而是说，写作者和写作之间，不能没有或显或隐的联结，哪怕你写的是外星球。

也正是从这里，我理解了周嘉宁的深陷，沉溺，滞重，她不可能轻松地打发——或者换成被认为是正面的词，克服，超越，突破，也一样。沈从文曾经说，我一生写作，不知道什么叫突破。周嘉宁明显不是沈从文类型的作家，这意思却是相通的；只是这意思不容易明白，很多写作都在追求突破，突破倒是大家都明白的。文字、语言、叙述和生命经验之间的关系越是深切，越是不能轻快地飞起来。

但是，什么是经验呢？什么是这一代人的经验呢？什么是成长和变化过程中个人的经验呢？这些却不是想写就写得出来的，即便在意识里，也远未到清晰明确的程度。文字、语言、叙述的吃力，就在这样的地方。阻碍，吃力，摩擦系数大，反过来也使得文字、语言、叙述露出了它的筋骨，显出了它的质地，锻炼了它的弹性，写作者无须表明她的不苟且，她的诚恳，她的烦恼和折磨，却都包含在语言和叙述中了。要说周嘉宁与很多同龄写作者不一样的地方，其中重要的方面，是她一直保持着这样的文学品质。也不是保持，似乎一开始是这样，就一直会这样，她就是这样的一个写作者。

《密林中》这部长篇小说，在恋爱、成长、迷茫的生活等这些经常出现在以往作品中的叙述之外，多出了一个年轻写作者的文学的自我意识和野心。这个叫阳阳的女性，置身于姑且称之为文艺生活的圈子，摄影师、作家、诗人、艺术家和艺术混混、热衷于艺术生活形式的男女，她与他们有或深或浅的交往和关系。问题是，她既置身／侧身其中，又神出其外。这样的生活方式或许能够帮助她逃离对庸常生活的厌恶，从令人窒息的气氛中抽身出来大口呼吸，在放肆中表达愤怒、激情、执着，自我满足于与众不同。可是她又分明犀利地感受到了这种生活方式和圈子的空洞、无趣、粗暴背后的自私、激情过后的疲惫、才华消耗之时的难以为继，诸如此类。这还不是问题的核心，核心是，她自己——而不是她交往的那些男性艺术家——要成为她这一代人的表达者。她和共同起步写作的女性朋友讨论时说，她们要写出她们这未被写出的一代。她老是觉得自己这里那里有问题，可是不清楚自己的困境到底是什么。最后才逐渐明白，她的巨大野心要求她直接面对世界，可是女性这个性别和世界之间，横亘着一个中介——当然就是男性。

跳出这个作品，我们自然容易有疑问，一个女性写作者为什么一定要通过男性这个中介才能面对世界？不过阳阳是一步一步走到这里，一点一点明白到这一层的，也许当她清楚了这个困境，这个困境就不再是困境了；也许仍然是。重要的是，这个作品描述出了这么一个女性写作者孤立、敏感、任性、又羞怯又勇敢、又脆弱又坚韧的精神历程。

我想起《一个青年艺术家的肖像》，读到阳阳最初萌生要写出未被写出的一代这种自我要求的时候,就想起乔伊斯小说的主人公在作品结束的地方,仿佛喷薄而出的渴望:"欢迎,哦,生活!我将百万次地去迎接现实的经验,在我的灵魂的作坊里去锻冶我这一类人尚未被创造出来的良知。"这是同一类型的野心,然而阳阳"灵魂的作坊"受困于"密林中","密林中"的生活当然也是生活,"密林中"的经验当然也是经验,不过"密林"里也还是有走出来的通道。走出来之后也可能发现,"密林"之外更天宽地阔,"灵魂的作坊"可以敞开接受更天宽地阔的生活和经验,"锻冶"的资源更丰富而且源源不断。

周嘉宁送给我她新的短篇集《我是如何一步步毁掉我的生活的》,我很喜欢这里面的小说,简洁,冷峻,有力,力量被压抑在里面;她又附上了一句话:"但是生活最伟大。"没有跟嘉宁交流过,不知道她写这句话是什么意思;我愿意认为,写出这句话的周嘉宁,已经不同于这个短篇集的作者,也不同于"密林中"的阳阳。这个变化艰难地发生在"密林中",左冲右突之后,"密林中"的困境经验也就有了意义,不是白费的。帕慕克在一次访谈中说,他二十岁开始写作的时候,长辈作家会跟他谈生活,他反驳说,文学不是关于生活的,文学是关于文学的;四十年之后,他说,他们说的是对的,文学是关于生活的,好作家要经历很多——是的,生活最伟大。

文珍的《柒》

读文珍的小说，常常让我想起穆旦的诗。这有什么道理吗？或许有，或许没有。我总会不由自主地认为，我喜爱的作家，他们是一国的。各是各，却能说到一块儿。

单说《柒》（北京时代华文书局二〇一七年版）这部小说集，七个故事，各不相同的两性关系，似乎很容易概括和归类；可我尝试着复述这七篇小说，每一篇都进行不下去。能否复述也许是一种检测方法，复述成功，很可能是作品的失败。《柒》难以复述，不仅因为换一种语言表达它就不是原来那个东西了——文珍叙述上用心，七篇小说各有各的语言，这样的个人作品集合实不多见；也不仅因为无法省略过程、细节，甚至无法省略看似无关紧要、旁逸斜出的种种琐屑；我个人觉得，更重要的原因，是作品交织着不同的层次，每一个层次都不容说清楚，何况交织在一起——这或许也是文珍小说特立独出、其独特又是具有丰富性的独特的一个方面。

一眼就能够看到男女两性的关系，多是关于爱，看到这种关系的发展和变化；在这容易见到的层面，使文珍小说区别出来的，是一种执拗的"热情"及其背后的"力"。这种"力"和"热情"既来自本然生命，更出于主观的渴求，或者可以叫作"心劲"。它是"你底年龄里的小小野兽"，是"燃烧着的""成熟的年代"，更是一个人主动要扩充、要成长、要去完成的"意志"——执着的"心劲"变成顽强的"意志"，显现为"热情"。不是所有的谈情说爱都能写出"力"和"意志"，文珍小说叙述克制却暗潮汹涌，"热情"非从空泛而起，正是"力"和"意志"的作用。

但"关系"，是何其复杂的事情；"我爱你"，是包含了无穷变化的句子。姑且不谈"爱"的无从定义、无法把握，既具体实在又无比抽象，既触手可及又遥不可期；单说"我"和"你"，不过是"一个暂时的我"、"一个暂时的你"。"我和你谈话，相信你，爱你，//这时候就听见我底主暗笑，//不断地他添来另外的你我//使我们丰富而且危险。"忠诚、背叛、分裂、变化乃至变质，不是一般道德意义上的事情，不断"丰富"的"我"和"你"之间无法停下来的互动过程，无从预设一个稳固不变的状态。文珍小说的主人公更是高度敏感，而且锐利，因而心灵历程中时时波动，波幅或小或大，合与不合交错行进，明明灭灭，至某一个点发生转折或者一直维持下去。

在这种倾注了极大"热情"和顽强的"力"的"关系"中，更突出的，却不是"关系"，而是孤独的个体。"我看见你孤独的爱情//笔立着，和我底平行着生长！"从这个意义上，我们可以说，文珍的小说写的不只是男女的爱与不爱，而更是一个人穿过"关系"而成长，如她自己所言，"一个人如何在世界上成为他自己"。《暗红色的云藏在黑暗里》是七篇中最"简单"的，写的也不是爱情，正因为其"简单"，更清楚地昭示出一个人努力去成长、去成为的"意志"。"关系"最终从这个女孩身上脱落，"必须独自泅渡"才是她面对人生和个人追求的基本认识。其他几篇，也都有这样的"意志"作为核心或核心的一部分。这是两性关系下面的另一个层次，有了这个层次，文珍的小说才成为文珍的小说，因为她自己的内核。

不过也并不到此为止。个人的成长也好，各种纠结的关系及其变化也好，它们发生在一个更大的世界上，这个更大的世界不是在外面，我们就置身其中。对置身其中、无从脱离的这个更大的世界，投之以热情和力量，会有什么意义吗？《开端与终结》里写两个女生结伴去福利院做义工，每次出来，都会沉默良久：我们真的帮到她们了吗？小说的叙述者在沙漠里的人造绿洲中听远方朋友的爱情故事，而绿洲只不过是无边无际沙漠里的一小点，造价高昂，必要还是不必要？投向爱情和人生的全部努力，会不会也只是徒劳？"水流山石间沉淀下你我，//而我们成长，在死的子宫里。//在无数的可能里一个变形的生命//永远不能完成他自己。""在死的子宫里"如何"成长"和"完成自己"？前面说"热情""力"和"意志"，它们是在与置身其中的世界的对抗性过程中显示出意义的。文珍不能不意识到这个巨大的困难,有时她甚至不免要和虚无搏斗,然而她还是选择要在"不能完成他自己"的境况里去"完成他自己"。当她说"一个人如何在世界上成为他自己"的时候,并非廉价励志,她不是把"一个人"和"他自己"孤立起来抽象地谈论。她用小说把"一个人"放到"世界上",让"一个人""在世界上"展开各种关系也展开自己,一步一步艰难地、诚恳地去"成为他自己"——"他自己"到底是怎样的,还得看他已走过和将走过怎样的路程。

以上仓促所写,是我读文珍这部新小说集的印象。不久之后,在上海万象城言几又书店有一个《柒》的分享会,我把阅读印象简单概括,也是仓促间,说到几点:

一是作者和作品的关系,或者说作者写作时的特殊状态。她写得很投入,这个写小说的人大概隐藏于她小说中人物身上,与人物一同去经历和体验,投入得深,因而热烈;但是与此同时,这个写作者又很冷酷,很冷峻,很严苛,与人物之间有一个很理性的距离。用一个不恰当的比喻说,比如演戏,她一方面很入戏,另外一方面好像又有一个人在看着自己入戏。光是很投入,这个比较容易做到;光是很分离,也比较容易做到。本来这两项特质一般不会结合到一个人身上,但是文珍很奇异地把一个很投入的自己,和一个不断对投入的自己进行观察、反省的自己结合起来了。你在阅读中不断地体会到她在这两者之间波动的频率和幅度,如果是一个女性读者,感受可能会更强烈、更丰富一点。在投入和分离两端,作品拉开了很大的绷紧张力的空间。

第二点是关于作品的内涵。她写各种各样的感情,或者简单地用"爱情"来代替吧,是放在人生里面写的,不是从人生里面抽出来写;她又把这个人生放到更大的世界里,放到这个人生所经历的时代里。也就是说,她不是抽离地写感情、写人。她的感情描述,包含了一个大于感情的人生;她的人生截面,包含了大于人生的世界和时代。同时,感情也好,人生也好,又都是包含在世界和时代里面的。这是一种互相包含的关系。哪怕她写得很细小,很琐碎,也和这个很大的世界、很复杂的时代之间形成了一种互相包含的关系。她有能力让我们见到,日常生活里那种感情的缝隙,往往被视而不见的黑暗的部分，这些东西又小又大。

第三，关于语言。我读她的小说，能感觉到不同的力量结合在她一个人身上，在她的小说里运动的，不是一种单向的力。我们大致上可以看到总的力量的主要方向，主要目的，但这种总的力量是由各种力量的挣扎和平衡合成的。这一点从语言上反映出来，她的语言不是单调、平滑的，一个句子里就会有不同的力量，会有两三个意思在竞争，或者互相拉扯。所以文珍的小说读完一遍，回过去再翻翻，更能看出那种特别的语言内部各种力量之间的争辩、分歧、妥协、合作等的痕迹。如果只读一遍，或者只关注故事，这样的痕迹就很可能被忽略了。这样的小说叙述不是一味地往下讲，而是不断地邀请读者停下来，逗留一会儿，语言里面藏有东西。从这个意义上，我说文珍的小说语言内含了诗的语言的特质。

这些印象强烈，但我自己也嫌过于笼统，未及对于作品的细致分析。无从补救，但要列出七篇小说的名字：《夜车》《牧者》《肺鱼》《你还只是一个年轻人》《暗红色的云藏在黑暗里》《风后面是风》《开端与终结》。写出这些篇名有什么意思？你如果读过这些作品并且为它们打动，就能够感受到，提起篇名，一个一个作品的情境就会扑面而来——它们饱满，有自己的质地，有特殊的气息。就像说到你认识的一个人的名字，这个人就出现在你眼前。

关于《柒》这个书名，文珍曾说，"'7'像一艘小船，载着自己的七枚故事被浩荡的大风吹行于浩淼无边的意义之洋上。"这个比喻唤起我记忆里文珍的一句诗。这篇短文前面引用的诗句都出自穆旦的《诗八首》，最后，该以作家本人的诗句结束了。这句诗从它所属的上下文中截取，移用过来说从《十一味爱》到《我们夜里在美术馆谈恋爱》到《柒》——每隔三年一部小说集——渐趋开阔、沉着向上的行程，说文珍目前仍在继续的写作，或者只是它本身所指向的情境：

  我们的大船在上升

王占黑《空响炮》序

这本作品集，八篇小说，都不算长，我却读了不少时间。没法一口气读下去，读完一篇，必得停下来歇一歇，才能继续。虽然其中有些已经不是第一次读，但那种不容易消化的感受，仍然强烈地存在。每一篇结束的时候，那种慢慢累积起来的阅读感受迟迟不肯散去，似乎就此停留下来，在你的情绪和意识里占据了一个位置。

另一方面，每篇虽然独立，却又是可以互相参证的，它们是一个共同的社会空间里的故事。这个空间的特征如此突出而又如此被漠视：中小城市的旧社区，即 20 世纪 80 至 90 年代建造的小区和工人新村，高速发展的时代已经使它们沦落为老小区和旧新村，住在其中的，主要是退休、下岗工人，以及外来务工人员。这样的老龄化和低收入群体的社区，赶不上当下的脚步不用说，未来的命运也从日益衰败的气息中显现。

王占黑写的就是这样的旧社区里的人，写他们日常的生活，看起来鸡毛蒜皮、家长里短，却总格外深切地关乎生老病死。

但也别把她的小说误会为符号化的"底层文学"。这些积聚起来的作品触须尖细，探及丰富的历史容量和复杂的人生境况，叙述起来细致、平静、克制，以保证不被外在的视角、情绪和意识所简化和概括。或者可以说，她的叙述是这样的社区生活里面的——而不是外面的，更不是上面的——叙述。

她似乎是以分镜的方式推进叙述和结构作品，缓慢移动的画面为实感所充满，自然五味杂陈，内容不免沉重。然而，她并不想背负沉重的包袱，她笔下的人物，她笔下人物的生活世界，并不被沉重压垮，不仅有尊严，而且有趣，内里有自处的逻辑、方式和表现形式。能写出这些来，才是她作品独特的价值所在。

　　这里不能不说到，她是一个"90后"女生。这个女生迄今为止的创作——除了眼前这本小书，还有另外一部小说集——差不多都是写社区和老人的，写她的父辈和祖父辈。你可以说她有能力——稍微对比一下同龄人，就会发现这是一种不常见到的能力——把眼光从自己和自己这一代身上移开，理解和致敬前辈；同时，也同样重要的是，这也是面对和梳理自身的方式：她和她这一代的许多人，是在这样的社会空间和人际关系中成长起来的，这也是她们自己的经验。她没有隔离和排除这样的经验，而是从中发掘和领会与自我密切关联的方方面面。

　　就在我写这篇短序的前两天，王占黑获得了一个文学奖。颁奖台上，贾平凹拿着奖牌找不到领奖人，想不到叫这个名字的人就是站在他身边的女生。看她的文字，她写的系列社区、街道"英雄谱"，多半也会误解了她的年龄和性别吧。我记得好几年前，她刚读研究生的时候，给我看过几篇短作品。我说单独看也好，如果能多写一些，放在一起看，会更见出好来。我只是随意说说，没有想到她那么有耐心，连续几年，真的一篇一篇写下来了。如今，她已毕业，还在继续写她表面波澜不惊的故事。倘若读者有耐心，或许会从中感受到一些什么，在心里留下一些什么，哪怕只是有趣——它们确实是些有趣的故事，也好。

原来是篇序，现在不是了

首届宝珀·理想国文学奖决选，王占黑凭借第一本小说集，出乎意料地成了最终获奖者；同时，她的第二本小说集开始发行。两本书合观，旧小区的"街道英雄谱"已有规模，现实角落里的生死日常，已自成一个密实的"文学世界"。给人的感觉是，突然出来了这么个"90后"女作家，一上场就博得了满堂彩。

其实不是，她的这些短篇都是慢慢磨出来的，有不算太短的过程。从她最初给我看作品，已经过去了好几年。她有耐心，又有计划，写了一篇，再写一篇，写成了很多篇的系列，都放着。不是放到抽屉里，是贴到豆瓣上，有人看，人数不多。到最近这一两年，才有机会在刊物上发表出来。

二〇一八年二月，王占黑让我给她第二本集子也写个序，第一本写了，这次就想推辞，不成。我知道她心里更看重第二本，也确实这一本更整齐，更丰富，就写了下面这些话：

> 王占黑接连出两本小说集，《空响炮》之后，《街道英雄》来了。这真是很高兴的事。
>
> 光是高兴就好了。还要写个序，这就发了愁。要知道，这本书里有一篇她的创作谈，《社区、（非）虚构及电影感》，诚恳，深切，触及的都是关键之处。我总觉得，有这篇，别人的序完全可以不要了。

小说集的首篇《小官的故事》里，作者透露了这样的信息：

> 大约五六年前,我列了一个"街道英雄"清单,计划要把小区里各路人马写一遍,剃头店师傅,杂货店老板娘,水果摊贩,彩票店主,送牛奶的,卖鸭脖的,闲人和酒鬼,还有几只出色的狗。后来有的人搬走了,有的人死了,还有的,比如做生意总是缺斤少两,我毫不客气地把他踢出了英雄名单。而小官作为小区看门人,理所当然成了他们中的一把手。

那个时候她写了《小官》;但这个写平民英雄的初始设想,最终却发生了改变,创作谈里也说到过:

> 过了几年发现,去看这个空间内群体生活的凋敝,远比追溯往日的荣光和真善更要紧,便决意再写看门人的故事(《小官的故事》);偷吃狗肉,被年轻人打,去美容店,这时"街道英雄"的反英雄元素已经显现了。此后接连写了二十来个"街道英雄",有人,有动物,清一色都叫"××的故事"。

《小官的故事》里面藏着《小官》,这并非出于后设小说的技法,事实上就是先有一篇,后又重来一篇。这种改变,是几年时间里社会趋势变化的力量。不仅仅小官,作者写的那个生活世界变了,她看那个生活世界的眼光和情感也变了。由此,整体的《街道英雄》确定了一个新的基调。

这些小说,一篇一篇来看,注意力多会放在一个一个具体的人物身上;若当作整体来看,就能够强烈感受到一个特定的社区空间里,生活世界的外在样貌和内部状态、仓促的历史和芜杂的现实。这个小说集的"集",意义就出来了。从整体上再回看单篇,单篇的分量也加重了。而那些单篇中的人物,其实都在自觉或者不自觉地承载着这个空间的分量,也表现着这个空间的分量。

从一般意义上说,他们不算"英雄",甚至是"反英雄"的。然而从承载和表现生活世界的担当来说,他们就是"英雄"。"英雄"不是高于或脱离了这个生活世界的人物,而是在其内部、构成了生活本身的人物。当他们存在的社区空间似乎处于走向穷途末路的历史时刻,他们以生老病死、以各自执守的方式，赋予这个世界以生活的尊严和兴致、韧性和丰富。所以，最后我要说，《街道英雄》这个名字，饱含了一个在写作过程中一直克制的作者，对从她生活经验里走进她创作世界中的人物的深刻理解和动人感情。

现在书印出来了，书名变成了《街道江湖》，作者拗不过出版公司，这个名字也还好吧，不过不如《街道英雄》好。我的序也去掉了，理由是新作者不需要序。其实序抄了作者很多话，去掉这篇不像样子的小序，倒是应该，完全不需要找理由。

所以，上面的那些话，原来是篇序，现在不是了。但不妨仍然用来推荐这本原名叫《街道英雄》的书，如果《空响炮》的读者觉得那本书好，这本会觉得更好。

陈思和老师的少年回忆
——《1966—1970：暗淡岁月》读记

一

吴俊教授主持的"三栖评论"要做陈思和老师的专辑，他电话约稿，我当即想到的是写一篇关于《1966—1970：暗淡岁月》的读记。挂了电话，我问自己，为什么即时想到的是这部篇幅不大的回忆录，不是别的？

陈思和老师的写作，除了专著、论文，还有课堂讲稿、学术随笔、读书札记和书评、杂感、散文等等，笼统地称作随笔，大概也是可以的。他说："我的文笔向来散漫，即使是正儿八经的学术论文，也端不起俨然的架子，而是尽量地朝着随意的路去走，这在我的编年体文集里早就做过宣言了。"（《依稀前尘事·编后记》，商务印书馆有限公司二〇二二年版）编年体之设，一个意义上就是为了容纳不同类型的文章，八面来风，杂花生树。这一系列的文集，第一种是一九九一年出的《笔走龙蛇》；到二〇二〇年，出到第十八种《碌碌集》：流水三十年，正可见文笔"散漫"的长长历程。

这些数量可观的"散漫"之作放在一起，却获得了清晰的整体性。它们声息相通，互为补充，交相延伸，聚沙成塔，涓滴成河，合力把一个现代中国文学研究者、一个当代知识分子的长久关切，刻画出很深的痕迹，形成丰富、稳定的精神图景。但约稿时间紧，我不可以仓促就此草率成文；不过还是忍不住要举两个例子，以见"散漫"形式下内里的"紧张"：严谨的考辨，环环相扣的思想过程，呼之欲出的指向、感受乃至情绪——

一个例子是《论鲁迅的骂人》，继之以"再论""三论""四论"。文章的写法，是先把事情说清楚，来龙去脉，前因后果，尤其是揭去纷杂的表层，直逼问题的核心。按照一般的推想，这些中国现代文学史的人事是非，说清楚应该不难吧；奇怪的就是，很难。在"三论"里有一点说明，说的是，"在太平盛世中要去回想一些恐怖记忆"，"这个题目我做得并不顺利"。很多年之后又说起，"谈到鲁迅骂人的故事，就仿佛自己身体里也就流淌着前辈愤怒的血液。"（《光启文库 依稀前尘事·编后记》）

第二个例子是一篇短文，《复旦的精神》，从根子上的区别凸显复旦的不同：北大的传统里始终有着京师大学堂的影子，清华的前身是留美预备学校，而复旦是民间办学，走不靠官府权利、也不靠西方背景的独立自主的道路。20世纪30年代末40年代初复旦内部曾为"改制'国立'"而有过争辩，即是因为"国立"改变了复旦一向坚持的办学传统。复旦因为出身"低贱"而常被贬称为"野鸡大学"，陈思和老师却把这种起于民间的力量称为"草根精神"，"草是最软弱最卑贱的东西，它看上去微不足道，绝不鲜艳夺目，但草之根却是最坚韧最易于生长的，象征了顽强的生命力。这种草根精神在学术为显学的时代并不受人重视，但是一旦学术在'政罗教网'中失去了应有的尊严与地位时，这种草根精神就变得重要了，有时可以成为被绑的普罗米修斯们的精神支柱。"陈老师不是校史专家，但复旦是他安身立命之所，他探根立本阐扬复旦精神，醒目扼要，寄意深长。

这两个例子并不是我特意挑选出来的，此时想到，就写在这里，从中多少也能体会陈思和老师随笔的一些特点。不可能窥一斑而见全豹，只能大致上说，他的大部分随笔属于这种类型，偏学术性，却绝不标榜"客观""纯粹"，文字里外活跃着或隐伏着他之所思所感，因而也启人思、启人感。

还有一类占比极少的文章，偏感性，记亲证，以写师友的为多。"这些文章一直处于我的整个写作状态的边缘，只是因为心里积累了太多的感情，才会有必须倾吐出来的欲望。"（《星光·跋》，东方出版中心二○一八年版）也举两个立刻想到的例子——

一是写巴金先生，《巴金写完〈随想录〉以后》和《"我最后还要用行动来证明"——九十岁以后的巴金先生》，以及其他几篇。字里行间，弥漫的是晚年巴金的深重痛苦。在疾病的折磨和精神的煎熬中，巴金依然挣扎着保持行动和表达的状态，只看陈老师文章里的几点就足以让人震动。一、老人写作时思潮汹涌，可是手不听使唤，笔画不到纸上，有时急得用左手去推右手，这样一笔一笔完成了《随想录》；二、《随想录》里经常提到噩梦，一般会以为是象征或讽喻，后来才知道，全是写实："文革"开始巴金经常做噩梦，"文革"以后仍然摆脱不了，长期忍受着恐怖的纠缠；三、《巴金全集》陆续出版，面对自己曾经为迎合时代而写下的大话、空话、假话，在政治运动中违心发表的批判他人的言论，内心的矛盾一定很激烈，但他还是同意把这些文字编入全集，为的是让后代看清一个人在历史中的悲剧。他在一篇跋中写道："现在才明白编印全集是对我自己的一种惩罚。"

二是写贾植芳先生，《殊途同致终有别——记贾植芳先生与贾芝先生》《感天动地夫妻情——记贾植芳先生和任敏师母》《我心中的贾植芳先生》《五年来的思念》，等等。陈老师从大学时代得到贾先生指导，到留校任教后担任贾先生的工作助手，再到精神血缘上的承传联结，实在是一个至为动人的故事。我一九八九年读研究生，由贾先生和陈老师合带，之后多年，亲身见证了不同代的两位老师之间日常生活中的种种情形。因而我读陈老师写贾先生的文章，总有特别深切的感受，产生极强烈的共鸣。具体不展开，只想说，这些文章，是只有陈老师这样对贾先生有深刻理解和浓厚感情的人才写得出来的。

陈思和老师说，他写贾植芳先生，巴金先生，毕修勺先生，吴朗西先生，写这些前辈的事迹，"点点滴滴都渗透了我内心的感动，其实也是写我自己的心灵成长过程。"（《星光·跋》）

从极端的意义上说，一个人写下的所有文字都是写自己，陈思和老师的所有写作里都有顽强存在的"我"；但从通常的意义上来看，排比陈老师写作的不同类型，这个"我"的隐与显，方式不同，程度也不同。以最表面的观察和感受而言，从研究著作和论文，到学术性随笔，到偏感性的散文，这个"我"从看不见的背后，到看得见的边角，再到前景里面，逐渐地显现出身影身形来。

但是还没有走进前景的中心——直到《1966—1970：暗淡岁月》，他开始直接讲述自己的事情。

二

称《1966—1970：暗淡岁月》是部回忆录当然可以，只是稍嫌正式，与陈思和老师"散漫"的笔致略有偏差；叫回忆性散文，贴近了文章的性质，却又难以表示出连贯性和整体感。这部作品最初是连载的，在内部刊物《杨树浦文艺》上，边写边载，到二〇一二年完成，已经是第三个年头，可见时日之久。之后重新编排和修订，二〇一三年由上海书店出版社出版单行本。又收入《陈思和文集》（广东人民出版社二〇一八年版）。本文引用，即据该文集。

现代文学史上回忆早年生活的名作，排在前面的，应该不会没有这两部：《朝花夕拾》和《从文自传》。这两部作品在写法上的差异，是比较明显的。如果以这不同的写法做参照，《1966—1970：暗淡岁月》在体例上，更接近《朝花夕拾》；而在叙述连绵一体的紧密程度上，又近于《从文自传》。

书共十四章，叙述的是从十二岁到十六岁、一个初中生的生活；正文之前有个代序，一篇很长的文章，写的是十二岁之前的事情。所以这本书其实包含了从童年到少年基本完整的经历，比书名标示的时间要长。

我读这本书，时常会遇到一些段落，以前听陈老师讲过，有熟悉之感。或许是这个原因，我觉得陈老师的叙述风格就像谈话、聊天，读得出语调和口气。但又不像以前那些闲聊，那些随意交谈中即兴提到的人与事，虽然不少，但都是零星的、孤立的；如今连成一体，才有了各自的位置、互相之间的关系和在整体中的意义。如果说这本书的叙述像谈话，那也是一次长谈，诚心实意，有起伏，有缓急，庄谐相济，轻重交织。从头说起，话语成流，流出生命之河上游的行程。

三

代序的文章题为《上海的旧居》，写的是出生以后到十二岁多一点依次住过的四个地方：金华街某号、北高寿里石库门、广中新村、四平路老工房。从大处做文章，可以见出城市和社会、历史和文化变迁的痕迹；但那不是一个小孩子记忆的任务。人生的初期以这些变动的住处为中心而本能地存留记忆的图景，许多年之后重访这段生活，其实是重访初期的记忆；而记忆早已融入身体和心灵，化为自己的生命，或者，编成自己生命的密码。

从第一个住处开始："现在我的记忆像一条回到旧巢穴的狗那样耸着鼻子拼命地追寻过去岁月的遗迹，关于我父亲的印象却一无所获，唯有那居室内的家具和装饰，还保留着一些他的过时情调。以后我们又搬了几次家，多半是住在工人住宅区里，但这种室内情调一直保持着，这在一个城市普遍地粗鄙化以后多少有点不合时宜，母亲这么做应该说也有一点惊世骇俗的勇气。"这段话透露出几个重要的信息：父亲的缺席，居家情调的保持，以及这种"室内情调"与"室外"社会潮流之间的格格不入。

父亲原是东亚大饭店的公方经理，政府一提出"支援西北新兴城市建设"，"他居然像青年人一样热血沸腾，咋咋呼呼地动员整个单位全部迁到西安去了。""他戴了大红花抛妻别子上了火车"的时候，儿子还不足二十个月。

母亲上班，小孩子的照看就由外祖父母承担。外祖父这个人有些"另类"，他曾在英商电车公司工作，能说洋泾浜英语，还有点旧学底子，日本人占领上海之后拒不做任何事，从此"闲散"了几十年，远离社会政治活动。"文革"初期他惊慌失措地烧掉许多老式账簿，里面记的是他自己设计的文字改革方案。

外祖父启蒙外孙，从《水浒传》人物画像开始，那是画在旧香烟牌子上的，贴满绿色油漆的墙面。等到孩子慢慢长大自己阅读《水浒传》，老人家又辅导理解里面的各种人情世故，"梁山好汉传为美谈的'四海之内皆兄弟'的内幕被揭开了，一切都变得十分可怕，难以接受……听着外祖父那些冷眼旁观、洞若观火的解读，有时候会搞不清楚他是在讲小说还是在讲现实"。接着读《征四寇》《荡寇志》《水浒后传》，旧小说越读越多，当然包括了《三国演义》《西游记》和《三侠五义》。

我有些惊奇地读到，陈思和老师写居住在广中新村时期，有这样的描述:"外祖父即使在最困难的时候也拒绝工作,在春天里,他经常穿一件旧呢长衫,拉着我在外面到处逛,用他的说法是'兜圈子',漫无目标地在太阳光下乱走,我这个从小在城市里长大的孩子认识了大自然孕育的各种可爱生命。我学会了摘桑叶养蚕,钻草丛捉蟋蟀和从小河里捞鱼虫……我住的那幢楼是三层青瓦楼房,前面是一片冬青树林,后面是一片桃林。桃树从没结过果子,但桃花却年年春天开得灿灿烂烂,让人心里发颤……我念小学以后,外祖父给我灌了一脑子的悬梁刺股故事,我习惯了黎明即起,温习课文。天不太冷的时候,一大早我爬到桃树枝上,仰面躺着,眼睛透过重重枝叶望着天色慢慢地变亮……离桃树不远处是一个养奶牛的棚子,有时风吹来,新鲜的牛粪味和低沉的牛叫声都凌空盖过,人也会感到一阵陶醉。家境的窘迫从未影响过我对童年生活的美好回忆。"

四

一九六六年,陈老师一家搬到杨浦凤凰村,接着"文革"爆发,他小学毕业,中学无法正常开学。从这个"闲散"时期起,他担当家里的生活"主管",母亲每个月给一笔钱,他负责开销,上有外祖父母、下有两个妹妹,一家六口的柴米油盐酱醋和三顿饭菜,由他安排管理。

外祖父关起家门,但已经无法把什么都挡在外面,"室内"不再是隔绝的空间。先是外祖父的变化,"像只地洞里的老鼠那样惊恐万状地生活着";远在西安的父亲一九六七年被隔离审查,直到一九七〇年才解除;一向坚强的母亲在外人面前还像没事一样,但内心的忧虑还是被儿子察觉到了。"我从那个时候开始深深地爱恋我的母亲,仿佛一下子长大为成年人"。

叙述到这里,出现了一个词,"隐忧",这个词本不该用在那个年纪的少年身上。借由这个词,写作时的陈思和老师分析过去生活中的那个自己:"关于童年时期的隐忧心理与精神成长的关系,我以前并没有想过这个问题。现在写了出来,自己也有些发愣。"一方面坚信积极上进的父亲没有错,另一方面又恐惧父亲隔离审查的事被公开,这造成内心的折磨,同时也使得这个少年与社会主流疏离。隐忧产生危险的预感,"使你对社会认识变得复杂起来，你在明处它在暗处，你必须生活在紧张之中，要求你比别人活得更加警觉，更加谨慎。'文革'时代是一个乱哄哄的乌合之众时代，一切人都要在混乱中把自己融入集体的意志，才能得到某种残剩的安全感……可是你心里一旦有了隐忧，你就无法完全泯灭自己，因为你主观上已经意识到自己与乌合之众不一样了……恐惧会时时提醒你，你必须与众人的狂欢区分开来，与集体保持距离。这是我在'文革'中精神成长的出发点，隐忧伴随我走向成熟。"

形成这样的心理状态显然也与外祖父的言传身教关系密切。这位老人对社会主流采取基本不信任、不合作的态度，保持着孤独的怀疑精神，潜移默化，里里外外影响到外孙。

问题是，到这个时候，外孙已经要一步步迈出家门了，外祖父很快就要退出这个成长变化中的少年人格发展之路——事实也是，外祖父的内在意志，终于不敌巨大的恐惧，崩溃了："有一次他睡午觉醒来，突然指着一本画有图画的书说，快把它糊起来，里面的老虎要出来吃人。大家都说他在讲胡话，他却真的用糨糊把一本图书一页一页地糊得密不通风。"

也是在这个时候，少年自己身上的力量开始显现，它是本能，也来自血缘和遗传——生活中缺席的父亲，以这样隐秘的方式"在场"了："尽管父亲几乎没有与我一起生活过，但是他的天真、热情、轻信，全身心地投入社会潮流，追求理想，有时候会本能地支配我的行为，让我感到身心快乐"。显然，这与外祖父的教育相悖："这两种力量在我的少年时代是不协调的，甚至是互相敌对的。我在杨浦四年的成长史中，这种角力几乎贯穿始终。"

他毕竟只是这个年纪啊："我其实并不愿意自己成为一个有隐忧的人，希望能像别的小伙伴那样，没心没肺地生活、胡闹、发泄自己的盲目与激情。这也是父亲所期望于我的……当我走进中学时代以后，父亲血缘上的遗传因子很快就在我的身上占了上风。"

五

一九六七年十一月，已经无学可上一年多的小学毕业生终于就近入靖南中学。在一个少年的心中,教师是神圣的,以致过了半个世纪回忆,他还能一一写出他那一级十四个班班主任的名字,一一写下那些任课老师给他的帮助:一位老太太主动借给他一本英语语法自学教材,课外指导他学习。这可是不但无功反而有罪的,因此指导形成这样的方式:学生主动请教,她被动答疑。每次结束,她总是微笑着说:你已经学得太多了,可以停止了。但下次找她请教,她依然耐心指导;数学老师借给他一本自学代数,他顺藤摸瓜,到旧书店基本凑齐了这套数理化自学丛书十余册,开始有计划地自学。多年以后高考,这套书又成了复习材料。

说到自学,这个初中生当年给自己制定了一份计划,要求自己认真念完"文革"前中学的课程。譬如语文,用一九五八年教育部出的一套四册《文学》教材,前三册是古典文学,第四册是现代文学,文章读到几乎能背诵出来,以此获得了对中国文学的大致了解。

"工宣队"进驻学校,是"工人阶级必须领导一切"的体现;学校师生到工厂劳动,是"向工人阶级学习"的实践。人际称谓开始叫"师傅",很快取代20世纪50年代泛称的"先生"、60年代泛称的"同志",不仅流行于70年代,而且稳固下来,延长甚久。我一九八五年到复旦读书,上海同学教给我们外地同学的第一件事,大概就是这个称呼。向陌生人问路、商店里买东西,开口叫"师傅""老师傅"就对了。当时我们只是觉得特别,想不到这里面时代的力量。

陈老师回忆到上钢五厂劳动,有一个震惊性的时刻:他站在搅拌机器的顶上平台,一下子看到整个车间的全貌,"在我充满好奇的幼稚眼光里,这是一幅波澜壮阔的劳动生产的宏图。"一排排机器,各种岗位上的工人,配合得如此有序和完美。"那一刻我突然感动起来,意识到这就是一种集体主义的力量……这是我在过去十几年的家庭教育中从未有过的感动。"过去对集体投以旁观者的眼光,"而在学工以后我完全变了,我后来的人生道路上,对社会抱有善意和积极参与,相信有一种努力可以使我们变得更加美好,起点都是在这次学工劳动。"

精神成长和人格发展过程中遭遇这样一个突破原有格局的时刻,弥足珍贵,虽然它诞生于总体性的荒唐经验之中。

六

沈从文叙述早年生活,"看杀人"一而再、再而三地重复出现在《从文自传》里,这也是他一生都无法摆脱的恐怖经验。晚年他说到这部自传,"部分读者可能但觉得'别具一格,离奇有趣'。只有少数相知亲友,才能体会到其中近于出入地狱的沉重和辛酸。"而陈老师那个时代的少年,在家庭教育、学校教育之外,更多、更早地接受了社会教育。被时代洪流裹挟着浮沉,茫然无措,却也因此见识和经历了正常社会秩序之外的人事。这样的见识和经历,有可能成为生命的毒素,也有可能经过艰难的反省转化之后成为生命的特殊教育。

七

我更多的是在复述和引用《1966—1970:暗淡岁月》这本书,很少议论、概括、提炼和总结。我有意这么做,不仅仅因为读者和研究者对陈思和老师的关注和熟悉主要集中在他的中国现当代文学研究,对这本回忆性散文未必了然,这是不重要的一个因素;重要的是,我警惕议论、概括、提炼、总结,特别是面对历史叙述的时候。而事实上,某些概括和总结出来的观念和认识已经过于强大和稳固,以至于形成了叙述特殊时段历史的普遍模式。也正因此,那些忠实于个人生活经验和感受的叙述,那些不被普遍模式所同化的叙述,才更加珍贵。

再抄两段书,写的是舅舅,一个普通的上海市民,偷听短波——

一段写情景:"那时我年幼无知,经常好奇地看到舅舅用厚厚的毯子盖在收音机上,把天线接到窗外……有一次他突然揭开毯子,收音机里播放着靡靡歌曲,他大声叫我母亲过去听,母亲一听就高兴地喊:这不是周璇唱的《西厢记》'拷红'吗?金嗓子,真好听啊。母亲如醉如痴地哼着,舅舅也一脸快乐。这个场景发生在除了样板戏什么娱乐都不允许出现的年代里,但我的母亲和舅舅,在自己的家中,深深地陶醉在昔日的歌声中。"

一段写对话:"我问舅舅,你为什么这么爱听外面的消息?在我心目中,他是一个对外部世界什么都不关心的人。但是舅舅的回答出乎我的意料,他说,我们住在一幢楼里,听到楼上整天打架争吵,甚至喊救命,但不知道发生了什么。这个时候你只能跑到对面楼上的人家去问问,他们从窗户里看过去,可能比我们住在楼下的人更清楚。"

下面接着写的是作者后来的想法和了解的实际情况:"四十多年来舅舅这个话一直在我耳边回响,让我联想到鲁迅关于铁屋子的比喻,当一个人的生命被极度压抑,在屋子里奄奄一息的时候,他还是顽强地企图觉醒过来,想了解自己的处境,这就是人的高贵之处,也是人自觉为人的优势所在……在当初,收听海外广播本身是犯忌讳的,我开始以为大约只有舅舅才这样做,后来随着年龄逐渐长大,与人交往渐渐多了,才知道这是当时知识分子很普遍的行为。"

一九七〇年夏天,这个少年初中毕业,碰上"上山下乡"的指示,市政府对这届毕业生宣布实现"一片红"——一个不剩到农村"接受再教育"。少年自己不明白利害,对"广阔天地"有模糊的想象,可是母亲坚决反对。"工宣队"上门动员,"母亲眼睛看着他说,小师傅,这些话我早在一九五五年就听过了。"一九五五年,就是父亲"戴了大红花抛妻别子"的年份。一直缺席的父亲,在这个关键档口,以这样的方式,出现在决定少年选择的现场。

为了躲避学校的反复动员,母亲做主,与人交换房子,以大换小,从杨浦远远地搬到了淮海路。

这本书至此戛然而止。

八

陈思和老师在后记里说:"本书的书名颇费周折。本来就想取名《暗淡的岁月》,后来由'暗淡'联想起埋藏在泥土里暗无天日,却吸收了土中营养而慢慢成形的虫蛹,便决定取名《土中蛹》,也是生命蜕变的影射。我把'我与杨浦'作为回忆录的第一卷,意味着那土中幼蛹还将慢慢形成它的生命期。但是在书稿编辑过程中,几位年轻的朋友都喜欢原来的书名,所以从众意还是将第一卷改为《1966—1970:暗淡岁月》,以后有机会我还会继续写下去，写土中之蛹如何结茧、蜕变和羽化。"

  前面说过，这样直接写自己的文字，处于陈老师整体写作的边缘。即便如此，我私心里还是期盼，这边缘的边缘能够继续延伸、扩展，尽早完整起来。学新文学的人都知道胡适一生提倡传记文学，尤其苦口婆心地劝说他的朋友们写自传，其中的道理到现在也仍然是道理。我希望早日读到这部有待后续的回忆录，不仅仅从私人的意义上说是因为它出自我的老师，也不仅仅因为陈思和老师是一位有成就的学者；大而言之，一个普通的中国人，他的生命历程，附着于他生命历程的丰富复杂信息，他的记忆，他记忆中的幽暗与光亮、风雨与道路，倘若能够诚恳地形诸文字，就有独自存在——不被整合成淹没个体的历史叙述——的特别意义。

李敬泽的文章

一

二〇〇〇年,青年批评家李敬泽出了一本《看来看去或秘密交流》,引起我强烈的好奇。好奇的基础,是此前不断在报刊上读到的他的当代文学批评,既入乎其内,又跳脱得很远,有时甚至飞了出去,但还不忘飞回来,落实到当代文学坑洼不平的地面上。这个书名也让我别有兴趣,我学现代文学的,不免犯现代文学的病:"看来看去"可不是随口说说的。鲁迅垂危之际,有天夜里,让许广平开开灯,说:"我要看来看去的看一下。"许广平不去开电灯,鲁迅在《"这也是生活"……》里写了很重的一句:"我知道她没有懂得我的话。"下面就是大家耳熟能详的了:"外面进行着的夜,无穷的远方,无数的人们,都和我有关。"

等我翻开书,才知道自己想错了:这不是一本文学批评集。失望吗?不,是突兀,惊奇。惊奇批评家之外的一面,一眼看上去与当代文学批评相距很远。他写的是历史,但不是通常的"大历史",而是在生活细节中运行不息的历史,尤其着迷于物,普通或奇异之物,追索它们在时间和空间中流动的踪迹。此时与古久的此前,本土与辽阔的异域,蛛丝马迹,勾连成图、成路。角落里琐细的事,阴影中模糊的人,焕然重现、重生。你要说这书搜奇志异、倾心细微与冷僻,那最多也只对了一半;那些冷知识、暗知识,重经想象和叙述,分明指向了中外物质交流史必然牵连的贸易商业运作、文化文明互动,分明指向了早就开始一直到今天的"全球化"。所以要说这是一本写过去历史的书也不全对,它逆时间之流而上,分明指向了由过去的历史暗自构成的现在。确如书名所示,李敬泽"看来看去的看一下",

他看到历史里进行着的夜、远方和人们，而且感受到"都和我有关"，与我们生活中基本的现实有关，与我们获得新的自我意识有关。

我当年读这本书，一面惊奇李敬泽研究交通史，一面脑子里就回旋着一个诗人著名的突兀的心思和句子。青年卞之琳看到心仪女子衣服上的装饰小物件，就想弄明白它是怎么来到她身上的，为此煞费苦心。先写两句类比起兴，第三句算本事，接下来就让人瞠目结舌："隔江泥衔到你梁上，/隔院泉挑到你杯里，/海外的奢侈品舶来你胸前：/我想要研究交通史。"诗人并没有真的改行，但他确实心心念念，后来写了（再后来又自己烧毁了）一部长篇小说《山山水水》，把自己投射到男主角梅纶年身上——"他总以交通史研究者的资格而津津乐道一位现代西洋作家关于文学作品说的古今的'同时的存在'。"

二〇一七年，李敬泽这本书修订增补后重新出版，换了个书名，《青鸟故事集》，意思显豁许多，书的命运也大为改变：原来"秘密交流"，似乎没有多少人参与；现在争相阅读，"殷勤探看"一下，"青鸟殷勤为探看"。这一前后变化也包含了很多内容，可从小处说一二三，也可从大处说，时也，势也。

二

与《看来看去或秘密交流》差不多同时，文学批评集《纸现场》出版，之后每隔几年就有新集，从《见证一千零一夜》《为文学申辩》《致理想读者》到《会议室与山丘》和最近的《跑步集》。如书名所示，李敬泽的批评是现场的、见证的，有时或常常也是申辩的；但是呢，他身在文学现实之中，身在此时此地，却也不会画地为牢。虽然他并不"以交通史研究者的资格"评说当代文学，但文学现场本身就不是封闭的，它本身就是古今中外"文学交通"的场域，同时也牵连交织着文学周遭各种各样的因素和力量，是与许许多多东西"同时的存在"；那么，批评又怎么可能是单一的、模式化的、枯燥乏味的？

不可能的事我们做到了，事实上我们的批评真是不大有人看，直观的印象就是不好看；而李敬泽的批评却是好看的，读者从业内到业外。这个区别的实质是什么？很多人从写法上来找，诚然，有的写法就是让人生厌，有的写法引人入胜；不过现在的读者，很多都是经多见广，单靠浮表的功夫，哪里应付得了他们。根本上，还是对文学的认识问题，对文学批评的认识问题，把文学和批评放在哪里去认识，去认识的人又把自己放在哪里，这个哪里，在流动的时间和变化的空间上，又处在什么位置，处在什么和什么交汇错杂的网点上。在这根本之处，李敬泽显现的自觉意识强烈、深切，由此而产生别具一格的写法，几乎是自然而然的。

批评受对象的限制，写过批评的人都深有体会；但是另一方面，对象也包含着、暗示着批评的自由，有没有能力去发现和运用这种自由，就是批评的事了。有人说李敬泽的批评文章不可学，意思是他批评文章的自由不可学。固然，一个人的批评没有必要也没有可能学成另一个人的批评，但是批评的自由还是要学的，去发现和运用这种自由的能力还是要学的，在限制和自由之间的张力中展开批评还是可以学的。

我还有个未必准确的笼统印象，李敬泽面对具体的作家作品，特别是面对年轻作家的作品的时候，说的大多是好话；而谈论普遍的现状、现象，常有针砭之议，不乏一针见血之语。后者当然不讨喜，有人尴尬有人恼；前者呢，恐怕也难以避免被庸俗化理解。我却从这二者中读到了同样的果敢、识见和诚恳。我看他那么耐心细致地从年轻作家的作品里发现别人未必看得出来的好以及好的潜能、发现作者本身未必意识到的好以及好的潜能，说实话，心里是感动的——感动这个词，恐怕已经从对文学批评的反应中删除了吧。至于作者本身后来能不能让这些好生长起来，让好的潜能生长出来，那是另外一回事了。

身处文学现场，熟知并且介入到文学生产和流通的各个环节，李敬泽的批评一直保持着特有的敏锐。这种敏锐是什么意义上的呢？知道得多，经历得多，又特别浸淫于历史，不会动辄大惊小怪，但竟然也没有被磨钝了感受，"太阳底下无新事"反倒成了敏锐厚实的底子和清晰的镜子，在变动不居的现实和生长不息的文学中，感受"太阳每天都是新的"。

从20世纪90年代到现在，这么长的时间，李敬泽的文学批评当然也在时间中变化，细心的读者或有体察；变化的最大结果，是几年前他称呼自己为"前批评家"了。不要这个身份，是给自己松绑，以便更自如地进入更宽阔的写作中;不要这个身份,不是不要文学批评了,而是批评可以以更多、更灵活的方式,甚至是以隐身的方式,进入宽阔的写作中。

三

于是我们看到了《会饮记》。

每次不经意瞥见书架上这本二〇一八年出版的书,我总会有一个刹那诧异它的小。下意识里,我觉得它应该有一个更大的形体。这个错觉来源于最初读这些文章的感受:里面有个"他",身在现实的此时此地,却时常走神。这一走,就远了,精骛八极,心游万仞,思接千载——连用几个夸张的成语,本是作文大忌,但我词穷,也就不另费心思了。

前几天读《跑步集》,有一篇《飞于空阔》,谈到作为一种写作方法的"飞翔",我就有点明白了:飞鸟的天地是阔大的,而飞鸟本身轻盈小巧,《会饮记》就是一只飞鸟。

在此之前,我感受强烈的是风。《会饮记》里有风,风从历史的深处吹来或向历史的深处吹去,风从现实的远方吹来或向现实的远方吹去,甚至,风吹向已知和未知的未来或从未来吹来。你在这风里,可以呼吸、换气,舒展一下身体,活动一下脑筋,让它们吹吹风。风有节奏、韵律,风行大地之上,吹过山川草木,吹过古人今人,掀开旧书新书,也合上旧书新书。风带来行经之地的信息,又随时把它们带走。野马也,尘埃也,生物之以息相吹也。风把万物联系起来了。

问题是,风之所经、所见、所及、所连,太广、太多、太复杂,它们如何不是零碎的、散乱的、无序的?譬如一片荒野,这棵树,那丛草,几块石头,各是各,它们如何形成一个整体性的存在?华莱士·斯蒂文斯给出的方法是,把一只坛子放在田纳西的山巅,视野顿时改观:凌乱的荒野围绕着圆圆的坛子,向坛子涌起,匍匐在四周,不再荒莽。对于斯蒂文斯而言,坛子是文明和艺术的象征,能够赋予混乱的世界一种秩序。不过我心里嘀咕,觉得斯蒂文斯的坛子有点绝对、高傲和优越,它君临四面八方,像个统治者。

我们的诗人冯至有比坛子更胜一筹的意象——我再次请出一位现代作

家,大家都知道的,河北人,北大出身,既研究杜甫也研究歌德,翻译,写诗,还写过小说《伍子胥》——"泛滥无形"的现实也让冯至焦虑、苦恼。他有一个与斯蒂文斯类似的意象,瓶子,生活里的,日常许多:"从一片泛滥无形的水里/取水人取来椭圆的一瓶,/这点水就得到一个定形";但是,没有装进瓶子里的水更多,还是泛滥无形。于是再上一层,出现了另一个意象,"风旗":"它把住些把不住的事体,/让远方的光,远方的黑夜/和些远方的草木的荣谢,/还有个奔向无穷的心意,/都保留一些在这面旗上。"诗里还有两句:"我们空空听过一夜风声,/空看了一天的草黄叶红"。"空空"和"空",以否定的方式肯定风旗:如果没有这一面风旗,那就什么都是"空"的,把不住的。有了它,孤立的、涣散的、各是各的事体,就被整合起来,有了一个"奔向"的去处;我们的思和想,也有了一个可以保留之处。风旗灵动、活泼、敞开,融合各种经验,在和周遭远近事物的互动中展现自己,也同时展现这些互动的事物,趋向无限旷远的开阔。冯至所敬爱的诗人里尔克说:"傲岸的风波动着旗子/……/仿佛要把它延伸到另一个地域,/……/舒展的旗子露出它扯满的盾徽,/那皱褶中蕴含着多么沉潜的万象!"

扯出去这么多,只是为了说明,李敬泽的飞鸟,通于冯至的风旗。《会饮记》要从散乱的万象和碎片化的状态中,为生活、为世界想象和书写某种整全感和普遍联系,如何实行呢?他说了这么一段话:"我想,超越、克服我们的碎片化状态的一种方法就是飞翔,如果你不能想象一种后古希腊式的或斯施劳斯式的沉重的'绝对'降临,你至少可以使自己灵敏一点,轻盈一点,成为尽可能广博的人类经验的收集者,然后比较、分类、建立联系。你不能死盯着一根鸡毛或一地鸡毛,你得飞起来,让视野更辽阔,看到大处、远处,也从大处、远处照见自己。"

李敬泽讲"总体性",一经概念化,就容易众说纷纭;不妨从感受性上来说,李敬泽的总体性,是飞鸟的总体性——如果冯至讲总体性,就是风旗的总体性;讲鲁迅,就是"外面进行着的夜,无穷的远方,无数的人们,都和我有关"的总体性。

四

有位朋友很推崇《咏而归》这个集子，他说李敬泽谈古人古典，要言不烦，举重若轻，千把字、两三千字一篇，随手可得，洒脱、从容极了。

有一天，大概是二〇二〇年年末吧，他在路上碰到我，说："被《咏而归》骗了。"我当然要问怎么回事，他严肃地说，最近读了李敬泽的两篇长文，才看到这家伙的真功夫。我顺着他的话问，那么，《咏而归》是假的了？他回答了一大通，归纳一下，意思是：《咏而归》也是真的，但短文的功夫，和长文的不一样；这么说吧，本来觉得李敬泽挺不怕露才的，读了这两篇长文，才发现他原来显露的，不过是一层，后面还有藏着的呐；还藏着几层，现在倒不敢说了。

这位朋友说的长文，一是《〈黍离〉——它的作者，这伟大的正典诗人》，一是《芹脂之盟，那几个伟大读者——〈红楼梦〉，由手抄本到现代正典，之一》。关于《红楼梦》，"之二"也发表了；但这个"正典"系列，应该还有其他篇章。朋友说的真功夫，部分指的是专家之学吧。李敬泽不会以专家自居，也就不会以专家自限，他探源疏流，沟通上下，把"正典"放在文明、历史、文学的长河中重新发现和叙述，既见专精之学，也需超迈之识，还有，他那种庄敬，那种深情。

对于这个未完的系列，现在还不是多说的时候；而对还在写作中、规模更为宏阔的《春秋传》，更是无法说什么。若干年后，等到全部完成了，我那位朋友大概敢说说藏着的几层了吧。

五

我这篇短文，到这里本该结束了；但还有一件事没做。吴俊教授约稿的时候，提示了一点：谈谈文体。他只提示了这一项任务，我不能装作忘了。所以一边写，一边就有个不断提醒的声音，真是干扰啊。其实李敬泽的文体特色，很多人都注意到了，已经有了不少很好的见解；要我说，可以把这个缠绕的问题简化：

一、为什么文学写作的分类对李敬泽是失效的？一个人置身于复杂而阔大的现实、历史、文化语境中，吸收、转化各种信息、知识、话语、经验、思想，不断生成并更新着自身的意识。由此产生的写作如果忠于此，自然地会在文本中形成混合的、综合的、整合的方式；

二、"自然地"？我说得是不是太轻巧了？难道我们写作时不是面对早已是成规的分类范式？如果我们要"跨文体"（我记得20世纪90年代就讨论过一阵儿，然后不了了之），是不是要有充分自觉的意识、艰难的实验、奋力的挣扎？

三、上面的质疑出于多数人已然接受并习惯了的写作分类意识。我们小时候写作文，就先分清了记叙文、议论文、说明文；长大了学文学，学小说、散文、诗歌，已经用不着强调它们之间的区别，仿佛是不言自明的；

四、还可以再追究一下。先追究自己表达的原初冲动，有了这种冲动，才产生写作。所以，有一个差别是，写作是忠于自己的原初冲动，还是忠于写作的分类规范。当然，很多人连原初冲动里面都已经内化了分类的机制，我就是要写一部小说，那就没有什么好多说了；

五、进一步追究写作的历史。回到人类写作发生的源头，一定是先有表达的冲动和写作行为，之后才出现分类，再后来才慢慢形成各个体裁类型的规范。今天个体的写作与人类最初的写作遥遥相隔，但表达的原初冲动，那种混沌未分的原初冲动，不会完全泯火了吧；

六、不仅是分类，还有不同类型文体内部的各种规约，说起来烦琐，就不谈了。

李敬泽的文体受到格外关注，或许是我们这些——自觉的、不自觉的、不得不的——规规矩矩的写作者被困的一种苦恼反应。还是借由这样的写作，我们间接体会到一点界限消失的自由？天空中飞鸟的自由，于遵守现代交通规则的人而言，是否难解？飞鸟自己倒是不觉得难解，自然就这样了；这究竟意味着什么？

六

拉拉杂杂写了这么多，也不过是对李敬泽文章浮光掠影、蜻蜓点水的探讨。而且，我要老实承认，困于疲病之眼，我并没有重新把李敬泽的书全都再读一遍。写出来的，多是以前读他文章的即时印象，二十多年前的，十几年前的，最近几年的，加上新近的。我这忘性大的人，居然还记得这么多（忘掉多少就不知道了），读时印象之深，也就由此可见。在时间和记忆中层积的印象累加，光影交叠，不妨也算是谈李敬泽文章的一种方式。

这一部作品和这一个读者

——谈周毅《沿着无愁河到凤凰》

一

什么是好的文章呢？读《沿着无愁河到凤凰》（中信出版集团二〇一五年版），重新唤起了我的一个想法：再读一遍，仍如初读。好比一个本已熟悉的人，不断接触，还不断有新的感受。这书里的文字，单篇发表时，我都读过，而且赞叹；集成书，有了一个新的面貌，再读，既已相识又如初遇，早有的相识打下了信任的底子，新的相遇就可以专心于信任的到底是什么了。

书的核心是谈黄永玉自传体长篇《无愁河的浪荡汉子》，及其所关联的种种，涉及广，却清晰明朗。开过一个新书分享会——"凤凰的武功与文脉——从陈渠珍、沈从文到黄永玉"，我答应参加却因事没有去成，事先倒是想了一个说话的引子：沈从文有一位终生好友，四川人，居住在上海，当然是巴金；这两个人那么不一样，怎么会成为那么好的朋友？大的方面不去管它，有一点，你说重要还是不重要：沈从文说话，难懂，即便他的连襟，博学的语言学家周有光也说，他的话我只能听懂百分之多少；可是巴金，完全听得懂沈从文说话。他们算是同一个语言区域里成长起来的人。这个类比未必处处妥帖，但我还是要说，现在，一个在上海的四川人，周毅，听得懂凤凰人黄永玉的话。

问题就来了。黄永玉说的是普通话，谁会听不懂呢？《无愁河的浪荡汉子》里虽然运用了大量方言，却断不至于到读不懂的地步。那么，周毅的懂，又有什么特别之处呢？

懂与不懂的界限，在有隔，还是无隔。《无愁河的浪荡汉子》从字面上非常容易懂，但是有人读不下去，读不进去，这就是有隔。读下去是沿着叙述走，多少还是外在的；读进去是读到心里面去，就是向内的功夫了。有隔而无感，这作品就和你没有缘分。其实人的成长、经历、教育背景不同，有隔也正常，周毅也提醒了行当之隔、时代之隔、地域之隔，但能破掉种种、层层的隔，而明白这部书的好处，也是了不起的阅读体验。只是少有人做这样艰苦的破除的功夫，碰到隔，就束手，就掉头了。

周毅幸运，从小生长在与凤凰接近的故乡的山水天地间，并且把这份无形而深邃的滋养一直保持在身，所以她一见《无愁河的浪荡汉子》，即有感而无隔，惊喜赞叹。有感是和这部作品发生关系的启动点，是个开始，开始之后呢？光有感动，还不够；再进一步，是感受，把这个词分开了讲，是感而能受，吸收这部作品的营养，接受它的馈赠；更进一步，是感应，不仅仅停留在接受的阶段，还要起而应之。要应，就得有自己的东西。从哪里觅得自己的东西呢？得从触发处见生机，生长出来。《无愁河的浪荡汉子》里谈到读书，有这么几句，从反面说："所遇事物只见感动，不见生机，不见聪慧，不见触发"；从正面说，黄永玉也格外看重感应，比如他说沈从文，"一个会感应的天才"。

周毅的这本书，就是从感动到感受，再到感应的书。她把黄永玉的作品读进了心里。岂止如此。从二〇〇三年初读《无愁河的浪荡汉子》自印本，到现在已经十多年了，这部作品简直就是"住在"了她心里。我曾经说周毅是《无愁河的浪荡汉子》的超级读者，这个说法只是一时找不到合适的词而临时性地用一下，超级与不超级的比较心，已经沾染了时下的俗。还是她自己的说法贴切：住在了心里。

二

我读《无愁河的浪荡汉子》，又读《沿着无愁河到凤凰》，叠加，相映，真是不可多得的愉快阅读经验。具体来谈谈周毅的这本书，可以先说其大与宽，再论其细和深。

大与宽，是格局。分三点来看：

一、理解《无愁河的浪荡汉子》，要放在凤凰一地的文明里。周毅称得上是果断，把"文明"这么大的词用在这么小的地方上。由此也可以理解，她为什么做了些看似和作品关系不大的工作。书的第一篇，浓墨重彩写陈渠珍，即是从大的格局着眼。陈渠珍在《无愁河的浪荡汉子》里只不过露了几次面而已，读者如果忽略过去，太正常不过，可是周毅把这个"见首不见尾、若隐若现"的人物，当作一个关键。她带着不平静的感情，描述其生平行事，人格信仰，洗刷尘埃，使其首尾俱见，变隐为显，由此通向对凤凰独特文明的理解。把《无愁河的浪荡汉子》"放到一个文明的命运中去看"，境界就不一样了。周毅把陈渠珍、沈从文、黄永玉贯穿为一条脉络，来体会"这个文明积累的成就、达到的高度"，大大拓展和丰富了《无愁河的浪荡汉子》的理解空间。从凤凰文明的视野，这里还有补充的余地，即除了这一条纵的脉络之外，还有各种因素综合造成的这个文明的土层和横面。深厚土壤上更广泛的横面，说起来复杂，周毅的书不是这个方面的专著，可以存而不论。

二、从文学，而不是从当代文学，也不是从现代以来的文学来理解《无愁河的浪荡汉子》。这部书"是写于'当代'的'现代文学'，是生活于二十世纪末的人讲述的'自辛亥革命以来的生活'，这已经需要有不凡的笔力，才能打通这个时代之隔；况且，它又简直泯灭现代、当代，是焕然跃出的'古典文学'！读黄永玉，需要把这些现代、当代、古代的意象、隔膜，都通通破了才行。"读这段文字，那个感叹号，那个"通通"，我完全想象得出，如果是当面说，她会是什么神情，什么语气。

三、对于周毅这样的读者来说，《无愁河的浪荡汉子》的意义不止于文学，它强大的能量不只是在文本内部流通，而是穿过文本，通向了人和生活。它住在这个读者的心里，这个读者"带着从中获得的信息去生活"，"去接近、经验、回到'真的生活'，一步步走向'健康的生活'"；它"潜藏着一股成就人的力量"，"我的所有相关写作，与其说是'研究'、'评论'，不如说是'感应'，在'感应'中'得到'；慢慢去了解，希望懂得更多，逼促自己，也去成就为一个'人'。"黄先生，您看！

以发掘一地独特文明的惊喜，以不隔断的文学通观，以健康生活和成就人的感应，这个读者和一部作品，建立起了一种非同寻常的交流关系。她写了一本书，也可以说写的就是这种关系。

三

若论细与深，一个简便的方法，是按照书的顺序举一些例子。但周毅笔下文字随处见光彩——这也是只有在特别的写作状态下才可能达到的——列举多了，容易给人琐碎的印象。还是得择要而言，只说对《无愁河的浪荡汉子》的基本把握。

黄永玉奇人，《无愁河的浪荡汉子》奇书，观其"奇"，是一层；若只是观其"奇"，还大大不够，更要能观其"正"。"奇"在渲染中会成为一种符号，形成一种抽象，"'无愁河'让人看到每天的日子，亲人间的颜色，黄永玉的'奇'就有了'正'的骨子，'奇'才不会成为一种表演性的生命姿态，能看到里面的踏实、正派、真性情……"我想补充说，对"奇"的过分强调，有可能拉开了和普通生活、普通读者的距离，阻碍了生活、读者和作品的交流。说得更直白一点，那么"奇"的东西，和我这平常人有什么关系？最多就是看个热闹、看个"奇观"而已，还是隔；所以周毅对"正"的反复强调，也是在消弭隔的距离，这样作品和读者才能够发生更有意义的关系。

《无愁河的浪荡汉子》以长篇巨幅描绘日常生活，《红楼梦》也写日常生活，它们的差别还不仅仅是普通社会的日常生活和特殊阶层的日常生活之间的差别，更重要的是，一个完整，一个不完整，"《红楼梦》的日常生活是残缺的，没有生产劳动"。

说日常和完整性，与当代小说也有一比。拿身体的感受这一点来说，当代作品中的"声音，形象，往往不完整，作者需要运用想象力、比喻，运用物与物的牵扯，常呈现散乱的状态"，而《无愁河的浪荡汉子》"一声、一形，都是完整的……多有'团神聚气'之感。""前者需要不断强化自己，才达到引人注意的目的，而后者随时保持着和'宁静'的关系。"为什么会出现这样的不同？"身物关系这个衡量文学品质与生命品质的指标已发生了重要的变化。万物同在的世界，正坍缩为人的世界，而'人身'

这个难得的'至宝',也在坍缩。"

《无愁河的浪荡汉子》写的是序子(狗狗)十二岁以前在家乡的生活,写童年之美,容易看出来;但光是美,就太泛泛了,也不够,所以周毅还要说,是写童年之力。童年哪来的力?看看这两个词:"老成""自持"。这两个词,黄永玉居然用到了混沌未开的小孩子身上。"狗狗两岁多,颇能自持,可以!"有"自"可"持",这"自"从哪里来?"他不像六七岁以上的孩子那么'天真',他还'老成'得很!"怎么就"老成"了?周毅解释得好:"若'天真'这个近于滥用的词表示一种已经开始迎合成人世界的'乖相',那这个孩子的'老成',便形容其与一种原始古老的生命力量尚未断绝联系的特点,古意弥漫,还暗示其中有一种能护守、会将外物反弹出去的强悍本能。""自持,不完全是儿童教育得来的,还是朱雀城多少代人气质的积累、遗传、渗透。这个'老成',包含着一种'深厚',一种'正'。"不过是对两个词语的解释,却很大,呼应了她对文化和文明的理解,更突出了人的完整性。生命是有个元的,混沌未开的时候与这个元联系最密切,我们却常常切掉了这个不自觉的混沌未开阶段来认识生命、认识自我,一定是不完整的。

这里还可以举一个比"老成""自持"更混沌、也更有力的词,就是"不懂"。"草真香,沅沅叫狗狗听城外山上阳雀叫。狗狗不懂。狗狗耳朵里什么声音都有。"这样的听觉状态,"开放于广大天籁"。其实儿童的"不懂",还不仅仅是听觉上的,全身心都可能"不懂"。也就是因为"不懂",他才不会把某一种声音、某一种味道、某一种形象特别地挑选出来加以特别的肯定。他不挑选,也即他不拒绝,因为挑选就意味着对未被挑选的拒绝,所以他的身心才是开放得彻底,"耳朵里什么声音都有",一切皆能入耳,入眼,入身,入心。这样面对世界万物,才能不自觉地得其大,得其宽,得其厚,也不自觉地将世间种种化成自己的力。

黄永玉的一个不同寻常之处,是他能够一直秉持着这童年之力,来延续和展开生命的历程;到他晚年,又逆流而上,回向这童年之力。

周毅对力敏感,她对这部书的理解大处见力,处处见力。20世纪的中国,大到民族,小到个人,最不缺的就是艰难、挫折、灾难,黄永玉的亲历,也是一个例证。可是,他写的却是《无愁河的浪荡汉子》,怎么能"无愁"啊？"黄永玉先生的'无愁河'，却重在一个'无'字。因有了这个'无'，忧愁的长河婉转、反复起来，有了两个互为张力的方向。无，在这里不是一个形容词，它并非在形容一个没有忧愁的世外桃源，无，是一个动词，寄放着作家黄永玉逆流而上的身影。故乡与时代，把他顺流送到外面的世界来，而现在，他要凭自己的力气逆流而上，不仅是回家，更是肩负为故乡、为自己，把忧愁打扫干净的使命。"《无愁河的浪荡汉子》是一部"转悲为健"的书，"在经历了家国之痛、身世之悲之后，黄先生秉承自由批判之精神，表达了对一个深深扎根于他内心，包含天地、世界、个人的道德秩序的倾心修复和虔敬维护。"

四

最后，我要说一说在上海思南公馆举行的那场新书分享会。本来，我还为自己未能参加而心怀歉疚，后来看了文字记录稿，歉疚立刻消失。张文江老师讲陈渠珍，说他是陈、沈、黄三人中间通向古典世界的接口，说中国学问的核心是做人做事，而不是文字上打转的功夫；黄德海讲了诗经里的一首诗，引申出我们现代人对古代生活经验的遗忘和自然感知能力的退化。这些意思，周毅的书里都有涉及。黄德海还说，周毅的文字和身上，都有"英气"——这个词用得非常准确。

我不具体复述对谈的内容，我想说的是这几个人。也不是具体说这几个人，而是说，有这么几个人。张文江是我的老师，也是周毅、黄德海的老师，虽然我们都算不上"正式"的学生；周毅和我是大学同学（邻级）和曾经的同事；黄德海跟我一起读过研究生。都有"关系"。为什么要说这个呢？这不是闲扯，也不是题外话。一个原因，是我这篇文章标题上写下"这一个读者"，"这一个"显得孤立，而有力量的是不孤立的，要把"一个"放到"很多个"当中。《无愁河的浪荡汉子》有很多个读者，在很多个读者中，有周毅这么一个读者（文章快写完了才想起，这本书的作者署名芳菲，芳菲就是周毅，我习惯了叫本名，忘了改过来，向读者说明一下，也向芳菲致歉）。另一个原因，不容易说清楚，但一定不是说几人之间是那种世俗意义上的"关系"或"小圈子"，而是在说人和人之间的互动和呼应。但这一句话也显得过于坐实，还是古人说得好，"生物之以息相吹也"——《无愁河的浪荡汉子》写人，写物，写自然，写社会，周毅说，是"乐感万物"的呼吸往来，所以才会有生生不息的力量。

以批评的方式叙述

后记

书名包含着我对文学批评的理解——当然只是理解中的一个方面，不是全部；实践上有自觉心，却不够彻底。

文章有新有旧，新的多一些。

写批评的时间太长了，浅墨淡痕，只有自己看起来还算清晰，没有杂乱无章，就够了。

二〇二三年一月一日